KB075492

자본주의의
적

자본주의의 적

정지아 소설집

창비

차
례

자본주의의 적

여기 자본주의의 진정한 적이 있다. 사회주의자였던 내 부모를 두고 하는 말이 아니다. 아는 사람은 다 알겠지만 내 부모는 팔십년대의 일부 운동권 같은 이론적 혹은 추상적 사회주의자가 아니라 한국전쟁 당시 카빈소총을 들고 지리산을 날아다녔던, 자본주의와 실전을 치른 자들이었다. 그렇다고 내가 태어난 이래로 그들이 자본주의에 맞서 무엇을 한 적은 없다. 길고 긴 겨울밤, 이불을 뒤집어쓰고 자본주의의 생생한 적이었던 자신들의 젊은 날을 그립게 회상하는 정도? 그러니 정확하게 표현하자면 왕년의 사회주의자쯤 되겠다. 마음으로 영원한 사회주의자이기는 했다. 마음 따위 개나 주라지. 자본주의에 맞서 싸운 것밖에, 달리 아무런 재주도 돈도, 심지어 젊음마저 갖고 있지 않았던 그들은 감옥에서 나와 자본주의가 창궐하는 세상으로 돌아온 뒤, 초보 농사꾼으로 자본주의의 맨 밑바닥에서 가난하게 겨우겨우 살다 죽었다. 마음에 품은 뜻은 창대했으나, 마음 밖으로 드러낸 적도 없으며, 설령 드러냈던들 드러낸 그 순간 창대한 뜻은 비수가 되어 자신들을 찔렀을 것이다. 그러니 내가 태어날 때부터 이미 늙어 있었던 그들은 자본주의의 죽은 적에 불과했다. 그들이 내 삶에 물려준 것은 지긋지긋한 가난과 적지 않은 빚과 사회주의라는, 가난 못지않게 지긋지긋한 추상뿐이었다. 그럼에도 불구하고 지긋지긋한 추상에 불과한 사회주의라는 네글자가 살아온 모든 기억 속에 낙인처럼 박혀, 어쩔 수 없이 그 적인 자본주의에 대해서도, 나는 남다른 관심을 가질 수밖에 없는 것이다. 이런 젠장.

정지아, 하면 빨치산의 딸을 떠올리는 독자들이 대다수인 마당에 취중도 아니고 중언부언, 아는 말 또 하고 있는 이유는 내 본 모습을 보임으로써 지금부터 하게 될 이 황당하고 리얼리티 없는 이야기가 내 부모처럼 실재하는, 실상은 리얼리티 충만한 사실이라는 믿음을 주기 위해서다. 나는 삼십년 전부터 진정한 자본주의의 적인 내 친구와 그 가족의 이야기를 소설로 쓰고 싶었다. 내가 '자폐가족'이라 명명한, 이 시대에 보기 드문 인간들이다. 그러나 나는 리얼리스트였고, 자폐가족의 삶은 남들이 믿기에는 리얼리티가 너무 부족하여 차마 쓰지 못했다. 이제 와서 이 소설을 쓰기로 작정한 것은, 유일한 적이었던 사회주의도 몰락한 마당에 자본주의의 새롭고도 진정한 적을 세상에 널리 알리자는 고상하고 비장한 포부 때문은 아니다. 그저 빨치산의 딸을 벗고, 리얼리즘도 벗고, 가벼이 한없이 가벼이, 먼지처럼 바람처럼, 온 데 없이 갈 데 없이, 놀아보고 싶어서다. 각설하고, 시작하겠다. 다만 한가지 양해를 구한다. 자폐가족의 이야기는 황당하지만 흥미진진하지는 않다. 자폐가족이 왜 자폐가족이겠는가. 자폐적인 이들의 삶에는 서사가 없다. 아마도 이 소설은 황당한 일상사의 단조로운 기록으로 막을 내릴 가능성이 높다. 단조로운 일상조차도 극적으로 구성해내지 못하는 것은 작가적 능력의 한계라 깊이 반성하고 있지만, 현재로서는 역부족이다. 그러니 그저 이런 인간들도 우리와 동시대를 살고 있다는 사실에 경이나 혹은 안도를 느끼며, 그 사소한 감정을 위안 삼아 끝까지 읽어준다면 정말 감사하겠다.

자폐가족의 중심인 내 친구 방현남은, 눈치 빠른 독자는 이미 짐작했겠지만, 아들의 탄생을 간절히 고대하던 오대 독자 집안의 둘째 딸로 태어났다. 살림 밑천이라는 맏딸에게는 현아라는, 당시로서는 제법 세련된 이름을 지어줄 만큼의 성의를 가졌던 부모지만 또다시 딸이라는 비극적 현실 앞에서는 반드시 아들을 낳아야 한다는 중압감에 압도당해, 사내 남(男) 자를 계집애의 이름자에 떡하니 올려놓을 수밖에 없었던 것이다. 한마디로 현남의 출생은 누구에게도 환영받지 못하는, 있을 필요도 없고 있어서도 안 되었던 비극에 불과했다. 쓸모없는 존재라는 자각이 현남을 자본주의의 적으로 성장시킨 제일의 원인인지는 확실치 않다. 필연적으로 영향을 미쳤을 거라는 사실만은 확실하다. 탄생으로 인해 본의 아니게 고부갈등을 부채질한 현남은 자신의 얼굴만 보면 할머니가 울화통을 터트리는 바람에 어디에 있든 사람의 눈에 띄지 않는 신묘한 비기를 일찌감치 터득했다. 같은 대학에 입학해 동기라고 고작 마흔여섯명에 불과한 같은 과에 적을 두고 삼년이나 같은 수업을 듣고서도 내가 현남의 존재를 눈치채지 못한 것 역시 그 비기 때문이었다.

처음 현남의 존재를 알아차린 순간은 명확히 기억한다. 그날 나는 여러 사람이 모인 술자리에서 얼큰히 취해 독재정권을 술안주 삼아 씹어대다가 마침내 그 자리에 있던, 나와 마찬가지로 풋내 나는 청춘이었던 동기와 선후배들을 향해 방자한 설도를 휘두르는 중이었다. 불행한 희생자들이 열불을 막소주로 다스리는 사이 내 시선은 새로운 희생자를 찾아 더듬기 시작했다. 그때, 반쯤 희미해져 배경 속으로 곧 사라질 것 같은 현남이 눈에 들어왔다.

그 순간 술이 확 깼다. 나의 혈기방장은, 익히 잘 알고 오히려 그것을 나의 장점으로 높이 사줄, 요즘으로 말하자면 팬들 앞에서나 간혹 벌이는 귀여운 팬질에 불과하여, 낯선 존재의 등장만으로도 순식간에 부끄러움으로 화한 것이다. 소주와 부끄러움으로 얼굴이 달아올라 어쩔 줄 모르는 나를 향해 현남은 배시시 웃었다. 세상에 태어나 처음으로 보는, 참으로 희박한 웃음이었다. 여기서 희박이란 성기고 묽다는 의미로 쓴 것인데, 웃음 앞에 그런 수식어를 붙이는 게 타당한지는 모르겠으나, 너무 묽어져서 곧 맑은 물 같은 것으로나 변할 것 같은 그런 웃음이었다. 그런 웃음을 지으며 현남이 말했다.

나는 대학이 좋은데…

내가 좀 전에 쏟아냈던 말들과 무슨 상관이 있는지는 모르겠으나 현남은 그렇게 말했고, 나중에 알고 보니 언제나 말줄임표가 필요한 나직한 말투는 묘하게 듣는 사람을 빨아들이는 흡입력이 있어 나도 모르게 대답을 하고 말았다.

왜?

반이 안 바뀌니까…

그제나 지금이나 미지의 세계에 대한, 도무지 충족 불가능한 욕망에 불타는 나는 현남의 말을 이해하지 못했다. 나 같은 독자를 위하여, 내가 몇년 뒤에야 해독한 그 말의 의미를 사족으로 해석하자면 이런 것이다. 현남은 새로운 모든 것에 공포를 가지고 있다. 유전적으로 소심한 탓도 있지만, 스스로 원해서 나온 것도 아닌데 쓸모없는 존재로 전락한 탄생의 저 원초적 체험이 새로운 모든 것에 대한 공포로 확장된 탓이다. 그래서 현남은 초중고 십이년 세월을 공포 속에 살았다. 낯선 사람들을 만나야 한다는 공포에 매일 설사를 하고, 먹기만 하면 체하고, 하여 고등학교를 졸업할 당시 몸무게가 삼십육 킬로에 불과했다. 참고로 키는 나와 똑같이 백육십삼 센티였다. 그것도 학기 말에 삼 킬로쯤 찐 몸무게가 그렇다. 십이월쯤 되면 다소 긴장이 풀리는데 그와 동시에 방학을 하고 학교와 아이들이 다시 낯설어진다. 하여 이월에 개학만 해도 어색하기 짝이 없는데 설상가상 삼월이면 다시 반이 바뀐다. 현남의 학교생활은 공부고 뭐고 치열한 생존의 전장이었다. 그런데 대학은 그 얼굴 그대로 세월이 흐른다. 현남에게는 기적과도 같은 일이었다. 기적은 맨 처음 체중으로 드러났다. 이학년이 되면서 살이 찌기 시작했던 것이다. 내가 처음 만난 삼학년 때의 현남은 무려 오십삼 킬로였다. 대학생활은 현남에게 에덴동산과 다름없었다. 정확히 이해한 것은 아니고 그저 소심의 한 증상으로 현남의 말을 받아들인 나는 피식 웃으며 되물었다.

근데… 누구?

흔한 반응이라는 듯이 현남은 아무렇지 않게 말을 받았다.

나도 문창과 84인데… 방현남이라고…

삼학년의 스산한 가을이었으나 그 이름을 들어본 기억이 나지 않았다. 얼굴도 물론 낯설었다. 이름조차 들어보지 못한 것은 현남의 비기 때문은 아니고, 강의실에 들어가본 기억이 까마득한 내 불성실 때문이었다. 그러나 이건,

나는 너 술자리에서 여러번 봤는데…

이건, 전적으로 현남의 비기 때문이었다. 현남과 내가 삼년 만에 대화를 나눈 그 역사적인 순간에도 술자리는 우리가 없다는 듯 잘도 굴러가고 있었다. 모두들 방금 전까지 열변을 토하던 나의 존재를 까맣게 잊은 듯했다. 자기 존재를 지우는 현남의 비기를 나는 그제야 알아차렸다. 비기라고 해서 특별한 건 없다. 그러나 모든 비기가 그렇듯 현남은 수년에 걸친 각고의 노력 끝에 그 방법을 터득했다. 일단 불안과 공포를 절대 얼굴과 몸짓에 내비치지 않는다. 그랬다가는 당장 시선이 집중될 테니까. 다음으로 말하지 않고 소리 내지 않고 움직이지 않으며, 그 자리의 대다수가 하는 행위, 즉 웃는다거나 마신다거나 하

는 행위를 희미하게 흉내 낸다. 이 모든 것이 동시에 자연스럽게 행해지면 사람들은 곁에 있는 존재를 의식하지 않는다. 알고 보니 현남은 학과의 이런저런 행사에 나보다 더 자주 얼굴을 비쳤다. 그런데도 대다수의 사람들이 나처럼 현남을 기억하지 못했다. 현남이 대학시절 내내 치마 한번 입지 않은 것을 오직 같이 산 나만 알았다. 상계동 달동네 출신 현남은 얇은 솜 점퍼 하나로 네번의 겨울을 났다. 그 누추도 나만 알았다. 늘 사람들 곁에 있었으나 현남은 그림자와 같았다. 그렇게 고요히 존재하는 존재를 나는 처음 보았다. 그 뒤로도 본 적이 없다.

그날 이후 우리는 졸업할 때까지 같이 살았다. 집인 상계동에서 안성의 학교까지 오가는 게 너무 힘들어서였다. 왜인지는 모르겠으나 같이 살겠냐는 나의 제안에 현남은 곧장 고개를 끄덕였다. 현남과의 동거는 나쁘지도 좋지도 않았다. 기이했다고 하는 편이 옳겠다. 나는 현남같이 무기력한 인간을 처음 보았다. 자본주의사회에서 아무런 힘도 갖지 못한 유령 같은 존재로 살면서도 내 부모는 마음으로는 총알이 빗발치는 전장을 살고 있었으며, 그래서 몸도 마음도 강건해야 한다고 굳게 믿었다. 그런 부모 밑에서 이십년을 살았다. 그때는 그들을 조금도 존경하지 않았으나 그들의 삶의 방식이 가랑비처럼 내 삶으로 스며든 게 분명하다. 나는 도무지 현남의 무기력을 이해할 수 없었다.

함께 산 일년 반 남짓, 현남이 뭔가 하는 모습을 본 기억이 없다. 정말이지 아무것도 하지 않았다. 유일하게 한 게 있기는 했다. 침대에 누운 채 책 읽기. 믿을 수 있겠는가. 그때 우리는 스물둘, 청춘이었다. 나는 좋은 글을 쓰고 싶었고, 비유나 감각이나 그 무엇이라도 나보다 빼어난 친구의 글을 읽으면 모멸감에 잠을 설쳤고, 그래서 닥치는 대로 책을 읽었고, 대가들의 수준에 다시 절망하여 술을 마셨고, 스크럼을 짠 채 교정을 뛰었고, 때로는 거리에 나가 구호를 외쳤다. 나는 무엇인가를 끊임없이 하고 있었으며, 내 마음속에는 알고 싶고 하고 싶고 되고 싶다는 열망이 마그마처럼 들끓고 있었다. 절망과 희망을 사계처럼 반복하며 나는 청춘의 시기를 보냈다. 내가 그러는 동안 현남은 술자리에서처럼 늘 그 자리에 가만 머물러 있었다. 심지어 문예창작학과 학생으로 사년을 살면서 단 한편의 글조차 쓰지 않았다. 문창과 학생이라는 유일한 증거는 방학 동안 내게 보낸 서너통의 편지에 드러난, 제법 유려한 문장이었다. 그런 문장을 구사할 줄 알면서도 현남은 소설 한편 시도하지 않았다. 대체 왜 글을 쓰지 않느냐는 질문에는 그저 말없이 어깨를 으쓱거릴 뿐이었다.

아무것도 하지 않는 청춘이라니. 그건 청춘에 대한 모독을 넘어 삶에 대한 모독이라고 나는 생각했다. 어쩐지 나에 대한, 내 삶의 방식에 대한 모독 같기도 했다. 어느날엔가는 참지 못하고 기어이 물었다.

너는 대체 뭣 하러 사니?

예의 그 희박한 미소를 지으며 현남은 나른하게 대답했다.

글쎄… 서면 앉고 싶고, 앉으면 눕고 싶고, 누우면 자고 싶고…

어이가 없다고 해야 할까, 질문 자체를 무화시킨다고 해야 할까, 현남의 대답은 늘 그런 식이었다. 너는 소설 안 써,라는 질문에,

꼭 써야 돼?

라는 식의.

그럼 문창과는 왜 왔는데?

그냥… 책이나 읽으면 될 것 같아서…

지금 와 돌이키면 현남의 말이 옳다. 문창과를 나왔다고 다 작가가 되어야 하는 것은 아니다. 작가가 된다고 인간이 달라지는 것도 아니다. 어쨌든 그 시절의 나는 작가가 되지 않는 인생은 상상할 수 없었다. 문창과에 와놓고 작가가 되려 노력하지 않는 인간도 이해할 수 없었다. 지

금과 다른, 지금보다 나은, 무엇이 되는 것, 소설가가 되고
아내가 되고 어머니가 되고, 그것이 내가 생각하는 인생
이었다.

현남은 무엇이 되려 하지 않았다. 되고 싶어하지 않았
다. 자신의 표현대로 서면 앉으려 하고 앉으면 누우려 하
고 누우면 잠든 채로 나와 함께 한 대부분의 시간을 보냈
다. 현남은 나와 함께 있는 시간의 삼분의 이 이상을 잠으
로 보냈다. 주말이면 거의 침대에 누워 있었다. 인간이 그
토록 오래 잘 수 있다는 것을, 그래도 괜찮다는 것을, 그때
까지 나는 알지 못했다. 나중에야 알았다. 밖에서의 모든
순간이 현남에게는 스트레스고, 긴장을 푸는 유일한 방법
이 잠이라는 것과, 곁에서 잠들 수 있을 만큼은 나를 편하
게 여겼다는 것을. 이틀 내리 밥도 먹지 않고 화장실도 가
지 않고 잠만 자는 현남이 걱정스러워 흔들어 깨운 적도
여러차례였다.

현남의 자리는 앵글로 틀을 짜서 널빤지를 얹은 간이
침대 위였다. 깨어 있을 때도 현남은 침대 위에 죽은 듯
누워 있었다. 현남이 일상에서 받는 스트레스의 정도는
우리의 상상을 초월한다. 삼십년을 친구로 지낸 지금도
힘들 거라 짐작할 뿐 그 정도는 가늠조차 하지 못한다.

어느날인가, 볕 좋은 봄날, 둘이 소풍을 가려고 김밥을

싼 적이 있다. 그때도 침대에 정물처럼 누워 있던 현남이 불쑥 말했다.

오학년 땐가, 시험을 보는데…

보통 사람에게도 스트레스인 시험이 현남에게는 얼마나 힘들었겠나, 나는 그런 짐작을 하고 있었다.

어느날 시험지를 옆으로 돌렸는데 글자가 거꾸로 있는거야. 눈앞이 캄캄하지 뭐야…

도대체 무슨 말을 하려는 건지 짐작조차 되지 않았다. 글자가 거꾸로 있으면 시험지를 돌리면 되지 그게 무슨 문제란 건가.

글자가 거꾸로 되어 있으니 읽을 수가 없잖아. 내 생각에는 의자를 들고 앞자리로 가서 앉으면 글자가 똑바로 보일 것 같은데…

현남의 말을 이미 이해했다면 당신은 천재거나 자폐가족의 일원이거나, 아마 둘 중 하나일 거다, 아무 생각이 없거나. 나는 현남의 저 말을 제대로 이해하는 데 이십년이 걸렸다. 아무튼 요지는 이렇다. 예전에는 양면 인쇄된 시험지가 많았다. 물론 선생이 직접 손으로 쓴 것이다. 인쇄 방향을 컴퓨터가 알아서 결정하는 게 아니기 때문에 책장을 넘기듯 시험지의 옆을 잡고 넘겨야 뒷면의 글자가 제대로 보일 때도 있고, 맨 아래를 잡고 뒤집어야 제대로 보일 때도 있었다. 그건 순전히 선생 맘이다. 그런데 책장 넘기듯 넘겼더니 글자가 거꾸로 보였다는 거다, 물론 그런 일이야 흔하다. 그럼 글자가 똑바로 보이게 시험지를 돌리면 그만이다. 그런데 우리의 현남은 그걸 못했다는 거다. 시험지를 돌릴 생각은 추호도 하지 못한 채 시험시간이 끝나도록 의자를 들고 앞자리로 가야 글자가 똑바로 보일 텐데, 앞자리에는 다른 애가 앉아 있고, 다른 방법은 없고, 글자가 물구나무 선 시험지를 멀뚱멀뚱 바라보며 한숨만 푹푹 쉬고 앉아 있었다는 거다. 시험이 거의 끝날 무렵에야 사태를 파악한 선생이 현남보다 깊은 한숨을 내쉬며 시험지를 돌려주었다. 그랬더니 글자가 똑바로 보이더란 거다. 현남에게는 기적의 순간이었다.

너 바보냐, 하마터면 그렇게 소리칠 뻔했다. 현남의 이해 능력이 조금만 떨어졌대도 정말 바보인 줄 알았을 것이다. 그러나 내게 보낸 편지에 드러난 현남의 이해력, 통찰력은 나보다 나으면 나았지 결코 못하지 않았다. 그러니 바보는 아닐 터, 대체 인간의 사고구조가 어떻게 되면 글자가 거꾸로 박힌 시험지를 돌려볼 생각조차 할 수 없는 건지, 그날의 대화가 무려 이십년간 나의 화두였다.

이십년 뒤, 현남의 아들이 나의 화두를 산뜻하게 해결해주었다. 우리는 걸어서 오분 거리에 살고 있었는데, 어느날 함께 시장에 가다가 학교가 끝나고 집으로 돌아가던 아들 녀석과 마주쳤다. 우리를 발견하고 잠시 멈칫거리던 녀석은 인사도 하지 않은 채 옆 골목으로 쏙 사라졌다. 약속 없이 우연히 마주친 엄마를 어떻게 대해야 할지 난감하여 그 낯선 상황에 맞닥뜨리지 않기 위해 몸을 피한 것이었다. 그 순간 이십년 넘게 이해되지 않던 시험지 사건의 전말이 명료해졌다. 자폐가족에게는 자신을 제외한 모든 존재가 타인인 것이며, 만남에 앞서 앞으로 닥칠 낯선 상황에 대한 마음의 준비를, 혹은 결연한 각오를 해야만 겨우 그 스트레스를 견뎌낼 수 있는 것이다. 가족조차도 감당하기 어려운 스트레스의 대상이니 타인이야 말해 무엇 하랴. 더 큰 문제는 시험지로 표상되는 사물 혹은 상황이다. 새로운 상황에 대한 스트레스야 대개의 사람들이 느끼는 것이지만 현남에게는 교실 같은 공간조차도 일년쯤은 지나야 설사하지 않는 정도로 스트레스가 줄어든다. 사물 또한 때로 스트레스를 주기는 한다. 기계치가 새 기계를 접할 때, 유달리 소심한 인간이 처음으로 운전대를 잡을 때, 기계는 단순한 사물이 아니라 공포의 대상이 된다. 그러나 시험지라니. 시험지는 잘못 만져 후진할 일도 없고 잘못 눌러 밤새 쓴 원고를 한방에 날릴 일도 없다. 그런데도 현남은 다른 사람을 마음대로 움직일 수 없듯 시험지를 움직일 수 없고, 자신이 직접 움직여야 한다고 생각했던 것이다. 현남에게는 모든 사물이 시험지와 같다.

그런 현남이 대학의 마지막 학기가 얼마 남지 않은 어느날, 집에 돌아오지 않았다. 서울 본가에 갔나 싶어 전화를 해봤지만 그곳에도 없었다. 나흘 만에 현남이 아침에 나갔다 돌아온 듯이 무심히 돌아왔다.

야!

며칠간 맘 졸였던 내가 무색할 정도로 평온한 모습에 화가 치밀어 소리쳤다.

왜?

딸이었다면 등짝이라도 후려쳤을지 모르겠다. 우리는 얼굴이 무기라고, 예뻐서 욕먹는 동기들을 볼 때마다 자조 섞인 농담을 주고받긴 했지만 사흘이나 연락도 없이 사라졌다가 왜,라니.

어디 갔다 오는 거야? 말도 없이.

현남은 그 감색 솜 점퍼를 벗고 침대로 기어들면서 힘없이 대꾸했다.

안기부.

어디?

어조가 하도 심상하여 성이 안씨인 친구 집에 다녀온

줄 알았다. 잠시 후에야 현남의 입에서 나온 단어가 안기부라는 것을 깨달았고, 그보다 현남이 그런 곳에 끌려갈 만한 무엇을 했다는 사실에 더 충격을 받았다.

거긴 왜?

기훈 선배 찾던데…

노동운동을 하다 수배되었다는 소식을 들은 적 있는 과 선배였다.

그 선배를 왜 너한테 찾아?

그 팀에서 학습을 하기는 했는데… 오래전에…

나는 화들짝 놀라 이불을 확 걷었다. 안기부에 끌려가 흠 없이 나오기 어렵던 시절이었다. 그러나 팔뚝이고 등짝이고 현남의 몸은 흠 하나 없이 깨끗했다.

괜찮은 거야?

아는 것도 없는데 뭐…

그 팀에서 학습을 했어? 네가?

하도 하자고 해서… 세번인가 가서 암말도 안 하고 가만있었더니 다시 안 부르던데…

개나 고동이나 다 운동권이던 시절이긴 하지만 이런 이유로 잠시 잠깐 운동권이 된 사람도 세상에는 있는 것이다.

그 말을 믿고 안기부에서 그냥 보내주디?

하기야 안 믿으면 어쩔 건가. 현남에게는 모습을 잘 드러내지 않는 비기 말고도 백중백발 믿게 만드는 재주도 있었다. 딱히 재주랄 건 없고, 백치와 같은 얼굴을 보고 있자면 믿지 않고는 도리가 없어지는 거다. 현남은 심상한 얼굴로 고개를 끄덕였다.

차비 없다니까 여기까지 자동차로 데려다줬어. 앞으로는 나쁜 애들하고 놀지 말라고 신신당부하던데…

나는 폭소를 터트렸다. 현남을 심문한 안기부 요원의 당황을 이해할 수 있을 것 같았다. 현남의 다양한 별명 중 하나는 방버버. 너무 힘든 상황에 처하면 이른바 멍을 때리는 습관 때문에 생긴 별명이다. 이때의 현남만 본 사람은 백이면 백, 좀 모자란 애라고 생각한다. 안기부에서도 현남은 버버거렸을 게 분명하다. 어쩌자고 이런 애를 잡아들였는지 한숨만 나왔을 거다. 그러니 그냥 내보냈겠지. 그 시절 안기부에 삼박 사일 감금되었다가 그런 친절한 배려를 받고 퇴장한 사람은 현남이 처음이었을 것이다. 독재정권도 안기부도 현남을 어찌하지 못했다. 물론 현남을 끌어들였던 운동조직도 현남의 무엇 하나 바꾸지 못했다. 있는 듯 없는 듯 존재를 드러내지 않는 현남이지만 변하지 않기로 존재의 강약을 따지자면 무림의 고수급이다.

안기부 사건과 함께 우리의 대학생활도 막을 내렸다. 나는 소설을 쓰겠다는 일념으로 구직활동을 하지 않았고 현남은 하고 싶은 게 없어 구직활동을 하지 않았다. 그러다 내가 운동단체의 출판팀에서 활동하게 되었고, 내 딴에는 시대의 변화 속에 함께 있어야 하지 않겠냐는, 지금 생각하면 어리석은 생각으로 현남을 끌어들였다. 현남은 대답 없이 망설였다. 그 망설임이 거절이라는 것을 나는 알지 못했고 더 강력히 권유했다. 부끄럽지만 사실 그건 권유가 아니었다. 지식인으로서 시대의 고통을 외면하고 살아서야 되겠냐는 비난이요, 힐난이었다. 지식인은 개뿔. 참고로 말하자면 나는 그 조직이 국가권력의 탄압뿐만 아니라 급진주의와 여기서 다 밝힐 수 없는 여러가지 한계 때문에 막을 내리기 직전, 자의로 탈퇴했다. 안목에 있어서는 현남이 언제나 한수 위다. 그것도 모르고 주제넘게 하루 종일 쏟아부은 나의 열변에 지친 현남은,

그럼 그러든가…

라고 마지못해 고개를 끄덕였다. 나는 그것을 동의 혹은 동조라고 착각했다. 오랜 뒤에 알게 된바, 현남은 거절을 잘하지 못한다. 거절하는 데 상당한 에너지가 들기 때문이다. 그만한 에너지를 들여 거절할 만큼 죽도록 싫은 것도 없기 때문이다. 한마디로 현남은 간절히 하고 싶은 것

도, 죽도록 하기 싫은 것도 없는 것이다. 살아보니 알겠다. 무언가를 죽도록 하고 싶다는 말은 그외의 다른 것을 죽도록 하기 싫다는 말이기도 하다. 아이러니하게도 바로 이 점이, 세상에 전혀 관여하고 싶지 않은 현남을 어떻게든 세상 속에 있게 만들었다.

현남은 이 운동단체에서 현재의 남편을 만났다. 첫 남자기도 했다. 당연하지 않은가. 낯선 모든 것을 두려워하는 현남이 연애라니. 연애의 상대도 처음에는 낯선 남자에 불과하다. 낯선 사람과 가까워지는 데 현남은 몇년이 걸린다. 대개의 남자들은 몇년을 기다려주지 않거니와 그 이전에 현남의 존재를 눈치채지도 못했다. 이 남자는 아주 빨리 현남의 존재를 파악했고 주구장창 따라다녔다. 현남이 익숙해질 만큼 아주 오랜 시간을. 육년 뒤 현남이 결혼 소식을 알렸을 때 나는 결사반대했다.

굶어죽어. 누구 하나는 쌀이라도 얻어 와야 할 거 아냐.

나는 그 남자를 잘 알았다. 심지어 좋아했다. 그러나 현남과 너무 비슷한 사람이었다. 심지어 현남과 비슷하게 너무 가난했다. 게다가 노동자였다.

알아서 살 건데…

현남을 알고 지낸 중 가장 단호한 말이었다. 나는 지금도 그 단호함이 사랑의 위대한 힘이라고 믿고 있다.

저와 가장 흡사한 남자와 결혼한 현남은 저와 비슷한 아들 둘을 낳아, 세상에 존재할 성싶지 않은 자폐가족을 구성했다. 지금이라고 별반 다르지 않지만 십년쯤 전의 자폐가족의 일상은 이렇다. 소설적 구성을 포기하고 이런 방식의 진술을 택할 수밖에 없음을 부디 이해해주기 바란다. 자폐가족의 삶은 해마다 나이를 먹는다는 것 외에 달라지는 게 없다. 그러니 그날이 그날 같은 어떤 날의 어떤 순간을 포착하여 독자들 앞에 있는 그대로 보여줄 수밖에.

하여튼 어느 늦은 밤, 현남의 남편은 열일곱평 아파트의 거실에서 『자본론』을 읽고 있다. 무엇을 위해서는 아니다. 괜찮은 대학을 나와 노동운동을 하겠다고 현장에 들어간 그는 운동을 접고 그냥 노동자가 되었다. 먹고는 살아야 하므로 최선을 다해 성실히 일하는 노동자가. 그러면서 왜 『자본론』을 읽는지 물어보지는 않았다. 막연히 짐작할 뿐이다. 무엇엔가 실망했고 그래도 마음속의 꿈은 이미 꾸기 시작했으므로 절대 접을 수 없는 걸 거라고. 바로 그 지점에서 그는 현남과 달랐다. 현남의 가족을 위해서는 참으로 다행한 일이다. 이룰 수 없는 꿈인 것을 알면서도 포기할 수 없는 자는 성실하다. 내 부모가 그랬다. 그래서 그는 성실히 돈을 번다. 연봉 삼천을. 밤마다 성경처럼 읽는 『자본론』이 그가 대학을 졸업한, 당시로서는 지식인이라는 유일한 증거로 남았다.

그 시각, 현남과 나는 동네 포장마차에서 술을 마신다. 일주일에 한번쯤. 그때마다 현남에게 전화가 온다. 열살과 일곱살 두 아들에게서 번갈아. 현남 같은 사람도 속도위반은 한다. 결혼할 때 맏이는 현남의 배 속에 있었다. 이런 게 인생사의 묘미다. 뿐인가. 역사의 묘미이기도 하다. 욕망이 강한 자만 살아남는 게 아니다. 세상에는 자폐가족들이 현남처럼 몸을 숨긴 채 누구에게든 어떤 시대에든 고요히 스며들어, 저 태곳적의 유전자를 보존하며 은밀하게 살아 숨쉬고 있다. 어쩌면 그래서 이 욕망덩어리의 세계도 폭발하지 않고 지속되는지 모른다.

아무튼 두 아들이 오분마다 전화를 걸어 묻는다.

컴퓨터 오분만 더 하면 안 돼?

안 돼.

하도 답답해서 내가 휴대전화를 뺏어 든다.

야, 그냥 해. 엄마 한시간쯤 더 있다 갈 거야.

방법을 알려줘도 어김없이 오분 뒤면 전화가 온다. 보고 있든 아니든 하지 말라는 것을 허락 없이는 절대 할 수 없는 것이다. 이해할 수 없는 정직함이다. 나라면 컴퓨터를 하면서 전화를 걸어 빨리 오라고, 대체 언제 올 거냐고 따졌을 것이다. 그래야 엄마를 기다리는 척, 맘 졸이지 않고 엄마 몰래 컴퓨터를 할 수 있을 테니까. 현남의 가족은 아들 둘을 포함, 모두가 이 지경으로 정직하다. 이 정도의 정직은 이 지경이라고 표현하는 게 옳다. 자폐가족의 정직은 용납할 수 있는 수준을 넘어서 있다.

언젠가 파리가 들끓어 현남이 묘책을 짜냈다. 파리 한 마리당 컴퓨터 십초. 아들 둘이 하루 종일 파리채를 들고 하나둘, 헤아리며 파리를 잡았다. 열셋쯤에서 숫자가 헷갈리면 아이들은 열부터 다시 셌다. 컴퓨터 하는 시간 몇 분을 더 벌겠다고 온종일 파리를 잡는 것도 답답하지만 열로 다시 돌아가 세다니, 요즘 같은 세상에 밥이나 먹고 살겠냔 말이다. 그러나 예전과 달리 입 밖으로 내뱉지는 않았다. 굶어죽을 줄 알았던 현남 부부가 아이들까지 낳고도 살아 있지 않은가. 이 정직한 아이들도 어떻게든 살긴 살 테지. 어차피 거창한 꿈도 없는 애들이다. 맏이의 꿈은 야쿠르트 아줌마다.

너는 절대 야쿠르트 아줌마가 될 수 없어.

왜?

넌 남자잖아.

녀석이 잠시 고민하다 대답한다.

그럼 야쿠르트 아저씨.

녀석도 직업을 가져야 먹고 산다는 것은 안다. 낯선 세상에 나가 낯선 사람들과 함께 무엇인가 해야 한다는 게 녀석은 두렵다. 그런데 야쿠르트 아줌마는 남들 앞에 나서지 않는다. 현관 투입구로 야쿠르트를 넣으면 그뿐이다. 중학생이 된 뒤까지 녀석은 야쿠르트 아줌마라는 꿈을 접지 않았다.

이날의 더 늦은 시각, 맏이는 제 방에서 잠을 설친다. 내일 또 학교에 가야 하는 것도 두렵고, 군대에 가야 하는 것도 두렵다. 대한민국의 모든 남자가 군대에 가야 한다는 것을 알게 된 뒤로 맏이는 밤마다 겨우 잠들고 잠들면 군대 끌려가는 꿈을 꾼다. 집이 아닌, 모르는 사람들만 잔뜩 있는 낯선 세상으로 끌려가는 꿈을. 매일 악몽에서 깨어나는 맏이는 이제 잠드는 것 자체가 두렵다. 고작 일곱 살인 둘째도 그 옆에서 잠 못 들고 뒤척인다. 군대가 뭔지는 모르지만 자기도 남자니 군대에 가야 할 테고, 형이 저토록 두려워하는 걸 보니 같이 두려워진 탓이다.

현남은 다음 날 급식 당번으로 애들 학교 갈 걱정에 잠을 이루지 못한다. 학교는 모르는 애들 투성이고(시험지도 두려워하는 인간임을 이해하시길. 애라고 해도 낯선 애는 낯선 어른과 똑같이 두려운 현남이다), 게다가 학부모와 선생까지 상대해야 한다. 옆에 있는 것만 해도 두려운데 상대라니. 그래도 엄마는 위대하다. 현남도 변하기는 했다. 제 문제라면 존재를 희미하게 하는 것으로 자리를 피했겠지만 엄마 현남은 어쨌든 상대를 한다. 그 상대라는 게 어떤 수준인지는 독자 여러분의 상상에 맡기겠다. 남편은 거실에서『자본론』을 베개 삼아 잠든다. 다른 식구들보다 덜 예민해서가 아니다. 고된 육체노동의 결과다.

다시 몇년 뒤, 이번에는 용인의 한 전원주택이다. 자폐가족은 아이들이 학교에 적응하지 못해 결국 대안학교로 옮기면서 이사를 했다. 초등학교와 중학교가 함께 있는, 총 학생 수가 서른명을 넘지 않는 소규모 학교였다. 학교는 산중에 있고, 근처에는 마땅한 전셋집도 없고 스쿨버스도 없어서, 현남은 이사 가기 전 부랴부랴 운전을 배웠다. 자폐가족의 운전 도전기를 소설로 써볼까 생각했을 만큼 파란만장한 도전이었다. 운전면허 학원에서 우회전만 하면 현남의 차는 화단에 달싹 올라가 있었다. 현남이 워낙 긴장해 있는 터라 강사는 화도 못 내고 한숨만 내쉬었다. 그 학원의 강사 전원을 경험한 뒤에야 면허를 땄다. 따면 뭐하나. 이사하고 일주일 뒤 내가 전화를 했다.

장은 봤냐?

아니…

왜?

운전하기가 무서워서…

그럼 뭐 먹고 살았는데?

그냥… 이것저것…

6·25 때도 아니고 이것저것이라니. 당장 용인으로 달려
갔다. 장 보러 가기 위해 내 차에 올라탄 현남은 연신 감
탄사를 내뱉었다.

정말 대단하다.

뭐가?

어떻게 뒤를 보지?

현남은 운전대를 잡으면 앞 밖에 보지 못한다. 차선 변
경은 당연히 불가능하다. 차선 변경을 할라치면 차에 탄
모든 가족이 옆과 뒤를 돌아보며 비명을 질러댄다. 지금,
지금! 안 돼!

너 정말 대단하다.

현남에게 그만한 칭찬을 받아보기는 처음이었다. 고작
백미러와 사이드미러를 볼 수 있다는 이유로. 화를 내야
할지 좋아해야 할지 난감했다. 내가 신춘문예에 당선됐을
때도, 무슨무슨 문학상을 받았을 때도 눈곱만큼의 감탄이
나 인정조차 하지 않던 현남이었다. 인정은 무슨, 매번 욕
이나 얻어먹었다. 소설집이 나오면 두어달 뒤, 현남에게
서 전화가 온다.

또 썼더라.

뭐지 이건? 욕인가 싶어 가만히 있으면 이어지는 말이 가관이다.

뭘 그렇게 써대.

역시 욕이다. 문제는 그런 욕을 먹고 내가 반성을 한다는 거다. 자폐가족에게 물든 게 분명하다. 반성의 수준에서 가만있으면 더 센 펀치가 날아온다.

정 쓰고 싶으면 혼자 써. 쓰고 버려.

별것도 아닌 걸로 자원 낭비하고 세상에 민폐 끼치지 말라는 거다. 이런 젠장. 내가 이래봬도 과작의 작가라고! 발끈하고 싶은 심정은 둘째요, 느닷없이 부끄러워진다. 그래, 그러면 될 걸 나는 왜 꼭 어딘가 발표해서 누구에게 읽히려고 하는 거지?

이렇게 나를 엿 먹여 놓고 대단하다니. 백미러 좀 본다고 대단하다니, 누굴 놀려? 아무튼 현남의 운전은 일년으로 막을 내렸다. 내가 삼백에 사서 삼년을 타고 넘긴 라노스는 현남과 일년을 동고만 하다가 운명했다. 당시 산출된 보험금은 백팔십칠만원이었다. 참고로 내가 소유주였을 때 보험금은 사십만원을 넘지 않았다. 어떤 사고가 있었는지는 상상에 맡긴다. 단, 큰 사고는 한번도 없었다. 사람이 다친 적은 없었다는 의미이기도 하다. 시속 오십킬로를 넘어본 적이 없는 탓이다.

입이 근질거려 숱한 사고 중 딱 하나만 까발려야겠다. 현남의 차가 주차장으로 진입한다. 왕복 이차선이 넘는 길인데 불행히 차선이 없다. 차선이 없으면 현남은 어디로 가야 할지 가늠하지 못한다. 부들부들 떨며 현남이 우회전을 한다. 주차장 입구 왼편에는 투명 비닐로 된 포장마차가 있다. 우회전 하던 현남이 넓고 넓은 길 중에 하필 왼편으로 바짝 붙어 포장마차를 들이받는다. 시속 오킬로다. 물론 충격은 거의 없다. 안에서 술 먹던 손님들이 대체 뭔 일인가 싶어 술을 마시며 구경 중이다. 포장마차 한쪽 휘장을 들이받은 현남은 놀라서 고대로 후진한다. 고대로 전진한다. 또 받는다. 더욱 당황한 현남이 또 그대로 후진한다. 또 그대로 전진한다. 세번째로 똑같은 자리를 받는다. 보다 못해 오지랖 넓은 손님 하나가 튀어나온다.

아줌마! 내리씨요!

그날 취한 손님 덕에 현남은 무사히 주차장에 진입했다. 포장마차 휘장이라 다행히 손해배상도 하지 않았다. 우리들끼리는 이런 말이 오갔다. 김여사보다 무서운 게 방여사, 뛰는 김여사 위에 나는 방여사.

용인 오지의 자폐가족이 영 미덥지 않아 나는 자주 용인을 찾았다. 어느 토요일, 내 방문에 아이들이 펄쩍펄쩍 뛴다. 내가 가야 전원주택의 맛, 바비큐 파티가 가능한 까

닭이다. 현남은 직접 기른 채소를 씻고, 남편은 이번에는 자기가 불을 피워놓고 부르겠다며 마당으로 나간다. 이 채소가 나오기까지 아이들의 노력이 가상했다. 마당에 돌이 워낙 많아 밭을 일굴 터가 아니었다. 돌 하나에 컴퓨터 십초. 이번에도 아이들은 하나둘, 열심히 세며 돌을 수백 개씩 주웠다. 물론 스물여섯쯤에서 헷갈리면 다시 스물로 복귀하면서.

준비를 끝내고 아무리 기다려도 마당으로 나간 현남의 남편은 함흥차사다. 답답해서 내가 밖으로 나간다. 회사의 군청색 유니폼을 입은 남편이 잡지를 한장씩 찢어 그릴에 던지고 있다. 뭘 하나 봤더니 가관이다. 숯을 바닥에 일렬로, 그것도 겹치는 것 하나 없이 참으로 미적으로 일렬로 깔고는 그 위에 불 붙인 종이를 던지고 있는 거다. 바보냐, 불은 위로 향하는 속성이 있잖아! 소리칠 뻔했다. 현남에게도 못한 바보 소리를 남편에게 할 수는 없어 이를 악 물고 참는다. 나는 말없이 불 붙인 번개탄을 깔고 그 위에 숯을 놓는다.

우와! 정여사는 못하는 게 없어!

소설가 정아무개가 자폐가족에게는 이런 것으로 구세주다. 이런 식의 칭찬을 받고 나면 늘 기분이 찜찜하다. 뭐야 이것들, 뭐 이런 심정이랄까. 뭐야 이것들, 하는 데는 이런 심정이 숨어 있다. 이들은 생활의 편리에 필요한, 사람이라면 대부분 할 줄 아는 자잘한 기술에 감탄한다. 그러나 자폐가족은 감탄할 뿐 굳이 배우려 하지는 않는다. 애써 배울 만큼 절실한 게 아니기 때문이다. 내가 없으면 구운 고기 안 먹으면 그만이다. 자동차, 안 타면 그만이다. 그래서 이들의 감탄에는, 뭐 이런 쓸모없는 재주를, 그런 의미가 숨어 있다는 느낌이 든다. 그러니까 나는 자폐가족의 입장에서 보자면 쓰잘데없이 계속 뻔한 소설이나 쓰고, 쓰잘데없는 잔재주나 많은 인간인 거다. 틀린 소리는 아니다.

자폐가족이 근대 이후의 온갖 기술에 대해 진심으로 감탄하는 것은 딱 두가지다. 수세식 화장실과 컴퓨터 — 정확히는 인터넷. 수세식에 대해서야 두말할 나위가 없을 테고 인터넷은 자폐가족의 자폐생활을 보호해주는 최상의 보호막이다. 인터넷쇼핑에 눈 뜬 뒤 현남은 모든 것을 인터넷으로 해결한다. 사람들로 붐비는 쇼핑센터에 가지 않는 것만 해도 현남에게는 신세계다. 쇼핑센터에서의 현남을 옆에서 보고 있으면 한마디로 속이 터진다. 무수한 종류의 상품 앞에서 현남은 넋을 잃는다. 우리가 수백만의 사람 앞에 선 것과 비슷한 스트레스라고 짐작하면 된다. 대개는 사려고 했던 것을 사지 못하고 빈손으로 돌아온다. 그 많은 상품 중에 무엇을 골라야 할지 알 수 없기 때문이다. 현남에게는 대형 마트보다 필요한 것만 딱 있는 동네 슈퍼가 제격이다.

아무튼 바비큐 파티가 끝나고 우리는 설거지를 하고 남편은 『자본론』을 읽고 아이들은 내가 선물한 나이키 운동화를 들여다본다. 몇시간이고. 그러나 신지는 않는다. 새 메이커 운동화를 신발장에 고이 모셔둔 채 오며 가며 낯을 익힌다. 그사이 이미 작아진 것은 물론 구멍 나 비가 새는, 인터넷으로 산 싸구려 신발을 계속 신을 것이다. 이미 그 정도는 알고 두치수 큰 걸로 샀다.

자폐가족의 신발장은 가관이다. 오래 전에 신었던 낡은 신발들이 수두룩하게 쌓여 있다. 오래 신어 제 몸처럼 된 것들을 차마 버릴 수 없어서다. 새로운 것에 대한 욕망의 부재는 익숙한 것에 대한 애착과 닿아 있다. 나는 매우 합리적으로 낡은 것은 필요치 않은 순간 폐기처분한다. 나에게 새것은 새로운 동시에 모르는 것이며 알아야 할 것이기도 하다. 알고 보니, 되고 싶은 것도 많고 갖고 싶은 것도 많고 하고 싶은 것도 많은 나는 욕망으로 가득 찬, 자본주의적 인간이었다. 빨치산의 딸인 내가 말이다.

언젠가 내가 가르치는 학생이 천일 기념 선물로 남자친구에게 명품가방을 요구했다. 남자친구가 학생이 무슨 명품이냐고 일언지하에 거절했더니 그 학생이 이렇게 외쳤다고, 문창과에 한동안 소문이 자자했다.

빨치산의 딸도 샤넬을 드는데 나는 왜 안 돼!

그 명품은 물론 선배 언니가 싫증났다고 거저 준 것이었다. 그러나 내심 찔끔했다. 나는 명품이 좋다. 다만 살 돈이 없을 뿐이고, 명품을 사기 위해 돈을 모으는 게 힘들고 귀찮아서 사지 못할 뿐이다. 돈이 많기만 하다면 에르메스고 마놀로블라닉이고 얼마든지 사줄 테다. 그래서 빨치산의 딸이 무슨 하이힐이냐, 변절한 거 아니냐, 언젠가 비난당했을 때

자본이 축적되어야 자본주의가 가능한 거야. 나는 절대 축적하지 않는다고. 이게 진정한 반(反)자본주의적 삶 아니냐?

라고, 얼토당토않은 비난에 얼토당토않은 궤변을 늘어놓기도 했다. 빨치산의 딸답지 않은 내 안의 욕망이 부끄럽기는 하나, 그렇다고 말도 안 되는 비난 앞에 무릎을 꿇기는 싫어서였다.

자폐가족도 물론 아름다운 물건을, 좋은 기계를 보는 안목은 있다. 좋은 걸 볼 때마다 현남은 이렇게 말한다.

좋네, 쩝쩝.

쩝쩝,이라는 의성어 아닌 현남식 단어는, 좋기는 한데

내 것은 아니라는 순간적인 포기가 내포된 말이다. 좋기는 하지만 그것을 내 것으로 받아들이고, 그 이전의 것에 대한 애착을 포기하는 데 에너지를 쓰고 싶지는 않다는 뜻이다. 배가 고프지만 먹고 싶지는 않다, 좋지만 갖고 싶지는 않다. 이게 자폐가족의 생활패턴이다. 그러니 노동자의 월급으로도 불편하지 않게 생활을 영위할 수 있는 거다.

요즘은 남편의 연봉이 삼천오백쯤이란다. 친정도 시댁도 가난하기 짝이 없어 양쪽 모두 오십씩 매달 생활비를 댄다. 아이 둘은 중학생, 고등학생이다. 자기 집도 없어 두 해마다 전세비를 올려줘야 한다. 그런데도 산다. 어떻게 사는지 기적과도 같은 일이다. 물론 우리나라에는 이들보다 경제사정이 더 어려운 사람들도 많을 것이다. 중요한 것은 경제적 수준이 아니라 자폐가족의 자족적 상태다. 자폐가족은 지금의 이 상황을 힘들어하지 않는다. 지금 이대로 아무도 우리를 건드리지 않았으면, 이게 자폐가족의 유일한 희망이다. 학교만으로도 스트레스 가득이라 맏이는 백칠십이 센티에 사십육 킬로, 제 엄마 꼭 닮아 소화불량에 설사를 달고 산다. 학원비 걱정은커녕 건강상 학원 갈 엄두도 못 낸다. 대학은 어디든 가면 다행이고 안 가도 그만이다. 살아남는 게 우선이니까. 둘째도 아직 어리다는 것 외에 다를 바 없다. 비싼 외제 차? 외제고 뭐고 무서워 못 탄다. 해외여행? 나만큼 친하고 나만큼 잔재주 많은 사람과 함께라면 엄두를 내볼까, 것도 두어달 고민 하다 포기하기 일쑤, 자기들끼리는 언감생심 꿈도 안 꾼 다. 유일한 취미인 책은 도서관에 잔뜩 있다. 이사 가기 싫 어 집을 갖고 싶긴 한데 노동자 월급으로는 턱도 없고 그 래서 역시 꿈꾸지 않는다. 큰 집은 청소하기 귀찮아 싫고, 마당 넓은 집은 관리하기 귀찮아 싫다. 이십평대의 아파 트면 족하다. 세상과 어쩔 수 없이 교류해야 하는 약간의 고통을 제외하면 요즘 현남의 나날은 맑음,이다.

마흔서넛쯤 되던 어느 날, 집에서 원두를 갈아 커피를 마시던 현남이 나른하게 말했다.

정말 좋다.

뭐가?

나는 내가 남들처럼 살까 싶었거든.

나도(물론 네가 그럴까 싶었다는 의미의 맞장구다).

근데 원두커피도 마시고 아파트에서 살고 집도 따시 고 따박따박 월급 갖다주는 남편도 있고 오리털 파카도 있고…

대학시절 처음으로 오리털 파카라는 게 나왔다. 얼마였 는지는 모른다. 사볼 엄두도 내지 못할 만큼 비쌌다는 것만 기억한다. 솜 점퍼를 입고 벌벌 떨며 현남과 나는 친구들의 오리털 파카를 부럽게 바라봤었다. 요즘은 거위털로 유행이 옮겨갔지만 그건 상관없다. 오리털만 입어도 따뜻하니까. 백만원이 훌쩍 넘는다는 캐나다구스 같은 건 알지도 못한다. 알아도 현남은 좋겠네, 쩝쩝, 하고 지나칠 게 분명하다.

오늘도 현남은 집에서 커피를 마시며 책을 읽고, 택배 초인종이 울릴 때마다 안절부절 버버거리며 택배를 받을 것이다. 그 남편은 가족을 위해 종일 노동을 하고 돌아와 소박한 밥상을 받고 『자본론』을 읽겠지. 아이들은 이제 다 커 야쿠르트 아줌마보다 더 나은 프리랜서 프로그래머가 되기 위해, 컴퓨터를 오분만 더 하게 해달라고 엄마와 실랑이를 벌일 게다. 아이들의 이십년 후도 비슷한 풍경이지 싶다.

그렇게 살 바엔 차라리 죽는 게 낫지 않냐고, 자폐가족의 이야기에 속 터져 미칠 것 같은, 젊은 날의 나 같은 독자가 있을지 모르겠다. 그런 독자에게는 자살도 욕망이라고 말해주고 싶다. 좌절된 욕망이 자살충동을 불러일으키는 거라고. 자폐가족은 욕망이 없으니 자살충동 따위 느끼지 않는다. 바로 이 지점에 주목하시길.

나는 무려 삼십년에 걸쳐 현남의 삶을 지켜보았다. 둘

도 없이 친한 친구지만 때로는 속 터지고 때로는 황당했음을 고백한다. 과연 이런 삶도 의미가 있는 걸까, 심각하게 고민한 적도 있다. 현남과 자폐가족의 삶을 손쉽게 부적응으로 결론지을 수도 있다. 그러나 그런 생각이 들 때마다 무엇인가 마음에 걸렸다. 꼭 써야 돼? 쓰고 버려, 등등 왠지 정곡을 찔린 듯 나를 불편하게 했던 현남의 말 때문만은 아니었다. 나이 들면서 내 안의 욕망을 객관적으로 보게 된 것이 먼저인지 현남의 삶이 준 교훈이 먼저인지는 분명하지 않다. 어느 쪽이 먼저든 내 욕망을 확인한 순간 나는 깨달았다. 자폐가족이야말로 진정한 자본주의의 적이라는 것을.

자본주의를 한마디로 어떻게 정의해야 할까. 나는 경제학자도 아니고 한낱 소설가일 뿐이다. 그러므로 상식의 정의에 따르겠다. 자본주의는 인간의 무한한 욕망을 동력으로 삼아 대량생산과 대량소비의 확대재생산 속에 괴물처럼 팽창하고 있다. 조금 더 편리하게 살기 위해, 단적으로 더 큰 냉장고와 더 빠른 자동차와 기능조차 제대로 알지 못하는 새 휴대전화를 갖기 위해, 사람들은 무한경쟁 속에 자신을 내던진다. 자본주의의 오래된 적이었던 사회주의는 새것을 갖기보다 낡은 것이라도 다 같이 나눠 갖자는 주의였다. 그런데 자폐가족은 심상하게 묻는다.

왜 가져야 돼?

더 큰 냉장고 없이도 더 빠른 자동차 없이도 새 휴대전화 없이도 인간은 살 수 있다. 자폐가족은 자본주의의 동력 그 자체인 욕망을 부정하는 자들이다. 휘발유 없이 차는 움직이지 않는다. 보일러도 돌아가지 않는다. 욕망을 이성으로 통제하여 평등하게 함께 누리자는 게 사회주의다. 자폐가족은 보다 근원적으로 욕망 그 자체가 부재함으로써, 자본주의의 전원을 오프시킨다. 자본주의에 이보다 강력한 적은 없다. 부디 이 욕망 없는 자들에게 번식의 능력을!

불행히도 혹은 다행히도 이들에게는 자신들이 자본주의의 적이라는 자각이 없으며 자본주의의 적이 되고 싶어 하지도 않는다. 그들의 삶에는 하고 싶다는 것 자체가 부재하므로. 아, 단 하나의 싶다,가 존재하긴 한다. 이대로 가만있고 싶다는 것. 욕망이 부재하므로 자폐가족은 자본주의의 적이지만 욕망이 부재하므로 자본주의의 실질적 위협이 될 수는 없다. 슬퍼해야 할지 기뻐해야 할지, 그건 모르겠다. 다만 무한경쟁에 피로를 느낄 때, 내 자신의 욕망에 치일 때, 나는 자폐가족을 생각한다. 인간은 저렇게도 살 수 있는 것이다. 그들이 나와 같은 세상에 존재하고 있다는 사실 그 자체만으로 때로는 위안이 된다. 그러니 독자 여러분도 자식놈이 스펙 운운하며 어학연수 보내 달라고 떼를 쓰거나, 후배에게 승진이 밀렸거나, 마누라 친구의 잘난 남편과 비교당했거나, 이러저러하여 사는 게 엿 같을 때, 자폐가족을 떠올려주기 바란다. 자본주의의 도도한 물결에 휩쓸려 기를 쓰고 살아가는 우리와 자폐가족의 심상한 삶이 다르면 또 얼마나 다를 것인지, 생각하다보면 묘한 안도감과 위로가 밀려올 것이다. 작은 위로라도 얻거든, 퇴근길의 전철 안, 전쟁난민 같은 몰골로 골동품 같은 휴대전화에 얼굴을 파묻은 채, 낯선 이들이 두려워 얼굴조차 들지 못하는, 저 자폐가족의 일원에게 뜨악한 시선도 주지 말고 응원의 시선도 주지 말고, 그들이 그저 그렇게 희미하게 존재할 수 있도록 무심히 대해주길 바란다. 그들은 욕망으로 똘똘 뭉쳐 앞으로 달려가는 것 외에 도무지 멈출 수 없는 우리 불운한 인류의 쉼표,일 터이니, 그 쉼표들이 알아서 쉴 수 있도록 말이다.

문학박사
정지아의 집

좆됐다.

문학박사 정지아는 전화를 끊으며 자신도 모르게 입
밖으로 중얼거렸다. 문학박사의 품위에 걸맞게 절대, 평
생, 내뱉어본 적 없는 비속어가 튀어나오자 제풀에 놀란
그녀는 재빨리 창밖을 살폈다. 고상한 문학박사가 육두문
자를 쓴다는 게 알려지면 뒤에서들 수군거릴 게 뻔했다.
다행히 단 네가구가 이웃해 사는 산골 마을, 사십도에 육
박하는 여름날이라 주변에는 개미 한마리 얼씬거리지 않
았다. 키우는 개조차 죽은 듯 널브러져 있었다. 그녀도 서
울 유력 일간지 문화부 기자라는 이의 전화를 받기 전까
지는 널브러진 개 꼬락서니로 헐떡이며 한낮이 지나가기
를, 지긋지긋한 여름이 지나가기를, 기도하는 중이었다.
문학박사, 그러니까 문학박사라는 타이틀 덕에 간신히 얻
은 초빙교수 수입으로는 사십도에 육박하는 여름, 에어컨

전기요금을 감당할 도리가 없었다. 에어컨을 켤까 말까, 고민하던 중에 문화부 기자의 전화를 받은 것이다.

그녀의 신원을 확인한 문화부 기자는 대뜸 물었다.

작가님, 농사지으신다면서요?

작가라는 호칭에 그녀는 순간 당황했다. 작가라는 호칭을 들어본 게 얼마만인가. 물론 작가긴 했다. 그녀가 등단한 건 이십여년 전, 신춘문예로 화려하게 등단한 뒤 간간히 단편을 썼고, 세권의 소설집을 냈다. 신간 출판 즈음이면 중앙일간지와 인터뷰도 했다. 그러나 책은 팔리지 않았고, 상상력은 나이와 반비례하여 쏜살같이 사라졌으며, 엄마를 모시겠다고 지리산 자락에 묻힌 이후로는 세간의 관심도 문학적 상상력도 함께 묻혔다. 지리산 자락에 사는 농군들은 작가 따위에는 일절 관심이 없었다. 한 시대를 풍미한 이문열이나 공지영 같은 이름조차 평생 들어본 적 없는 사람들이었다. 그들에게는 소설 나부랭이보다 자신들 앞에 놓인 퍽퍽한 삶이 더 긴박했다. 그들 앞에 소설갑네 유난 떨 배짱도 없고 하여 그녀는 그냥 이혼한, 직업도 딱히 없는, 좀 안 된, 해서 좀 봐줘야 할 아줌마로 살아가고 있었다.

그랬던 그녀가 요즘은 박사님으로 통한다. 순전히 친구가 데려온 백피디 탓이다. 영화판에서 일하는 백은 업계

에서 제법 잘나가는 피디였다. 원래 학부 전공이 영화였
냐는 그녀의 질문에 백피디는 우물거렸다. 눈칫밥 경력으
로 둘째가라면 서운할 그녀는 순간 매의 시선으로 백피디
의 표정에 서려든 사소한 열패감을 낚아챘다. 그래서 냉
큼 물었다. 고졸인가? 백피디의 표정에 이번에는 노기가
서렸다. 그러거나 말거나 술자리가 이어지는 내내 그녀는
백피디가 입만 열면 흡, 어디 고졸이 감히, 문학박사 앞에
서! 입을 막았다. 평생 그렇게 노골적인 말을 면전에서 들
어본 바 없을 백피디는 분노를 넘어 당황했고, 새벽 다
섯시쯤에는 죄송합니다, 감히 고졸이 한말씀 드리자면,
뭐 고졸도 입을 열 수는 있지 않습니까,라고, 치부라 생각
했던 제 학력을 제 입으로 까발릴 지경에 이르렀다. 그날
밤 백피디는 제 한계를 넘었고, 모두 기분 좋게 흥건히 취
했다. 거기까지였으면 나름 아름다운 밤이었을 것이다.
다음 날 손님 대접할 찬거리를 사러 읍내에 다녀오던 그
녀는 동네 입구에서 기함을 했다. 비뚤비뚤한 나무를 이
어 붙여 만든 조잡한 입간판에 떡하니 이렇게 적혀 있었
던 것이다.

　문학박사 정지아의 집.

　누가 볼세라 차를 세우고 입간판을 뽑기 시작하는데,
젠장, 타다다다, 옆집 아주머니가 타는 낡은 오토바이 엔

진이 뚝 멈추는 것이었다. 입간판은 어찌나 깊이 박아놨는지 용을 써도 잘 빠지지 않았다. 아주머니가 등 뒤에서 기웃거리는 게 느껴졌다. 한사코 듬직한 어깨로 막아보았으나,

워매! 문학박사였다요? 워째야 쓰까… 것도 모리고 우리는…

등 뒤로 아주머니의 탄성이 들려왔다. 작가는 몰라도 박사는 안다. 그러니 역시 박사가 작가보다 한길 위인가, 그런 생각을 하면서 그녀는 입간판을 뽑으려 안간힘을 썼고, 마침내, 문학박사 정지아의 집이 쑤욱, 뽑혀 나오면서 문학박사 정지아는 엉덩방아를 찧었다.

미안허게 됐소이.

대체 무엇이 미안하다는 것인지, 아마, 것도 모리고, 돈벌이도 못하는 이혼녀라 불쌍히 여겼다는 의미인 성싶었다. 이사 온 첫날, 나이를 알자마자 거리낌 없이 말을 놓던 아주머니는 정중한 사과와 함께 오토바이에 시동을 걸었다. 낡은 오토바이는 좀처럼 시동이 걸리지 않았고, 오토바이 소리가 다시 멀어질 때까지 그녀는 등짝에서 식은땀이 나는 것 같았다. 한 사람이 알면 다 안다. 그게 시골의 법칙이다. 그날부터 그녀는 '박사님'으로 불리게 되었다. 다들 깍듯이 존대도 했다. 이웃에서 얻어먹는 품목

이 다양해지고, 질도 높아졌다. 다른 집에는 흠집 난 대봉을 줘도 문학박사인 그녀에게는 흠집 하나 없이 옹골차게 큰 대봉을 줬다. 시골 사람들에게 박사는 아마 배운 자의 끝판왕인 모양이었다. 박사는 세상만사를 꿰뚫는 현자라고 생각하는 것인지 빈둥빈둥, 부모 살점 뜯어먹는 아들놈 취업문제나 도시로 시집가는 딸내미의 혼수문제까지 그녀와 상의하곤 했다. 박사라고 대접을 받고 있으니 '문학박사 정지아의 집' 입간판을 만든 만행을 저지른 백피디에게 감사해야 할지, 문학박사답기 위해 어울리지 않는 조신을 떨어야 하니 원망해야 할지, 그녀는 그날 이후 혼란 속에 살고 있었다. 그럼에도 하도 불리다보니 면역이 생겨 고졸에 익숙해졌던 백피디처럼 그녀 또한 박사에 익숙해지고 있는 참이었다.

그런데 작가라니. 대체 얼마 만에 들어보는 그리운 호칭이란 말인가. 그 말에 취해 문학박사 정지아는 농사라는 키워드의 중요성을 그만 놓치고 말았던 것이다.

다름 아니라 작가님 인터뷰를 하고 싶어서요.

마지막 인터뷰가 언제였더라… 그녀는 한참 기억을 헤집었다. 마지막 소설집을 낸 게 칠년 전이던가 팔년 전이던가. 그때 몇몇 신문사와 인터뷰를 했다. 그래봤자 책은 팔리지 않았고, 글은 더 써지지 않았다. 소설 쓰는 것 외에 세상의 이슈가 될 만한 어떤 일을 하는 것도 아니었다. 고향에 내려온 이래 밥벌이를 위해 인근 대학에서 하루나 이틀 강의를 하고, 그 돈으로 엄마와 개 두마리와 고양이 네마리를 돌보는 게 그녀 일과의 전부였다. 나머지 시간은… 늙어가는 쓸쓸함, 좋은 소설을 쓰고 싶다는 열망(당연히도 나이와 함께 점점 식어가는), 결국 쓸 수 없을 것이라는 좌절, 따위로 시답잖게 흘려보내고 있을 뿐이었다. 그런 그녀의 생활에 기사가 될 만한 거리가 있을 리 만무했다.

책을 낸 것도 아닌데 무슨 인터뷰를…

아, 박경 시인 페북에서 작가님 텃밭 사진을 봤어요. 예사 정성이 아니던데요?

경이 우리 텃밭 사진을 올렸어요?

박경은 친하다면 친하고 아니라면 아닌, 적당한 거리를 유지하는 후배 시인이었다. 방문하겠다고 하면 자꾸 핑계를 대서 미루게 되는, 그러나 계속 거절만 할 수는 없어서 이삼년에 한번쯤 결국은 받게 되는 정도의 손님? 박경이 마지막으로 다녀간 건, 집 앞 마당에 고추며, 오이, 가지, 호박, 토마토 등속을 막 심어놓은 사월 말이었다. 이웃들은 문학박사 정지아가 이사 온 덕에 박사마을이 됐다며, 누군가는 곰취 모종을, 누군가는 콜라비 모종을, 누군가는 피망 모종을 가져왔다. 심을 자리가 부족하면 알아서 마당 한편을 갈아엎어, 자기 집에서 가져온 퇴비며 비료까지 뿌려주었다. 덕분에 그녀 텃밭은 품목이 제법 다양했다. 그걸 그녀와 엄마, 둘이 절대 다 먹을 수 없다는 게 함정이라면 함정이었다. 이웃 덕분에 지은 농사를 함부로 버릴 수도 없는 노릇, 그녀는 사 먹는 것보다 더 비싼 택배비를 들여 서울 사는 지인들에게 보내거나, 것도 넘치면 마트 가는 길에 싣고 나가 사 킬로미터 이상 떨어진 야산에 버리곤 했다. 일종의 음식물 찌꺼기이니 아무데나 버릴 수도 없었다. 길가에 차를 세운 뒤, 때로는 배추나 무가, 때로는 피망이나 가지가 담긴 제법 무거운 비닐봉투를 들고 야산을 오르며 그녀는 백피디가 원망스러웠다. 이 모든 사달이 다 그놈의 문학박사 탓이었던 것이다.

아무튼 박경이 다녀간 지난 사월 말, 이웃집 아저씨가 심기 직전 경운기로 로터리를 쳐주었으니 막 모종을 심어놓은 텃밭에는 잡초 한포기 없었다. 게다가 동네 전문가들의 조언에 따라 지난겨울에 미리 심어놓은 상추는 푸릇푸릇 먹을 만하게 자라, 텃밭에는 봄이 충만했다. 박이 그걸 찍어 페이스북에 올린 모양이었다. 하여간 그놈의 페북이 문제였다.

박경은 지난해, 페북 때문에 몇차례 홍역을 치렀다. 그녀는 페북을 하지 않으니 보지 않아 구체적으로 어떤 문제인지는 잘 모른다. 하지만 그때마다 박은 전화를 해서 하소연을 했다. 다들 어휘 하나로 제 진심을 오해하고 왜곡해서 죽을 지경이라는 것이었다. 말끝마다 박은 물었다.

누님, 어쩌지? 나 어떡해?

샌드 페블즈도 아니면서 박은 나 어떡해, 통화하는 내내 울먹거렸다. 저도 모르는 걸 지리산 자락에 묻혀 사는 그녀가 어찌 알겠는가? 그러나 한가지는 알았다. 원천을 끊어내면 모든 문제는 사라진다. 생명이 사라지면 그 생명으로 인한 모든 고뇌도 슬픔도 사라지는 것이다. 매일 걸려오는 전화에 지친 어느날, 그녀는 냉정하게 쏘아붙였다.

페북을 끊어.

박이 말을 멈췄다. 박과 통화한 이래 처음으로 삼초쯤의 침묵이 흘렀다. 이윽고 한숨을 내쉬며 박이 단호하게 말했다.

그럼 나 죽어.

페북 때문에 늘 남의 입에 오르내리고, 심지어 법정에 서기까지 했으면서 그놈의 페북을 끊으면 죽는다니, 그녀는 동네 사람들이 부러워마지 않는, 작가보다 윗길인 박이면서도 도무지 이해할 수 없었다. 이해는커녕 참을 수 없는 짜증이 치밀었다.

죽든가 견디든가 둘 중 하나는 해야 할 거 아냐? 사탕은 양껏 먹고 싶고 이 아픈 건 싫어? 네가 애야?

야멸차게 전화를 끊고 그녀는 생각했다. 오해와 왜곡에도 불구하고 관심 없이는 살 수 없다는 박의 마음을. 그녀의 결론은 이러했다. 지가 아이돌이야? 아무튼 그런 야멸찬 대접을 받고도 박은 올봄, 이 먼 곳까지 그녀를 찾아온 것이다.

텃밭 사진뿐이겠어요? 지리산의 만찬이라고, 작가님이 대접한 두릅에, 머위에, 근사한 저녁상 사진도 올라와 있던데요? 고양이 키우시죠? 이름이 그냥이, 저냥이라면서요? 그냥저냥 사는 지리산 은둔자,라고.

이놈의 자식을 그냥, 저냥, 확! 지리산 은둔자라니. 이건 문학박사 정지아의 집보다 더 낯 뜨거웠다. 문학박사 정지아의 집은 웃기기라도 하지. 박의 페북 팔로워가 대충 몇이나 되는지 궁금해졌다. 박이 세간의 소문에 오르내린다는 건 팔로워 수가 만만치 않다는 의미일 터였다. 이혼하고 변변한 밥벌이도 없고 소설도 만부 이상 팔아본 적 없는 문학박사 정지아를 박의 수많은 팔로워들은 지리산 은둔자로 알고 있을 것이다. 이건 아름다운 오해인가, 낯 뜨거운 오해인가, 혹은 참혹한 조롱인가.

박시인 페북 보고 연락드리는 겁니다. 제가 소확행이라는 주제로 특집기사를 준비 중인데요. 중앙문단을 떠나 농사를 지으며 살아가시는 작가님 취재를 하고 싶습니다. 주제에 딱 들어맞는 것 같아서요.

소확행은 개뿔. 지리산 인근에는 소확행이든 뭐든 서울에서의 경쟁적 삶과 다른 뭔가를 지향하여 귀촌한 사람들이 꽤 많은 듯했지만 그녀가 고향으로 돌아온 데는 어떤 목적도 없었다. 몇몇 그녀의 소설을 인정해주는 사람이 있긴 했으나 대중의 관심을 살 정도는 아니었고, 젊어서는 언젠가는,이라는 실낱같은 희망이라도 있었으나 마흔 중반에 접어들고 보니 자기 소설의 끝이 머지않은 것 같았다. 그렇다고 욕망이 남다른 것도 아니었다. 없는 재주를 있는 척, 싫은 것을 좋은 척할 만큼 비위가 강하지도 않았다. 게다가 문학박사라는 타이틀 덕에 간신히 꿰찬 계약교수직은 나날이 일이 많아졌고, 머지않아 계약이 종료될 상황이었다. 이름난 소설가도 아니고 시간강사로 이 대학 저 대학 전전하면서 제 집 한칸 없이 서울 살이를 한다는 게 쉰을 앞두고 아득해졌다. 그런 마음을 짐작이라도 한 듯 급작스레 아버지가 세상을 떴고, 여든다섯 넘은 어머니는 당뇨에 혈압에, 아프지 않은 데가 없었다. 홀로 남은 늙은 어머니를 봉양하기 위해 낙향한다는 건, 그 무렵 그녀에게 안성맞춤의 핑곗거리였다. 고향 사람들은 효심이 지극하여 출세와 명예를 버리고 낙향한 줄 알지만, 실상 그녀의 낙향은 패배자의 포기선언에 불과했다. 그런데 소확행이라니. 뭐라 말해야 할지 난감해서 그녀는 잠시 침묵했다.

제 입으로 소확행을 선언한 사람들이야 차고 넘치지만, 그건 뭔가 좀 구린 냄새가 나서요. 작가님의 삶이야말로 진정한 소확행 아니겠습니까? 박시인 아니면 알려지지도 않았겠지요.

아니, 그게, 진짜 농사를 짓는 것도 아니고, 저 먹을 것이나 조금 심었을 뿐인데요. 농사라고 하기에도 낯 뜨겁고, 그러니까 저… 다른 사람을 알아보시는 게…

역시! 작가님은 다르시네요. 나서지 않는 것, 저는 그게 진짜 소확행을 실천하는 사람의 태도라고 생각합니다. 작가님의 진정성을 이해합니다만, 한번 도와주십쇼!

진정성,이라는 단어를 그녀는 참으로 오랜만에 들었다. 팔십년대의 아이콘과 같았던 '진정성'이라는 단어는 이십일세기의 어느 순간 사어가 되었다. 그녀 스스로도 진정성이라는 말을 써본 기억이 까마득했다. 내가 지금 진정성 있는 삶을 살고 있는 건가, 자문할 틈도 없이 기자가 밀어붙였다.

강의가 수목이시라구요?

그건 또 어떻게 알았을까. 박이 화요일에 왔고 강의 핑
계로 술도 자제하고 이른 새벽에 돌려보냈는데 아마 그것
까지 페북에 올린 모양이었다.

그럼 금요일이 편하시겠죠? 제가 이번 주 금요일에 찾
아뵙겠습니다.

기자는 다른 일이 있다는 핑계를 댈 겨를도 없이 속사
포처럼 내뱉고는 급하게 전화를 끊었다. 학교와 마트 외
에 집순이로 틀어박힌 생활까지 박과 그의 팔로워들은 다
알고 있는 것이다. 깊은 산중에 있는데도 발가벗은 채 세
상과 마주한 느낌이었다. 엄밀하게 말하자면 발가벗겨진
건 아니었다. 지리산의 은둔자라니. 누구도 불러주지 않
아 문단에 걸음하지 않았고, 귀찮아서 구태여 찾지 않았
을 뿐이다. 은둔이란 세상의 주목에 넌덜머리 난 자가 선
택할 수 있는 것, 그녀는 은둔 따위를 꿈꿀 만큼 주목받거
나 번잡한 삶을 살아본 적이 없었다. 그러니 박의 페북에
몇장의 사진과 몇줄의 글로 포장되어 있을 그녀는 실제의
그녀가 평생 가져본 적 없는 근사한 켈리백 같은 걸 들고
있는 가상의 존재였다. 그녀가 아닌 그녀에 신경 쓸 필요
는 없을 터, 문제는 당장 사흘 뒤로 다가온 인터뷰였다.

기자가 예사 정성을 기울인 게 아니라고 했던, 그러니

까 박의 팔로워들이 그렇게 믿고 있을 그 텃밭이 지금 바로 그녀의 눈앞에 펼쳐져 있었다. 가지와 오이, 고추, 토마토, 외에도 이웃들이 가져다준 이름 모를 이런저런 여름작물이 심어진 텃밭에는 채소보다 잡초가 더 무성했다. 빈 집을 얻어 고향에 내려온 이후 그녀는 때마다 이런저런 작물을 심었다. 심고 거두는 것은 나름 재미가 있었으나 풀 뽑는 것은 도무지 체질에 맞지 않았다. 풀은 작물보다 더 빨리, 더 무섭게 자랐다. 비 내린 다음 날 풀을 쳐다보고 있으면 쑤우욱, 자라는 게 실시간으로 보이는 것 같았다. 뽑아봐야 어차피 금세 또 날 거, 그녀는 잡초 뽑기를 쉽게 포기했다. 더 많이 심고 더 적게 거두면 되지 뭐. 그녀의 판단은 매우 합리적이었다. 무섭게 자라는 잡초 틈에서도 작물들은 죽지 않고 자라 그녀가 미처 다 먹을 수 없을 만큼 내놓았다. 그녀는 게으르기 짝이 없는 자신의 농법(고작 열평 농사도 농사라 칠 수 있다면)을 투기(投企)농법이라 불렀다. 살아남는 자, 먹어주리라,라는 투기농법으로 키운 작물은 거친 잡초들과 힘겨루기를 하며 살아남은 덕인지 정성 들여 키운 어느 집 작물보다 향이 짙고 맛도 강했으며 식감도 질겼다. 나이 든 자들은 어려서 먹던 바로 그 맛이라며 그녀의 작물에 감탄했고, 어린 친구들은 이딴 거 말고 하우스에서 곱게 자란 야들야들한 애들을 달라며 그녀의 작물을 외면했다. 그러거나 말거나 그녀는 찌개 끓이다 말고 밭에 나가 고추 따고 열무 뜯고 파 뽑는 일상이 나쁘지 않았다. 그럼 됐지 뭐…는 기자의 전화를 받기 전까지 상황이었다.

문학박사 정지아는 눈앞에 펼쳐진, 투기농법의 무질서한 현장을 객관적으로 냉정하게 훑어보았다. 그리고 휴대전화 단축번호 3번을 눌렀다.

예, 박사님.

전화를 받은 이는 그녀 전화기에 '입 무거운 여인'으로 저장된 송씨 아주머니였다. 팔순이 막 지났으니 아주머니보다 할머니라는 호칭이 더 어울리겠지만 그녀 나이 쉰다섯, 어머니 나이 아흔넷, 이런 사유로 할머니라 부르기에 민망하여 그녀는 팔순의 송여사를 아주머니라 불렀다. 그 아주머니에게 할 말이 있긴 했으나 차마 입이 떨어지지 않았다. 조심스럽고 속 깊은 아주머니는 그녀의 그 망설임을 이내 간파했다.

박사님. 머시 필요하대요?

문학박사 정지아는 남들이 알다시피 빨치산의 딸로 지독한 가난 속에 성장했다. 그러나 그런 환경에서 대개, 마땅히, 해야 했을 노동은 해본 적이 없다. 여자도 남자와 똑같이 공부할 수 있는 세상을 원해서 사회주의자가 된 어머니는 공부에 한이 맺혀 그녀가 서울대에 진학하기를 간절히 원했고, 동네 아이들이 나물 캐고 고동 잡는 시간에도 그 시간 아껴 공부하라며 그녀의 방문을 잠갔다. 그게 진정한 사회주의자의 모습인지는 의문투성이지만, 어찌됐든 그녀는 어머니의 의도로 방에 갇혀 어머니의 의도와는 전혀 상관없는, 서울대 갈 공부를 하찮게 여기게 만드는 쓸모없는 책을 무진장 읽어대며 사춘기를 보냈다. 그 결과, 그녀는 노동과 친해지지 않았다. 물론 서울대도 못 갔다.

고향으로 돌아온 뒤, 그녀는 아랫집에 어머니를 모셨다. 어머니는 다행히도 하루 두끼면 족했다. 그 두끼를 매일 챙기는 일이 생각보다 쉽지 않았다. 칠년 수발을 들고 나니 밥 때만 되면 짜증이 치밀었다. 외식을 못하고 외출을 못하는 건 새발의 피였다. 어머니는 나이 들며 식성이 달라졌다. 매운 고춧가루 풀어 얼큰하게 끓인 짭짤한 동태찌개, 매운 고춧가루 뿌려 매콤하게 무친 짭짤한 무생채, 같은 그녀의 식성을 길러준 것은 어머니였다. 그런데 늙은 어머니는 고춧가루 들어간 것은, 짭짤한 것은, 일체 입에 대지 않았다. 그녀는 자기가 먹을 수도 없는 음식을 하루 두끼, 오군 식품군 철저히 계산하여 칠년 만들었고, 어느 순간 화가 쌓이고 짜증이 쌓여 한국 여성 대부분이 앓고 있는 화병을 앓기에 이르렀다. 그렇다고 늙은 어머니에게 식성을 바꾸라 할 수도 없는 노릇, 밥 때만 되면 골머리가 지끈거렸다.

그 무렵, 어리석기로는 그녀에게 절대 지지 않는 친구가 찾아왔다. 서울대를 수석 입학한 친구의 아버지는 오공 시절 금감원장이었다. '병신 친구'는 그걸 축복이 아닌 원죄로 받아들였다. 머리 좋고 자존심 세고 더러운 꼴 못 보는 병신 친구는 하버드에서 지도교수와 한판 붙어 결국 학위도 못 받고, 당연히 교수도 못 됐다. 영어, 불어, 독어에 능통한 병신 친구는 결국, 그렇게도 부정했던 아버지 연금으로, 그래도 부족하지는 않게, 매일 저렴한 와인 두병 정도는 마실 수 있는 인생을 살고 있다. 빨치산의 딸과 금감원장의 딸에게는 두가지 공통점이 있었다. 부모의 삶이 두 사람 인생의 상당 부분을 결정했다는 것, 더 결정적으로 빨치산의 딸이어서, 금감원장의 딸이라서, 노동과 친하지 않다는 것! 금감원장의 딸이라서 그녀보다 돈에 더 너그러운 친구가 딱 한마디 했다.

아줌마 써.

응?

응? 이라고 그녀는 되물었다. 친가 외가 포함하여, 그녀의 가문은 쓰여보기는 했으나 쓴 적은 없었다. 사람을 쓰다니. 노동을 파는 내가 노동하면 되는데,가 그녀 집안의 암묵적인, 아니 너무도 당연한 진리였다, 그런 문제로 고민한 적도 없을 정도의.

쓰라니까. 일주일에 한번만 쓰면 돼. 청소하고 밑반찬만 해달라 해. 하루 오만원이면 돼. 위스키 한병 버린다쳐.

하루 오만원은, 그러니까, 그 친구의 아버지가 잘나가던 시절, 아랫사람 배려하여, 그러니까, 노동의 가치를 최대한 배려하여 지불한 금액이었다. 삼십년쯤 지난 요즘, 구례에서 하우스 오이 따는 아주머니들 일당은 칠만원쯤 됐다. 그 말에 순간 혹했으나 그녀는 이내 고개를 저었다.

야, 빨치산의 딸이 아줌마를 쓰잖아? 욕먹어.

게다가 시간강사 나부랭이, 아주머니 쓸 돈이 없기도 했다. 그런 주제에 일하는 사람을 썼다가는 동네방네 입방아에 오르내려 찧이고 까일 게 뻔했다.

정지아! 세상에 입 무거운 사람 많다.

순간 그녀는 열패감을 느꼈다. 역시 해본 놈한테는 안된다. 그걸 알아서 같은 병신인 지집애가 정지아!라고 외친 것이다. 것도 모르냐는 투로. 잘난 척은, 젠장. 똑같은 병신이지만 그녀는 사람을 써본 적이 없는 가문의 일원이고 친구는 늘상 써온 가문의 일원이다. 쓰기 위해서, 써야만 하는 이유와 변명과 안전망을 만든다, 써본 그들은. 써본 자들의 자손인 병신 친구는 써본 적은 없어도 최소한 본 적은 있는 것이다. 써본 자들의 진리를 그 순간 명쾌하게 이해했으나 그녀는 또 망설였다. 써야 할 그 사람에게는 뭐라고 해야 하나. 내가 뭐라고 당신을 돈 주고 쓰나. 병신 친구가 이럴 때는 서울대 수석의 힘을 유감없이 발휘했다. 그리고 서울대 수석답게 귀신같이 그녀의 마음을 읽었다.

아프다고 해. 아프기도 할 나이야.

그 말을 듣자마자 앞서 말한 그, 송씨 아주머니가 떠올랐다. 아프다는 핑계를 믿어만 준다면(빨치산의 딸인 그녀는 평생 몸 써온 하층계급의 후손답게 몸 튼튼하여 관절 나쁜 이들이 일어나고 앉을 때마다 으으윽, 끄윽, 하고 신음을 내뱉게 만드는 그 고통을 아직은 모른다) 송씨 아주머니는 보기 드물게 입이 무거운 사람이었다. 그녀는 호랑이와 치타, 이름 그대로 맹수와 다를 바 없는 개 두마리를 키운다. 키운다는 것은 묶인다는 것, 별 수 없이 그녀는 매일 한시간씩 맹수 두마리를 끌고 산책을 한다. 가급적 사람 없는 곳으로. 어느 겨울, 사람이 절대 올 리 없는 산중에서 그녀는 담배를 꺼내 오랜만에 공기 좋은 야외에서 참으로 맛나게 피웠다. 공기 좋고 경치 좋은 곳에서 최상의 흡연을 경험하고 꽁초를 버릴까 주머니에 넣을까 고

민하는 찰나,

울 박사님 산책 나오셨능갑네.

꽃도 없고 열매도 없는 겨울 매실 밭에서 송씨 아주머니가 빼꼼 고개를 내밀었다. 그 타이밍은 의심할 여지없이, 그녀가 담배를 끄고 누구도 그녀가 담배 피웠다는 것을 의심하지 않을 타이밍이었다. 그녀는 손가락에 들고 있던 담배를 손아귀에 꾹 말아쥐며, 좆됐다,라고 생각했다.

한겨울에… 여기는… 왜…

도둑이 제 발 저려 엉금성금, 그녀가 대꾸하자마자, 거의 동시 사운드로 송씨 아주머니가 말했다.

쇠물팍 캐러 왔구만요. 쇠물팍이 물팍에 젤로 좋다 안 <u>흐요.</u>

그 말은 귀에 들리지도 않았다. 아랫마을이긴 하지만 온 구례가 한동네, 며칠 뒤면 이혼한 문학박사가 담배도 피운다더라, 삼삼오오 모일 때마다 이야기꽃이 필 게 분명했다. 그런데, 한달이 지나고 석달이 지나도 아무 소리도 들리지 않았다. 그녀를 대하는 동네 사람들의 태도도 변함없었다. 송씨 아주머니는 참으로 드문, 입 무거운 사람이었던 것이다.

병신 친구가 다녀간 뒤, 그녀는 송씨 아주머니를 찾아갔다. 가기 전 한달 남짓, 그녀는 머리를 굴리고 굴려, 사람 써본 적 없는 사람이 사람을 쏠 수밖에 없는 온당한 이유를 찾아냈다. 그래봤자 병신 친구의 머리를 넘지 못하는 이유였다. 소설가답게 구체성을 조금 더했을 뿐이다.

아주머니, 정말 죄송한데요, 제가 어머니 모시고 있잖아요? 근데 요즘 오십견에 갱년기에, 일하기가 너무 힘들어서요. 도무지 팔을 움직일 수가 없어요. 일주일에 한번만 오셔서 청소하고 밑반찬 좀 만들어주시면 안 될까요?

넉넉하게 드릴게요,는 꿀꺽 삼켰다. 그건 돈으로 사람을 사본 적 없는 하층계급의, 계급끼리의 예의인 것 같아서였다.

웜마, 멋을 그리 어렵게 그런다요? 알겄소. 헐 일도 읎는디 나도 좋제라.

근데, 제가 모시러 갈게요. 그리고 동네서는…

아이고, 말도 마씨요. 소문 나먼 나부텀 죽소. 우리 애그들이 즈그 어매가 품 팔러 댕긴다면 가만 있겄소?

송씨 아주머니의 맏이는 동부지원 부장판사, 둘째는 삼성전자 부장이었다. 아주머니 말대로 소문이 나면 가만있을 리 만무했다. 그날부터 송씨 아주머니는 이년째 그녀의 집에 주말마다 와서 청소를 하고 밑반찬을 만들었다. 얼마나 깔끔한지 이제 그만하셔도 된다는 말이 절로 나올 정도였다. 동네서는 역시 배운 것들은 배운 것들끼리 논다고, 판사 어매라 문학박사랑 친하다고, 부러운 흥을 보았다. 송씨 아주머니 덕분에 화병은 말끔히 사라졌다. 대신 시간강사 전전하며 번 이백오십만원 중 삼십이만원도 깔끔하게 사라졌다. 집에 놀러온 지인들은 네가 이렇게 살림을 깔끔하게 잘할 줄 몰랐다며 입이 닳게 칭찬을 늘어놓았다. 삼십이만원으로 타인의 노동을 산 덕분이었다(그들에게도 차마 타인의 노동을 산 덕이라고 솔직히 말하지 못했다. 그녀는⋯ 모두에게 빨치산의 딸이었으므로). 나쁘지 않았다. 송씨 아주머니에게도 나쁘지 않았을 거라고, 도움이 됐을 거라고, 그녀는 수시로 자신을 다독였다.

문학박사 정지아가 나쁜 짓하지 않은 송씨 아주머니는, 예, 박사님, 평소처럼 경쾌하게 전화를 받았다. 아주머니가 오는 날은 토요일, 오늘은 화요일, 부장판사 키워낸 아주머니는 무언가 평소와 다른 일이 있음을 간파했을 것이다. 그녀는 차마 입을 떼지 못했다.

나가 멋을 하까라? 말을 하씨요, 박사님.

박의 페북으로부터 촉발된 이 난감한 상황을 어떻게 설명해야 할까, 그녀는 고민했다. 이유야 어떻든 결론은 무질서한 투기농법의 현장을 질서정연하게 바꿔야 한다는 것이었다. 자신이 아니라 송씨 아주머니가.

저… 텃밭, 김을 좀… 손님이 와서…

긍게, 풀을 맬까라? 시방 그 말이지라?

긍게, 결론은 그 말이었다. 아주머니가 쐐기를 박았다.

정성시레 일군 것맹키 풀을 매라, 그 말이지라?

민망하여 입맛을 다시며 그녀는 생각했다. 판사는 그냥 키워지는 게 아니다.

글먼 델로 올라요? 내가 가끄다?

관절염을 앓는 송씨 아주머니가 걸어오는 시간 이십분, 동네 사람들에게 노출되는 시간 이십분, 차로 가면 시동 켜고 모셔 오고 주차하는 시간 오분, 시력 좋지 않은 동네 사람들에게 노출되는 시간 영, 이유불문, 가야 했다.

아이고, 반나절 갖꼬는 택도 없겄소. 은제꺼정 끝내야 한다요?

내일이요.

그녀는 나지막이 속삭였다.

니알꺼정 될랑가.

송씨 아주머니가 웅얼거리며 호미를 들었다. 문학박사 정지아는… 들어왔다. 집에 들어와서 일단 블라인드를 내렸다. 관절염 앓는 송씨 아주머니가 더 심한 왼쪽 다리를 질질 끌면서 풀을 매는 광경이 블라인드에 가려졌다. 그러나 마음속의 장면까지 가려지지는 않았다. 마음이 불편했고, 불편을 잊기 위해 그녀는, 신혼여행 다녀온 02학번 제자가 카타르공항에서 사왔다는 킹 조지 5세를 처음으로 개봉했다. 면세가 오십팔만원짜리 위스키는, 정말, 진짜 같은 수식어를 붙이기 미안하게 맛있었다.

블라인드 틈으로도 어둠이 내리는 게 느껴졌다. 송씨 아주머니는 그러거나 말거나 속도를 내고 있었다. 망설이던 그녀는 아주머니가 지난 주말 만들어놓은 밑반찬과 소고기뭇국으로 상을 차렸다.

식사하세요,

라고 창문 너머 속삭이는 순간에도 그녀의 시선은 골목을 향해 있었다. 다행히 골목에는 인기척이 없었다.

아주머니는 들은 건지 아닌 건지 속도를 높여 김을 맸다. 두고랑. 아직 남은 작업량은 무려 여덟고랑이었다. 내일 다할 수 있을까, 한숨을 쉬며 그녀는 다시 소리 높여 아주머니를 불렀다.

오늘은 그만하시게요. 식사하고 가세요.

맛나요이.

식사를 마친 아주머니가 맛나다고 한 그 음식은 지난 토요일, 아주머니가 만든 가지볶음과 오이무침, 소고기뭇국이었다.

아주머니가 만드신 건데요. 아주머니 음식이 맛있어요.

아이가, 내가 맹글 거 박사님이 냉동시켰다가 녹엤지라? 그런 머리가 흔하간디. 냅뒀으면 시방 못 묵어라, 긍게 이 상은 박사님이 채린 상이여. 워따가도 글케 말하씨요이. 고거이 사실잉게.

문학박사 정지아는 울지도 웃지도 못했다. 이런 마음을 몰라서 고작 만부 작가로 끝난 게 아닐까, 그녀는 잠시 생각에 잠겼다.

델다줘야 쓰겄지라이?

당연했다. 동네에서 두 사람은 고용관계가 아니라 친구 관계였다. 관절염을 앓는 친구가 이십분 가까이 걸어가게 방치하는 건 친구의 도리가 아니었다.

송씨 아주머니는 다음날 신새벽, 어둠을 밟아 살금살금, 그녀의 집으로 걸어왔다. 킹 조지 5세에 취했다 깬 그녀가 블라인드를 걷었을 때, 아주머니는 이미 세고랑의 김을 다 맨 상태였다.

아주머니가 마련한 음식에 국 하나 겨우 끓여 어머니에게 갖다드린 뒤 두 사람은 다시 마주 앉았다.

해지기 전에 끝나겄소.

입 무거운 아주머니는 묻지 않았다. 왜 뜬금없이 김을 매느냐고. 전에 한번, 시키지도 않았는데 아주머니가 김을 매려 한 적이 있었다. 아마 투기농법의 현장을 차마 눈

뜨고 볼 수 없어서였을 것이다. 그때 그녀는 화난 듯 싹둑 잘랐다.

냐두세요. 다 살자고 태어났는데, 살아야죠.

김매기는 싫고 사람 쓰기도 싫은 그녀의 변명에 동공이 순간 확장됐으나 이내 침착을 되찾은 아주머니는 대구하지 않았다. 가만히 호미를 놓았을 뿐이었다. 부장판사 모친 송씨 아주머니는 아마 궁금할 것이었다. 그랬던 그녀가 왜 느닷없이 김을 매라 하는지. 그러나 묻지 않았고, 그것이 송씨 아주머니를 오늘날까지 보는 이유였다. 묻지 않으니 스스로 뒤가 켕긴 건 무슨 연유인지 알 수 없었다.

죄송해요. 갑자기 신문사에서 취재를 온다 해서요.

마지막 국 한술갈까지 싹싹 긁어먹던 아주머니 눈이 휘둥그레졌다.

신문사에서 온다고라? 그걸 시방 암 데도 말을 안 했다고라?

그녀는 할 말을 잃었고 아주머니는 전사처럼 분연히 일어섰다.

글먼 쓰가니.

휴대전화를 집어든 아주머니의 첫번째 상대는 이장이었다.

쩌그… 신문사서 니알, 박사님 집에 온다요. 취재하러

온당마요. 우리 동네가 신문에 나갈 것인디 가만 있으면 쓰겄소? 일단 풀부텀 맵시다. 봉게 박사님이 혼자 하다 다 못했능갑소. 할매 둘이 오면 금방 매겄능마. 후딱 보내씨요이.

다음부터는 일사천리였다. 노동에 익숙한 자들의 움직임은 아름답다…고 생각하며 문학박사 정지아는 어제 다 못 마신 킹 조지 5세를 마셨다. 블라인드 너머 팔순 넘은 동네 아주머니 셋이 신 들린 듯 김을 매고 있었다. 아주머니들은 각각 왼 다리, 혹은 오른 다리를 김매는 순간순간, 뻗었다 오므리곤 했다. 그 의미를 그녀는, 모르지 않았다.

박사님!

박사님!!!

킹 조지 5세가 바닥을 보이기 시작할 무렵, 창밖에서 누군가 외쳤다. 문학박사 정지아는 천천히 블라인드를 올렸다.

쓰겄소?

쓰다말다. 그녀의 눈앞에 펼쳐진 건 잡초 하나 없는, 동네 주민들이 심어준 그대로, 아름다운 텃밭이었다. 취기 덕에 그녀는 꾸벅, 구십도 각도로 허리를 숙였다.

감사합니다!

웜매! 감사는 우리가 해야제. 우리 집으로 후딱 오씨요.

달구새끼 삶고 있소.

무어라 대꾸해야 할지 난감하기 짝이 없는 그녀 앞으로 송씨 아주머니의 얼굴이 훅 다가왔다.

후딱 오씨요. 항꾼에 존 일 했웅게 항꾼에 묵어야제.

문학박사 정지아는 귀향한 지 구년 만에 처음으로 동네 사람들과 밥을 먹었다. 웃으면서 먹었으나 불편했고, 결국 체했다.

중앙일간지 기자 방문 전, 그녀는 십분 단위로 설사를 좍좍 쏟았다. 송씨 아주머니가 해쓱해진 그녀를 대신하여 머우 쌈, 죽순 등속의, 소확행을 추구하는 사람이 내놓을 법한 반찬을 준비했다. 소확행이 취재의 주제라는 말을 그녀는 하지 않았다. 다만 아주머니가, 동네 사람들이, 눈치 챘을 뿐이다.

박의 페북을 보고 온, 그래서 딱 그만큼을 기대한 기자는 사립문을 열고 들어와 텃밭을 보자마자 감탄사를 내뱉었다.

와우! 진짜 예술이네. 이러니까 박경이 페북에 올렸구만. 뭐라 뭐라 해도 박경이 보는 눈은 있어. 난 놈이야.

기자는 연신 카메라 셔터를 눌러댔다. 사진을 찍어대는 기자 뒤로 동네 사람들이 줄줄이 늘어서 있었다.

박사님, 귀한 손님도 왔는디 고구매 함 묵어볼라요? 쩌

묵등가 꾸버 묵등가. 올 첫 고구매여.

송씨 아주머니가 고구마를 그녀 발치에 놓고 갔다. 그 뒤로 이장네, 옆집, 등등이 매실장아찌 송이장아찌 등등을 줄줄이 그녀에게 건넸다.

작가님 인성을 알 만합니다. 정말 감동이에요. 이런 거죠! 이런 게 소확행이죠! 이웃들과 소소한 정을 나누며, 갖지 않아도, 가지려 하지 않아도, 행복한 인생! 이거죠.

난감하여 그녀는 차마 대꾸하지 못했다. 그때 누군가의 얼굴이 장미 울타리 너머 불쑥 떠올랐다. 평소와 달리 활짝 웃고 있는 송씨 아주머니였다.

쩌그… 우리 박사님이요. 영 숫기가 읎어가꼬 말을 안 하지라? 고거이 참말잉 거여. 우리 박사님 겉은 사램, 세상에 읎소잉. 박사에 효녀에. 고것만 알고 가씨요. 글고 기자님, 요거 짬 갖꼬 가씨요.

송씨 아주머니가 끙끙거리며 대문 앞에 부린 것은 감자였다. 황토에서 자란 것이라 유난히 맛있긴 하지만 그래봤자 십 킬로에 이만원. 이장네가 팔다 남아 버릴까 고민했던 것을 그녀는 알고 있었다. 그러나 기자는 몰랐다. 사실을 모르는 기자는 감동하다 못해 감읍한 표정으로 그녀에게는 몇마디 묻지도 않고 돌아갔다.

일주일 뒤,

박사님! 박사님!

누군가 불렀다. 들어도 들어도 익숙해지지 않는, 들을 때마다 경기를 할 것 같은, 박사라는, 누군가의 부름에 문학박사 정지아는 번쩍 눈을 떴다. 기다리지도 않고 현관문을 열고 들어와 코앞에서 신문을 흔들어대는 사람은 다름 아닌 송씨 아주머니였다.

박사님, 이것 쫌 보씨요. 박사님 나왔소.

거기, 고구마를 건네는 송씨 아주머니 앞에서 어리둥절한 그녀가 대문짝만 하게 실려 있었다. 그러나 그녀는 사진보다 기사 타이틀에 몸이 굳었다.

진정한 작가, 진정한 소확행.

아름다운 은둔자 문학박사 정지아.

잘나가던 시절 그녀의 기사는 끽해봤자 사단이었다. 그런데 이건 한면 통째였다. 신문 사분의 일만 한 크기의 그녀가 그녀를 바라보고 있었다.

딱 박사님겉이 나왔소. 쫌 이삐게 찍어주제는… 솜씨가 젬벵이궁만. 암튼 얼른 나오씨요. 이장이랑 다 왔소.

어리둥절 몸을 일으킨 찰나, 휴대전화가 울렸다. 박이었다.

아이고, 우리 박사님.

그 순간에도 밖에서는 왁자지껄, 송씨 아주머니가 김

맨 텃밭을 그녀가 정성들여 키운 양 미화시킨 신문을 읽은 동네 사람들이 그녀를 불러대고 있었다.

박사님!

박사님, 박사님!

그녀가 바라본 휴대전화 화면에는 외로운 방랑자, 시인 박경,이라고 쓰여 있었다. 받을까, 말까, 문학박사 정지아는, 이제 아름다운 은둔자가 된, 문학박사 정지아는 망설이며 생각했다.

좇됐다.

그런데, 이상도 하지, 마음 깊은 곳에서 뜨듯한 무언가가 흘러나와 몸을 덥히는 듯했다. 몇 사람 읽지도 않은 책을 출간했을 때보다 더 충만한 느낌이었다. 수많은 팔로워가 좋아요,를 누를 때 박의 마음도 이러하지 않을까. 그 순간 문학박사 정지아는 깨달았다. 다시는 박에게 꺼지라고 말할 수 없을 거라는 걸.

검은 방

창문을 블라인드로 가려도 빛은 어디론가 새어든다. 강 건너 도로를 질주하는 차 소리가 잦아들고 사위가 적막에 감싸이기 시작하면 빛의 자리를 어둠이 슬금슬금 잠식한다. 그제야 아흔아홉해 혹사당한 그녀의 눈에 생기가 돈다. 어둠의 가운데 놓여 있을 때 그녀의 몸도 비로소 이완된다. 수십년 버텨오는 동안 생겨난 장롱의 흠집이나 가구 사이사이 뭉친 먼지 같은 것들도 이제는 어둠에 가려 보이지 않고, 제 흔적마저 까맣게 지워, 검은 방에는 오직 그녀와 어둠뿐이다. 산골의 밤은 방해할 무엇도 없어 태초의 어둠 그 자체다. 태초에 어둠이 있었다. 하나의 정자가 어둠을 건너 어둠 속에 웅크린 난자를 만났다. 수정과 세포분열 또한 어둠 속에서 은밀하게 행해졌다. 어머니의 자궁 속에서 보낸 열달 동안 그녀는 대체로 눈을 뜨지 못했고 무심코 눈을 뜬 어떤 날, 얇아질 대로 얇아진 어머니의 뱃가죽 사이로 스며든 희미한 빛이 눈을 찔러 황급히 눈을 감았다. 처음 대면한 빛은 통증이었다. 눈이 빛을 받아들이고 환한 빛 속에서 사물을 인식할 수 있을 때까지 몇달의 시간이 걸렸다. 빛과 어둠의 순환 속에서 그녀는 아흔아홉해를 살았다.

눈을 뜬들 감은들 보이는 것은 어둠뿐, 그녀는 차라리 눈을 감는다. 눈을 감자 비로소 빛 속에서 보이지 않던 것들이 보인다. 그것은 때로 기억의 한조각이기도 하고, 꿈의 한조각이기도 하다. 갓 서른의 그녀가 수의를 짓고 있다. 가회에서 죽은 박종하의 수의다. 박종하는 남편의 절친한 친구였고, 일찍 산에서 죽은 남편을 대신해 그녀를 살뜰하게 챙겨준 그녀의 친구기도 했다.

금방 댕겨올라요.

불과 두시간 전, 박종하는 희디흰 얼굴에 피부색보다 더 밝은 웃음을 짓고 임시로 묵고 있던 집을 나섰다. 잠시 뒤 소복을 입은 한 어린 처자가 조심조심 발소리 죽여 박종하의 뒤를 밟았다. 며칠 전 남부군의 안의지서 습격 때 순경이었던 남편을 잃은 처자였다. 어린 처자의 가슴에 남편 잃은 슬픔이 번질 새도 없이 희고 잘난 박종하의 얼굴이 들어찼다. 어린 처자는 소복을 입은 채 소복보다 처연한 얼굴로 남부군의 행렬 맨 뒤를 따랐다. 다 죽을 운명

인줄도 모르고 자신들의 묘지 지리산을 향해 남하하는 남부군은 백전백승, 사기 충만했다. 박종하는 그 남부군의 전투사령관이었다. 박종하는 가회에 당도한 후에야 자기 총알에 맞아 죽었을지도 모르는 순경의 아내가 자기를 따라왔다는 사실을 알았다.

아짐씨, 이것은 아니지라. 이것은 인두껍을 쓰고 사램이 헐 짓이 아니지라. 가씨요. 존 일에 후딱 가씨요이.

어린 처자는 처연한 얼굴로 뚝뚝 동백꽃 같은 눈물만 흘렸다. 소복을 입은 채 남편 죽인 남자에게 빠져 뒤를 밟아 온 여자의 눈물은 어떤 의미였을까. 부끄러움이었을까, 죄책감이었을까. 부끄러움도 죄책감도 활활 태워버린 사랑이었을까. 뚝뚝 눈물만 떨구며 여자는 꿈쩍도 하지 않았다. 지켜보던 박종하가 노여운 얼굴로 쾅쾅 발을 굴렀다. 어쩌지 못해 여자가 뒤돌아섰다. 박종하도 매정하게 돌아섰다. 다시 돌아선 여자는 뒤도 돌아보지 않고 성큼성큼 걸어가는 박종하의 뒷모습을, 첫걸음 뗀 제 아이 보듯, 세상에 다시없는 다정한 눈길로 더듬고 어루만졌다. 칡꽃 향기 끈적끈적, 맨살에 엉겨 붙던 여름날이었다.

그러고도 여자는 떠나지 않았다. 어디서 밤을 보낸 건지 박종하가 머물던 집 부근을 서성이다 다음 날, 박종하의 뒤를 밟은 것이다. 금방 댕겨온다던 박종하는 여느 때처럼 총알이 빗발치는 전장에서 허리를 꼿꼿이 세운 채 싸우다 못된 총알 한방에 심장을 관통당해 즉사했다,고 누군가 울면서 전했다. 그녀는 울지 않았다.

먼저 가 계시씨요. 금방 따라갈라요.

눈물 한방울 없이 남편을 보내고, 박종하를 보내고, 이현상도 보냈다. 금방 따라갈 줄 알았다. 금방이 십년이 되고 이십년이 되고, 칠십년이 될 줄은 꿈에도 몰랐다. 아흔아홉이 된 지금, 그녀는 오래도록 잊고 있었던 기억인지, 긴 시간이 만들어낸 기억의 왜곡인지, 혹은 늙어 헛것을 보는 것인지, 수의 짓는 그녀 옆에서 목 놓아 통곡하는 젊은 처자의 얼굴을 선명하게 떠올린다. 양 볼에 홍조가 있고, 그 위로 주근깨가 오종종 깨알처럼 박혀 있다. 스물이나 되었을까. 여자는 제 남편이 죽었을 때보다 더 섧게 목 놓아 흐느낀다. 온 마음을 사로잡아 지옥불도 뛰어넘게 만드는, 그, 사랑이라는 것일까. 그런 사랑을 아흔아홉해, 여우가 꼬리 아홉 달린 불여우로 둔갑하고도 남을 세월을 살아오는 동안, 그녀는 경험해본 적이 없다. 아니, 그보다 더 뜨거운 사상이라는 것을 가슴에 품고 지옥불을 건너오기는 했다. 이것과 그것은 같은 것일까, 다른 것일까.

수의를 짓는 서른의 그녀는 사랑 따위에 마음을 뺏겨, 고작 몇번 보지도 않은 남자의 죽음 앞에서 오열하는 젊은 처자를, 그 처자의 어리고 여윈 어깨 위로 쏟아지는 뜨거운 햇살까지 얼릴 듯한 차가운 눈빛으로 경멸하고 있다. 살아도 살아도 모르겠는 세상, 그러지 말 것을, 서러운 등짝 한번 가만히 쓸어줄 것을, 그 가만한 손길로 어쩌면 여자는 사랑에 미친 제 죄를 용서받은 양, 한 평생 견뎌냈을지도 모를 것을…

그러나 서른의 그녀는 퍼렇게 날 선 한자루 검이었다. 보듬는 것보다 베는 것이 더 산뜻했다. 나흘이나 쌀 한톨 먹지 못한 채 차가운 동굴의 물속에 몸을 숨기고 있을 때, 코앞으로 지나가는 국군의 무리를 피해 숨을 죽일 때, 미군의 총탄이 그녀의 정수리에 가르마를 남기며 스쳐 지날 때, 그녀는 머리카락 한올의 떨림까지, 피톨의 성난 움직임까지 감각할 수 있었고, 그런 것이 살아 있는 것이라 믿었다. 명료하고 산뜻하게 살다 목숨 따위 사상을 위해 명료하고 산뜻하게 버리려 했다. 그러나 그녀는 살아남았고, 어느 순간, 산에서의 날 선 감각은 동지섣달 아랫목의 갱엿처럼 흐물흐물 녹아내렸다.

리모컨 전원버튼을 누른 듯 서른의 그녀가 순식간에 사라지고, 그녀는 아흔아홉의 노파가 된다. 그녀는 블라인드 사이로 스며드는, 빛이라기에는 너무 희미해 빛과 어둠의 경계와 같은, 묽은 어둠을 향해 굼뜨게 몸을 움직인다. 블라인드를 들추자 깊은 어둠 저편, 불 밝힌 방 하나가 등대처럼 둥실 어둠 속에 떠 있다. 그녀의 날 선 감각을 갱엿처럼 녹인 딸아이의 집이다. 아흔아홉해의 긴 생은 딸 덕분이기도 했다.

산에서 붙잡힌 그녀는 칠년간 감옥살이를 했다. 다시 마주한 세상은 너도 나도 친일청산을 외치고 조국통일을 외치던 해방 직후와 전혀 달랐다. 그녀가 목숨 바쳐 지키려 했던 그것들을 이제는 아무도 입에 올리지 않았다. 빨갱이인 그녀는 더더욱 그런 말을 입에 올릴 수 없었다. 침묵의 세월을 견디는 동안 기억만이 그녀의 편이었다. 사십팔년 십이월부터 오십사년 일월까지, 한순간도 잊히지 않고 갈수록 생생해지는 기억보다 더 괴로운 것은 남정네들의 욕정이었다. 남편조차 없는 서른 중반의 빨갱이년 따위, 어떻게 해도 상관없는 시대였다. 자식 일곱 딸린 쉰 넘은 홀아비의 청혼은 기본이요, 평소 누나라며 따르던, 사촌동생의 친구가 늦은 밤 월담을 해 덮치려 한 적도 있었다. 어린 학생 녀석의 휘파람 같은 건 애교였다. 산에서 그녀는, 혁명가요 동지였다. 아무도 그녀를 한낱 여자로 대하지 않았다. 산에서 죽었어야 한다고, 그녀는 날마다 피가 나도록 입술을 깨물었다. 죽지 못해 남자들의 욕정 앞에 먹잇감으로나 내던져진 제 몸뚱이를 그녀는 도무지 용서할 수가 없었다.

그 무렵, 한 남자가 찾아왔다. 전 남편과 박종하의 친구이자 동지였다. 그는 긴 감옥살이를 끝내고 막 세상으로 돌아온 참이었다.

빨갱이 둘이 같이 있는 걸 남이 봐 좋을 리 없다 생각한 것인지 그는 둘 다 가르친 바 있는 은사의 집으로 그녀를 불렀다. 늙은 선생이 대문간에서 망을 보고 문 닫힌 안방에 둘은 마주 앉았다. 할 말이 태산 같을 줄 알았는데 막상 말이 나오지 않았다. 태산 같은 마음을 어떤 말로 표현할 재주가 없었던 것인지도 모른다. 이상하게 무참했고, 자꾸만 눈물이 흘렀다. 목숨을 걸었던 산에서는 나오지 않던 눈물이 살아 내려온 세상에서는 멈추지 않았다. 그는 따라 울지 않았고, 우는 그녀를 말리지도 않았다. 늦가을이었다. 소리 없는 그녀의 울음 사이로 마른 낙엽이 바람에 휩쓸렸다.

방안에서 아무 소리도 들리지 않자 걱정스러워 문을 연 선생이 쯧쯧 혀를 찼다.

그냥 둘이 항꾼에 살그라. 고로코롬이라도 살아야 안 쓰겄냐.

선생의 말이 씨가 되어 둘은 사진 한방으로 식을 대신하고 같이 살기 시작했다. 뭇 남성들의 시선에서 놓여난

84

것만으로도 숨을 쉴 것 같았다. 무엇보다 그와 그녀는 숱한 기억을 공유하고 있었다. 혹 누가 들을까 둘은 두꺼운 솜이불을 머리끝까지 뒤집어쓴 채 누구에게도 말할 수 없었던 지리산에서의 몇년을 속삭이고 또 속삭였다. 만인에게 봉인된 기억이 그와 그녀만의 사랑의 밀어였다. 그 밀어 속에 딸이 태어났다. 그녀 나이 그때, 마흔둘이었다. 그 시절 마흔둘은 할머니가 되고도 남는 나이였다. 잉태도 출산도 기적이었다. 혁명에는 찾아와주지 않던 기적이 그녀의 늙은 배 속에 깃든 것이었다.

딸은, 사상 말고, 그녀가 찾은, 살아야 할 유일한 이유였다. 힘차게 젖을 빠는 딸을 위해 먹기 싫어도 밥을 먹었고, 딸이 끙끙 앓으며 먹는 복숭아를 사기 위해 한여름 땡볕 아래 고추를 따고 말렸으며, 딸의 등록금을 마련하기 위해 허리가 굽도록 밤을 주웠다. 청춘을 산에서 보낸, 빨갱이인 그녀와 남편이 할 수 있는 일이라곤 농사밖에 없었으므로, 해본 적 없는 농사일에 몸이 녹아내렸지만 힘든 줄 몰랐다. 언제 커서 딸이 중학생이 되고, 고등학생이 되고, 대학생이 될까, 아득했던 그 세월이 이제는 외려 아득하다.

엄마!

꿈인지 생시인지 딸이 그녀를 부른다. 살짝 들춘 블라

인드 너머, 긴 머리를 야무지게 양갈래로 묶은 딸애가 보인다. 화장실에 가려는 참이었는지 딸 손에 손전등이 들려 있다. 딸이 전등을 하늘로 비춘다. 하얀 눈송이가 빛기둥 안에 갇힌다. 아이 주먹만 한 눈송이들이 빛 안에서 한점의 흔들림도 없이 고요히 내려앉는다. 하늘과 땅 사이를 가득 메운 눈송이가 열일곱 소녀의 마음을 뒤흔들어 딸은 아무도 밟지 않은 순결한 눈밭을 방방 뛰어다닌다. 딸의 움직임에 따라 갈래머리가 봄날 흰싸리밭의 나비처럼 나풀거린다. 캉캉, 흰 진돗개 똑순이가 딸의 뒤를 쫓아 경중경중 뛴다.

지리산에서도 그런 밤이 있었다. 천왕봉 아래였다. 이미 눈이 한길이나 쌓여 있는데 또다시 눈이 퍼부었다. 국군 일개 사단의 공격을 피해 도망 다닌 지 며칠째, 눈을 파고 눈을 요와 이불 삼아 누웠는데 또다시 폭설이 퍼부었다. 까만 밤을 배경으로 세상천지가 온통 새하얗다. 눈이 퍼부을수록 세상은 적막했다. 덮고 있는 눈도 무겁고 적막도 무거운데 마음은 자꾸만 눈송이처럼 가볍게 하늘로 날아올라 이 세상이 아닌 우주의 어떤 곳, 삶도 죽음도 뛰어넘은, 어쩌면 삶과 죽음이 시작된 어떤 곳에 닿아, 아무도 알지 못하는 생의 비의 같은 것의 정수에라도 닿은 듯한 느낌이었다. 그때, 누군가 노래를 부르기 시작했다.

태백산맥에 눈 내린다.

총을 들어라 출정이다.

비장하거나 엄숙한 곡조가 아니었다. 그녀처럼, 눈송이
처럼, 가볍게, 삶과 죽음을 뛰어넘은 자의 담담한 곡조였
다. 대성골에서 대부분의 동지를 잃고 간신히 목숨을 건
져 천왕봉까지 도망친 패잔병 무리는 누구랄 것도 없이
노래를 따라 부르기 시작했다. 숨죽여 낮은 목소리로. 가
장 비참했던 시기, 그 눈 내리던 밤이, 지리산에서의 가장
아름다운 밤이었다.

눈송이처럼 나풀거리던 딸이 제 방으로 향한다. 오래도
록 딸의 방에는 불이 꺼지지 않는다. 그녀와 남편은 겨울
의 여느 날처럼 벌레 먹어 말려놓은 밤껍질을 벗긴다. 모
여 딸의 대학 등록금이 될 밤이다. 톡톡, 밤 부스러기가 사
방으로 튄다. 톡, 딸 방의 불이 꺼진다. 달캉, 남편이 여전
히 밤껍질을 벗기며 발로 문을 연다. 눈은 송이가 더 굵어
진 채 여전히 쏟아지고 있다. 사락사락, 눈 내리는 소리가
산골의 적막을 더한다.

태백산맥에 눈 내린다.

총을 들어라 출정이다.

남편이 나지막이 노래를 부른다. 천왕봉 아래 폭설 퍼
붓던 그 밤처럼. 죽어도 좋았던 청춘의 시기를 거쳐, 이제

늙은 그들은 어찌됐든 살아야 한다. 자신들이 세상으로 불러낸 단 한 생명을 위해. 점점 처연해지는 노랫가락이 무거운 눈송이에 묻힌다.

딸이 밝힌 불빛이 오십 미터를 건너 그녀의 눈을 자극한다. 그녀가 지금 보는 단 하나의 현재다. 그녀의 달력에는 모든 수요일과 목요일에 붉은 동그라미가 그려져 있다. 딸이 근처 대학으로 출강하는 날이다. 딸이 없는 날은 수요일과 목요일, 그녀의 세상은 그날을 중심으로 돌아간다. 그마저도 간혹 헷갈리지만 그녀의 시야에 딸의 차가 보이지 않으면 그날은 수요일이거나 목요일이다. 딸의 차가 보이는 날은 무슨 요일이든 상관이 없다. 딸이 늘 제 집에 있을 것이므로. 그런 날은 달력을 볼 일도 없다. 세상은 딸을 중심으로 돌고, 그녀의 세상은 멈춘 지 오래다.

수요일과 목요일, 그녀는 일곱시 무렵이면 창가에 붙어 앉아 블라인드를 살짝 들춘 채 하염없이 밖을 내다본다. 딸이 옆방에서 돌아 눕는 기척도 알아채던 그녀의 귀는 이제 바로 집 옆으로 지나는 딸의 차 소리도 듣지 못한다. 눈으로 보는 것 외엔 길이 없어 그녀는 깜깜한 어둠을 응시한 채 상향등 불빛이 달려오기를, 딸 집의 불이 켜지기를 학수고대할 뿐이다. 딸의 차는 대개 일곱시에서 일곱시 십분이면 정확하게 늘 서던 그 자리에 선다. 간혹 더 늦어질 때도 있다. 그런 날, 그녀의 심장은 그 옛날, 지리산에서 전투를 하던 때처럼 펄떡거린다. 언젠가 딸이 예고도 없이 두시간이나 늦은 적이 있다. 시계를 탁자 위에 놓아두고 그녀는 자꾸 시계를 봤다. 영겁 같은 시간이 흐른 듯한데 고작 분침이 한칸 움직였을 뿐이었다. 숨이 꼴깍 넘어갈 것 같다는 말을, 그녀는 오랜만에 실감했다. 그 시간 동안 딸은 강사자리를 유지하기 위해 잘 보여야 하는 전임교수들과 저녁을 먹었다. 딸의 일상이 사소하게 흔들리면 그녀의 삶에서는 우주가 흔들린다. 전 남편의 죽음 앞에서도 초연했던 그녀. 사상을 잃은 뒤로 딸이 그녀의 사상이 되었고, 딸이라는 사상 앞에서는 잠시도 초연할 수 없다. 사상이 위대한 것인지, 혈육이 위대한 것인지 그녀는 알지 못한다.

딸에 대한 사소한 걱정들이 오히려 딸의 발목을 잡는 짓임을 모르지 않는다. 딸의 말마따나 그녀 걱정의 구십구 퍼센트는 죄 쓸데없는 걱정이었다. 그런데도 딸만 생각하면 쓸데없는 걱정이 창조적으로 떠오른다. 딸은 평생 그녀의 걱정거리였다. 좋은 대학을 갈까, 좋은 직장을 구할까, 착한 남자를 만날까, 둘이 잘 살까, 걱정이 무색하게 딸은 잘 살았고, 잘 살고 있다. 정확하지 않고 꼼꼼하지 못한 게 어려서부터 걱정이었는데, 꼼꼼하지 못한 것은 까다롭지 않은 것, 정확하지 않은 것은 여유로운 것이었는지, 두루두루 잘 어울리고 사람 덕 보며, 이날 입때껏 문제 하나 일으키지 않았다. 딸의 유일한 걱정거리는 제 남편도 아니요 자식도 아니요, 바로 그녀다. 특별히 무엇이 문제는 아니다. 늙어도 죽지 않는 이미라는 존재 자체가 골칫덩이다.

그녀는 자신이 짐이 되는 상황을 꿈에도 생각해보지 않았다. 산에서 죽을 고생을 한 탓에 온갖 병을 끼고 살아, 어린 딸을 두고 일찍 죽을 것만이 걱정이었다. 초등학교에 입학하는 거라도 보고 죽었으면, 교복 입는 것이나 보고 죽었으면, 했다. 대학에 입학했을 때는 더이상 바랄 것이 없었다. 딸이 결혼했을 때는 덤 같은 행복을 누렸고, 손자가 태어났을 때는 내가 이렇게 행복해도 되나, 이렇게 오래 살아도 되나 싶었다. 그 손자가 자라 벌써 대학생이 되었다. 산에서 죽었어야 할 사람이 이렇게나 오래 살아남았다.

남편이 살아 있을 때까지만 해도 그녀는 짐덩이가 아니었다. 남편을 거두고 살림을 사는 주부였다. 그때는 해마다 장을 담아 딸에게 보내고, 철철이 딸, 사위 좋아하는 온갖 나물을 캐고 다듬고 씻고 삶아 라면박스에 가득 담아 보냈다. 지팡이 짚은 채 산으로 들로 다니며 애들 좋아

90

하는 나물 캐는 게 그 무렵의 유일한 낙이었다. 그때는 그러니까 자식을 위해 뭐라도 해주는 진짜 어미였던 것이다. 어미이자 사회인이기도 했다. 남편이 치매에 걸리기 전까지는 밤마다 아홉시 뉴스를 봤고, 정세를 논했으며, 덕분에 세상 돌아가는 것도 어느 정도는 알고 있었다.

남편이 치매 진단을 받았을 때 이제 하늘이 그만 죽으라는구나 싶었다. 그녀도 남편도 목숨에 별 미련은 없었다. 다만 딸에게 짐이 되는, 오래 앓는 병만은 피했으면 했다. 치매는 그중 으뜸이었다. 남편보다 두어해 먼저 친정 여동생이 치매에 걸렸다. 저 살기 바빴던 자식들은 가차없이 요양원으로 보내버렸다. 소식만 듣고 오래 본 적 없는 동생을, 남편 치매 진단받고 마지막으로 보러 갔다. 동생은 무릎을 세우고 앉아 가랑이 사이에 고개를 처박고 있었다. 이름을 불러도 고개조차 들지 않았다. 가만 보니 오른 손이 빠른 속도로 일정하게 움직이고 있었다.

아유, 또 이러시네. 내가 미쳐, 정말!

뒤따라온 요양사가 호들갑스럽게 동생에게 달려들었다. 동생의 팔을 붙잡아 상체를 들어올리자 흰 시트 위에 선혈이 낭자했다. 아랫도리는 홀딱 벗은 채였다. 동생은 온 힘을 다해 팔과 다리를 버둥거렸다. 동생의 은밀한 부위가 환한 햇빛 아래 낯선 물건인 양 생경하게 드러났다.

요양사가 버튼을 누르자 급히 달려온 남자 둘이 발버둥치는 동생의 사지를 침대 네 귀퉁이에 묶었다.

그녀와 동생은 일곱살 터울이었다. 동생이 첫 울음을 터뜨리기도 전에 어머니의 가랑이 사이에서 분수처럼 피가 솟구쳤다. 한쪽 벽이 온통 붉게 물들었다. 맥을 놓기 직전 어머니가 그녀의 팔을 붙잡았다. 무어라 말을 했으나 겁에 질린 그녀는 알아듣지 못했다. 아니, 듣지는 못했어도 알았다. 이제 막 떨궈놓은 핏덩이를 부탁한다는 말이었을 것이다. 자신의 모든 에너지를 전하려는 것인지 죽어가는 어머니의 아귀힘이 점점 강해졌다. 죽은 뒤에도 어머니의 손은 그녀의 가는 팔목을 그러쥐고 있었다. 아버지가 어머니의 손가락을 일일이 떼어냈다. 어찌나 억세게 쥐고 있었는지 죽은 어머니의 손가락에서 툭 툭, 뼈 부러지는 소리가 났다. 오래도록 그녀는 죽은 어머니가 자신의 팔에 매달려 있는 느낌이었다. 어머니가 팔을 꽉 움켜쥐는 것 같아 어머니요? 어머니 왔소? 자다 벌떡 일어난 적도 부지기수였다. 열일곱살 초봄, 시집 갈 날을 받아놓고 그녀는 어머니 묘를 찾았다. 어머니 간 뒤로 하루에도 서너차례씩 찾던 곳이었다. 어머니 좋아하던 진달래를 한아름 꺾어 묘 앞에 놓고 평소처럼 퍼질러 앉았는데 웬일인지 등골이 서늘했다. 온몸의 털이 바싹 곤두섰다.

가그라. 다시는 오지 말그라.

어머니의 호통소리가 차가운 뱀처럼 온몸을 휘감았다. 살아생전 한번도 그녀를 나무라본 적 없는 어머니였다. 무섬증에 그녀는 뒤도 안 돌아보고 한걸음에 산을 내려왔다. 그 뒤로 팔에 매달려 있던 어머니가 사라졌다. 무서워서 어머니 무덤에도 다시 가지 못했다.

죽은 어머니 대신 그녀가 동생의 어머니였다. 갓난쟁이를 들쳐 업은 채 젖동냥을 다니고, 쌀뜨물로 미음을 끓여 먹였다. 기저귀 가는 것도 빠는 것도 삶는 것도 일곱살 그녀 몫이었다. 기저귀를 갈 때만 잠깐 바람을 쐬는 동생의 그곳은 입을 꾹 다문 조개처럼 야무지고 희고 어여뻤다. 치자꽃처럼 보얀 사타구니며 궁둥이가 아직도 눈에 선했다. 그러나 아이 넷을 출산한 동생의 그곳은 헤지고 닳아 생전 삶아본 적 없는 걸레처럼 거무스름했다. 그녀는 참을 수 없는 모욕을 당한 느낌이었다. 이불 덮어줄 생각도 않고 다 쓴 물건인 양 마구잡이로 다루는 요양사 때문이 아니었다. 태어나자마자 어미 잃고 북풍한설에 갈 데 없는 한마리 노루처럼 바들바들 떨며 한평생을 견뎌온 사람에게 최소한 이런 마지막이 기다리고 있어서는 안 되는 것이었다. 그러나 누가 동생에게 이런 마지막을 준비한 것인지 알 수 있을 리 만무했다. 그러니 이 모욕감은 준

자가 없는 것, 견딜밖에 도리가 없었다. 신으로부터, 혹은 삶으로부터 모욕당한 당사자가 모욕조차 이미 잊었다는 게 축복이라면 축복이었다.

그녀가 그런 생각을 하고 있는 동안에도 사지 묶인 동생은 궁둥이를 쳐들고 허리를 비틀며 요분질하는 흉내를 내고 있었다. 입에서는 연신 가쁜 숨소리가 새어 나왔다. 새어 나왔다는 건 정확하지 않다. 부끄러움도 모두 잊은 동생은 절정의 탄성을 세상사람 모두 들으라는 듯 고래고래 외쳤다. 손으로 얼마나 야무지게 후빈 것인지 하늘로 쳐든 동생의 그곳에서는 여전히 붉은 피가 흐르고 있었다.

아유, 정말. 기저귀를 채워도 소용없고 어쩌면 좋아. 정조대라도 채워야 할까봐요.

그녀는 바닥에 흘러내린 이불을 주워 동생에게 덮었다. 그러나 동생의 발버둥에 이내 또다시 흘러내렸다.

놀라셨죠? 첨이라 놀라셨을 거예요. 근데 이런 분들 많아요. 그래도 이분은 양반이에요. 하루 종일 자위만 하는 할머니도 있어요. 할아버지들이야 뭐⋯ 꼴에 남자라고 덮치기도 해요. 할머니들은 그래도 덮치지는 않으니까. 자기들 상처가 나서 그렇지.

요양사는 능숙한 솜씨로 한쪽 다리의 매듭을 풀고 속옷과 바지를 꿴 뒤, 다른 다리도 마저 꿰었다. 그리고 다시 침대에 묶었다.

동생은 그녀가 시집간 뒤 어미 잃은 강아지처럼 기가 죽었다. 재취 얻은 아버지는 고작 열다섯 먹은 동생을 윗 동네 땅꾼에게 시집보냈다. 제부는 뱀을 잡고 동생은 산 나물을 캐 네 아이를 먹여 살렸다. 먹는 날보다 굶는 날이 더 많았지만 자식들 모두 죽지 않고 살아남았다. 뱀 먹어 그런지 힘 하나는 좋았던 제부는 동생이 스물일곱 되던 해 뱀에 물려 세상을 떠났다. 그날 이후 어린 새끼들 살리 느라 동생은 남자에게 눈길 한번 줄 수 없는 세월을 살았다. 사느라 바빠 돌아보지 못했던 성욕이 기억을 잃자 기어이 나 여기 있노라, 제 존재를 드러낸 것일까. 죽어가는 몸뚱아리에서 꾸역꾸역 기어 나와 제 존재를 증명하려는 욕망이라는 것이 생명을 이 세상으로 보냈을 터, 따져보 면 욕망이 곧 생명이었다. 제 몸 속에도 도사리고 있을 생 명인지 욕망인지 그 뭔가가, 그녀는 도무지 수그러들 줄 모르는 한여름의 뙤약볕처럼 지긋지긋했다. 어머니였던 언니가 오는지 가는지도 모르고 동생은 마지막 욕망의 축 제에 달떠 있었다.

동생에게 다녀온 뒤 그녀는 빠릿빠릿해졌다. 남편까지 그 꼴로 만들 수는 없었다. 다행히 남편은 동생과 증상이 달랐다. 남편이 세상에서 제일 좋아하는 건 술, 담배, 그

리고 사람이었다. 매일 소주 세병을 마셨지만 한자리에서
오래 마시는 법이 없어 평생 취한 모습을 보이지는 않았
다. 치매가 걸린 뒤 남편은 방금 술 마신 것을, 방금 담배
피운 것을 잊어버렸다. 그녀는 시시때때로 남편의 옷을
뒤져 악착같이 술 마실 돈을 뺏고 담배를 뺏었다. 치매 걸
린 남편은 전과 달리 버럭버럭 잘도 성질을 부렸다. 치매
수발 삼년에 그녀는 고혈압, 고지혈증, 골다공증, 당뇨를
얻었다. 환갑 때부터 미운 친구처럼 함께해온 척추협착증
은 더 심해져 집안에서도 지팡이 없이는 서너발도 뗄 수
없을 정도였다. 그 삼년간 남편과 지독히도 싸웠다.

　지발 존 일에 술 담배 쫌 끊으씨요. 먼 놈의 헥멩가가
술 담배 하나를 못 끊는다요! 완전히 멍충이가 되불믄 워
쩔라고 그요? 빨갱이 딸이라고 대학교수도 못 됐는디, 가
난배끼 물레준 것이 없음서 인자 짐뎅이꺼정 될라 그요?

　하루에도 수십번씩 그녀는 고함을 질렀다. 멍청하게 허
공만 응시하던 남편은 어쩌다 한번씩 골을 냈다.

　나가 멋땀시 짐뎅이가 돼! 그럴라면 칵 쎗바닥을 깨물
고 죽어불랑게 걱정 붙들어 매소.

　큰소리치던 남편이 바지에 똥을 지리고 들어왔을 때
그녀는 눈앞이 캄캄했다. 움직이는 종합병원이나 다름없
는 여든 넘은 그녀에게는 겨울 바지 빠는 것조차 힘에 부

쳤다. 하루에도 서너번씩 똥을 지리면 남편보다 그녀가 먼저 죽을 것 같았고, 그러면 치매 걸린 제 아버지 모른 척할 리 없는 딸까지 죽어나갈 터였다. 이 노릇을 어쩌나, 그녀는 차가운 화장실 타일바닥에 주저앉아 똥 묻은 바지를 빨며 온갖 생각을 다 했다. 그래, 쥐약이든 농약이든, 한날한시에 같이 죽자. 산에서 진작 죽어야 했을 사람들, 죽어도 여한이 없다. 그게 그녀의 결론이었다.

어깨를 짓누르는 낡은 코트를 입고 그녀는 오랜만에 길을 나섰다. 지리산에서 매서운 바람이 불어 그녀의 길을 막았다. 한걸음 걷고 한걸음 밀리고 도무지 걸음이 나아가질 않았다. 지리산에서는 때로 인간의 접근을 허용하지 않으려는 산신령의 불호령인 듯 무시무시한 바람이 불었다. 영하 사십도를 훌쩍 넘는 한겨울에도 누더기에 짚신 차림으로 그녀와 동지들은 거침없이 그 바람을 뚫고 지리산을 누볐다. 지금 그녀의 앞길을 막는 바람 따위는 유도 아니었다. 그런데도 여든 넘은 그녀는 옛날과 비교하면 봄밤 훈풍 같은 바람을 뚫고 나가지 못했다. 그녀는 지팡이에 의지한 채 버티고 서서 지리산을 바라보았다. 지리산에서 일어나 그녀에게 다가온 바람이 귓가에 무어라 속삭였다.

우리 멩꺼정 다 얹어줬응게 원 없이 살다 오시게.

더 살고 싶은 원따위, 없었다. 차라리 죽는 게 원이었다. 그러나 저 편하자고 하나뿐인 딸의 가슴에 평생 지워지지 않을 한을 남길 수는 없는 노릇이었다. 산에서도, 밖에서도, 죽는 것 하나 마음대로 되지 않았다.

절대로 짐덩이가 되지 않겠다던 남편은 난생 처음 똥을 지린 일주일 뒤, 자전거를 타고 가다 전봇대를 들이받았다. 병원까지 멀쩡하게 걸어간 남편은 세시간 뒤 의식을 잃었고, 그 뒤로 다시는 깨어나지 않았다. 병원 침상에서 벌떡 일어나 비척비척 걸으며, 어이, 집에 가세,라고 한 것이 남편의 마지막 말이었다. 출혈 때문에 부은 뇌가 뇌간을 누르기까지, 그래서 숨이 끊어지기까지, 의사는 일주일에서 보름 정도 걸릴 거라 했다. 밤새 순천으로 달려온 딸이 간병을 하고 그녀가 옷가지며 이불을 챙기러 사위 차로 집에 다니러 간 새, 남편은 서둘러 세상을 떴다. 짐덩이가 되지 않겠다더니 잠시 고생할 시간조차 주지 않은 것이다. 이리 갈 것을, 그것도 모르고 딸 생각만 하느라 악착같이 술 담배 못하게 한 것이 미안해서, 쥐약 살 생각한 것이 미안해서, 다시 깨어나지 못할 거라는 의사 말에 차라리 다행이라 안도한 것이 미안해서, 그녀는 장례식장에서 섧게 울었다. 첫 남편 갈 때는 한방울도 주지 않은 눈물이었다.

금방 따라갈라요. 먼저 가서 자리 잡고 있으씨요이.

이번에도 그녀는 금방 따라가지 못했다. 얼마 뒤, 딸이 계약직 교수를 때려치우고 저 혼자 윗집을 얻어 내려왔던 것이다. 한사코 마다해도 딸 역시 남편 고집을 닮아 쇠귀에 경 읽기였다. 딸의 경력을 망친 듯해 마음이 편치 않았지만 내심 좋았다. 곧 남편을 따라갈 테니 몇달 정도는 매일 딸의 얼굴을 보는 호사쯤 누려도 괜찮지 않을까 싶기도 했다. 웬걸, 남편이 죽으면서 자기가 만든 병까지 죄 가져간 모양인지 혈압도 고지혈증도 골다공증도 당뇨도 깨끗이 사라졌다. 딸이 하루가 멀다고 읍내 병원에 데리고 다닌 덕도 있을 것이고, 고기며 생선이며, 칼로리 계산해서 대령하는 삼시세끼 덕도 있긴 했을 것이다. 고질병인 척추협착증이야 여전하지만 그 또한 딸의 우격다짐으로 받은 신경 마비 시술 덕분에 그럭저럭 참을 만하다. 스물 넘어 이렇게 몸이 개운한 적은 처음이다. 딸이 내려온 뒤로 그 흔한 감기 한번 걸린 적이 없다. 몇달만 누릴 작정이었던 호사가 벌써 십삼년째다.

긍게, 우리 맹꺼정 원 없이 살다오라고 안 그랬소. 실컷 사씨요. 죽을 때꺼정 사씨요.

코앞의 지리산에서는 시도 때도 없이 바람이 일어 칡꽃이며 밤꽃이며 온갖 내음을 실어 나르고, 거기 기대 살고 죽은 모든 것들의 눈물이며 웃음 같은 것들을 그녀의 눈앞에 펼쳐놓는다.

이것 잠 묵어보씨요.

보급투쟁 나갔던 박종하가 그녀에게 고깃덩이를 내민다. 아무 의심 없이 그녀는 그것을 받아먹는다. 아무리 씹어도 씹어지질 않는다. 하하얗게 박종하가 배를 잡고 웃는다. 알고 보니 박종하가 준 것은 소의 그것이다. 박종하는 틈만 나면 그녀를 놀린다.

이 여성이 말이여. 참말로 위대한 여성이여. 소 고것꺼정 묵었당게.

박종하의 웃음소리가 보청기도 떼어놓은 그녀의 귓가에 왕왕거린다. 죽음을 각오한 동지들이, 오전 전투에서 동지를 아홉이나 잃은 동지들이, 자신들의 무덤이 될 곳에서 호탕하게 웃음을 터트린다. 이상도 하지. 언젠가부터 죽은 자들의 얼굴이 환하게 밝아온다. 오히려 산 자들의 얼굴은 안갯속인 듯 부옇다. 오늘 낮에 본 딸애 친구의 얼굴은 지금 또 봐도 모를 것이다. 딸 친구가 그녀 먹으라고 과자를 다섯 박스나 사 왔다. 대만 여행 가서 사 온 파인애플 케이크라고 했다. 태어나서 먹은 것 중에 제일 맛났다. 맛을 잃은 지 오래, 오랜만에 입이 달콤해 하나를 더 먹었다. 아흔아홉에 제일 맛있는 걸 만나다니, 이러려고 이날까지 살았나 싶다.

딸이 내려온 뒤 평생 못 먹어본 오만 걸 다 먹었다. 송이니 능이니, 전복이니 굴이니, 대합이니 백합이니, 동파육이니 유산슬이니, 가기 전에 원 없이 먹이려는 딸 맘을 모르는 바는 아니나 이미 맛을 잃은 그녀 입에는 어떤 것도 된장국만 못했다. 다만 눈은 호강이었다. 딸이 차려준 밥상을 볼 때마다 그녀는 죽은 남편이 생각났다. 산에서 열흘 굶은 남편은 보급투쟁을 나가던 길에 정신을 잃고 쓰러졌다. 동지들이 돌아오는 길, 의식 잃은 그에게 동지 목숨 몇과 바꾼 날달걀 하나를 깨 입에 넣어주었다. 달걀이 위에 닿는 순간 그는 눈을 떴다. 그 뒤로 밥은 그에게 자동차 움직이는 기름이었다.

얼른 지름 묵세.

그게 상 차리라는 말이었다. 산에서 죽은 동지들이나 남편에게 밥은 맛을 따지기 전에 몸을 움직이는 연료였다. 비싼 돈 들여 맛있는 것 사 먹는 재미를 그들도 그녀도 알지 못했다. 그런 세월을 살았다. 손 큰 딸은 뭐든 넉넉하게 해서 남은 것은 아까운 줄 모르고 다 버렸다. 그게 아까워 몰래 숨겨두고 꾸역꾸역 먹으면 딸은 벽력같이 화를 냈다.

세상이 달라졌다고 몇번을 말해! 그냥 버리라니까!

이 귀한 걸 워치케 버린다냐. 쌀 한톨 만들라고 농부들이 월매나 애를 쓰는디.

쌀이 남아도는 세상이야. 부지런히 먹고 버려줘야 농부들이 돈을 벌지.

딸이 아무리 말해도 그녀는 버리는 게 아깝다. 맛이야 어떻든 입에 들어가면 똑같다. 굶지 않으면 그만이다.

엄마, 엄마가 꿈꾸던 세상은 진즉에 이루어졌어. 여자들도 남자들과 똑같이 공부하지, 굶어죽는 사람 없지. 뭐든 넘쳐서 문제인 세상이야. 그러니까 제발 좀 맛있는 것만 부지런히 먹으라구.

그녀도 그쯤은 안다. 동지들과 젊은 그녀가 목숨 바친 사상은 이미 막을 내렸다. 총 들고 싸웠던 자본주의가 세계 도처에 창궐하는데도 여자도 공부할 수 있고, 가난한 사람도 공부할 수 있는, 그녀가 꿈꾸는 세상이 되었다. 여자들이 뉴스에 나와 똑 부러지게 제 말 하는 것도 봤다. 그녀는 남편이 살아 있다면 묻고 싶다.

우리가 뭣 땀시 그 고상을 했으까라?

남편은 죽는 날까지 희망을 잃은 적이 없는 사람이니 아마 이렇게 답할 것이다.

우리가 그 고상을 했응게 시방 이만큼이라도 된 것이제 몰라 물어?

그녀는 모르겠다. 헛고생을 한 것인지, 눈곱만큼은 지금의 세상에 기여를 한 것인지. 곧 통일이 되고 평등한 세상이 될 거라고 확신하며 죽은 동지들이 부러울 때도 있다. 그때는 그녀에게도 세상이 명료했다. 목숨 바쳐 싸우면 더 좋은 세상이 될 거라고 믿어 의심치 않았다. 그녀가, 동지들이, 목숨 바쳐 싸우지 않았더라도 어쩌면 세상은 좋아지지 않았을까, 생각하면 힘이 빠진다. 이 세상에 설 자리가 없는 느낌이다. 세상의 밖으로 하염없이 밀려나는 기분, 모래사장의 한알 모래가 된 기분, 산을 내려온 이래 늘 그런 기분으로 살았다. 딸아이가 태어나기 전까지는. 딸은 전에 그녀가 본 세상보다 한없이 작고 사소하지만, 그녀에게는 전부인 우주였다. 그 작은 행복에 취해 있다가 문득 지리산에서 바람이 불면 등골이 서늘해졌다. 이러라고, 이리 살라고, 수많은 동지들이 꽃 같은 목숨을 아낌없이 버린 것은 아닐 텐데…

그마저도 오래 전의 얘기다. 늙어 꼬부라진 몸, 세발 걷기 어려운 몸, 뉴스를 봐도 반 이상 뭔 소린지 모르겠는 몸이다. 무엇을 했고 무엇을 이루었든, 죽은 몸이든 산 몸이든, 거기서 거기다.

밤이 깊어갈수록 어둠은 농밀해진다. 손을 뻗으면 어둠의 질감이 느껴진다. 솜이불처럼 두텁고 무거운 어둠이다. 모든 것을 삼킨 어둠은 죽음 그 자체 같기도 하다. 아침이 오고 빛이 스며들기 전까지 그녀는 죽음 속에 고요히 누워 있다. 죽은 것과 진배없는 그녀는 어둠 속에서 죽은 어머니를 만나고, 동생을 만난다. 아랫도리 벌거벗은 채 오롯한 몸의 쾌락에 탐닉해 있던 동생은 엎어놓은 사발 같은 단발머리를 하고 그녀 곁을 자꾸 맴돈다.

성! 성! 성!

어려서처럼 밤새 그녀의 잠으로도 찾아와 놀아달라고 옆구리를 질퍽거린다. 어머니의 죽음으로 세상에 온 동생이다. 그날 그녀에게 생과 사는 한 몸이었다. 어머니는 호롱불 아래 류충렬전을 소리 높여 읽고, 그녀는 동생의 기저귀를 간다. 달덩이처럼 보얀 동생의 엉덩이를 찰싹찰싹 두드린다. 동생이 꺄르르 웃는다.

방 밖으로 나가기 어려워지면서 그녀의 시간은 이 검은 방에 갇혔다. 검은 방에서는 시간이 제 맘대로 흘러 죽은 자들이 살아 있고 함께 있을 수 없는 자들이 함께 있다. 직선으로 살아온 시간을 실타래처럼 엉켜놓은 것이 어둠인지 그녀 자신인지 알 수 없다. 검은 방에는 그녀의 구십구년이 안개처럼 고여 있다. 그녀의 숨결에 따라 어떤 기억은 물안개로 피어오르고 어떤 기억은 바닥으로 내려앉는다. 피어오르는 것은 묵은 기억들이다. 새로운 것들은 좀처럼 검은 방 안으로 스며들지 못한다. 날이 갈수록 검은 방의 기억들은 봄꽃처럼 찬란하게 피어난다. 그녀는, 살아 있는 그녀는, 오직 기억 속에서만 살아 있다.

어이, 가세. 멋 흐고 있능가. 후딱 나오제.

십삼년 전 죽은 남편이다. 흉한 꼴 보이기 전에 제발 빨리 죽었으면 했던 남편이다. 죽은 남편이 그녀를 부른다. 그녀는 굼뜨게 일어나 어둠을 더듬거리며 나갈 채비를 한다.

후딱 나오랑게.

성미 급한 남편이 다그친다. 막 몸을 일으킨 침대 위, 몸 따라 일어나지 못한 그녀의 마음 한자락 희끄무레 놓여 있다. 그 마음, 두꺼운 블라인드 너머, 딸의 방으로 이어진다. 생생하게 살아 있던 아흔아홉해의 기억들이 꿈이었던 듯 사라지고, 그녀는 우두커니, 저 따라나서지 않은 제 마음, 들여다본다. 그 마음, 치매 걸린 동생의 요분질과 다를 바 없다. 그런데도 그 마음, 거두어지지 않는다. 그녀는 검은 방, 구십구년의 기억 속에 다시 갇힌다. 산 것인지 죽은 것인지, 기억들, 뒤엉켜 뛰논다.

아하 달

나는 제왕이다. 알래스카 대설원을 치달리며 얼어붙은 대기를 뒤흔들어 바람을 일구던 바람의 제왕이다. 먼 선조 중 누군가 인간의 올가미에 걸린 뒤 바람만이 살아 숨쉬는 대설원을 떠나왔으나 아직도 내 핏속에는 바람이 피톨로 휘돌고 있다. 바람이 온다. 동쪽 강변의 버들강아지를 흔들어 깨우고, 막 돋아난 새움의 어린 살냄새와 여울바닥에 납작 엎드린 늙은 쏘가리의 외롬을 담아 골짜기를 타고 오른 바람이 마당 끝 홀로 선 동백 이파리에 닿는다. 매서운 추위에 두툼하게 살이 오른 이파리는 미동도 없다. 헛되이 동백나무 곁을 맴돌던 바람이 홀로 무참하여 은근슬쩍 방향을 튼다. 바람에 실린 늙은 쏘가리의 외로움에서 나는 오갈 데 없는 서글픈 욕정의 냄새를 맡는다. 지난가을 나도 그러했다. 살아 있는 것들은 하나의 시계다. 때가 되면 배가 고프고 때가 되면 발정이 난다. 오갈

데 없는 늙은 쏘가리의 욕정만 서글픈 게 아니다. 때가 되어 아무 데로나 향한 욕정은 더욱 서글프다.

배가 고프다. 태양이 중천에 솟은 지 오래다. 배가 고프다는 것을 나는 오래 전에 감각했다. 감각은 점차 날을 세우다 바람처럼 불시에 잦아든다. 줄에 묶인 나는 다만 기다릴 뿐이다. 기다림에는 여러 자세가 있다. 제발 밥을 달라고 애원하며 기다릴 수도 있고, 기다리지 않는 듯 기다릴 수도 있다. 혹은 기다림을 포기할 수도 있다. 늑대의 핏속에는 기다림의 유전자가 숨어 있다. 모든 것이 얼어붙은 설원에서 먹잇감을 찾기란 쉽지 않다. 때로는 죽음과 삶의 경계에 이르러서야 먹을 것을 발견할 수도 있다. 오랜 기다림 끝에 온몸의 감각에 날을 세워 먹잇감을 향해 돌진해야만 겨우 삶이 유지된다. 차가운 눈밭에 엎드려 죽음의 경계를 넘나들던 조상처럼, 나는 어떠한 포즈도 없이, 기다리지 않는 듯, 기다린다.

기다리던 그 대신 낡은 오토바이의 석유냄새가 바람결에 실려 먼저 찾아온다. 잠시 후면 우편배달부가 당도할 것이다. 옆집 똥개가 뒤늦게 냄새를 맡고 악착스레 짖기 시작한다. 집이라야 대문도 울타리도 없이 오종종 마주본 오두막 세채, 정기적으로 이곳을 찾는 이는 우편배달부나 택배기사뿐이다. 낯을 익힐 법도 하건만 놈은 일단 짖고 본다. 놈 때문에 번번이 한낮의 적요가 흐트러진다. 앙칼지게 짖어대는 놈을 두어차례 죽지 않을 정도로 손봐준 적도 있다. 그래봤자 상처가 낫고 나면 놈의 기억은 떨어진 피딱지처럼 사라지고 만다. 피딱지보다도 못한 놈이다. 나는 짖지 않는다. 이 마을을 찾는 누구든 나로서는 반길 이유도 거부할 이유도 없다. 짖어야 할 다른 어떤 이유도 나는 아직 찾지 못했다. 하여 아직 짖지 않았다.

태양이 하늘의 중심을 벗어날 무렵, 문이 열린다. 그다. 아직 취기에 젖어 있다. 짐작했던 바다. 새벽까지 거실의 불만 켜져 있었다. 그런 날 그는 홀로 술을 마신다. 홀로 사는 그는 잠들지 못하는 날이 많다. 불면의 밤, 술이 그의 약이다.

고기가 담긴 그릇을 든 채 그는 정오의 햇살 아래 미동도 없이 서 있다. 나도 움직이지 않는다. 이건 유혹이다. 그 유혹에 여러차례 무릎을 꿇었다. 그때마다 그는 차디찬 경멸을 보냈다. 스스로 자존심을 꺾은 자에게 경멸은 최악의 벌이다. 술에 취해 하루를 바람처럼 흘려보낸 그가 죄의식 탓인지 막 구운 삼겹살로 나를 유혹했을 때, 나는 쏜살같이 바람을 가르며 바위 위를 날았다. 앞발을 들고 덤벼드는 나에게 그는 고기를 집어던졌다. 그리고 뒤도 돌아보지 않고 사라졌다. 삼겹살의 기름이 차게 식어

허옇게 굳을 때까지 나는 차마 먹지 못했다. 삼겹살 따위, 먼지로 사라질 때까지 외면하고 싶었으나 그것은 다만 자존심일 뿐, 자존심은 먹고 싶다는 본능을 넘지 못했다. 기름이 엉겨 붙은 삼겹살을 꾸역꾸역 삼키며 나는 얼굴조차 알지 못하는 먼 선조의 슬픔을 이해했다. 올가미에 걸린 그는 몇날며칠 굶주렸으리라. 배가 뒤틀리는 고통 속에서 그는 원수가 내민 고기를 나처럼 꾸역꾸역 삼켰을 것이다. 굶주림 앞에서는 슬픔도 무색하다. 슬픔을 이해하면서 나는 먼 선조를 증오했다.

바람에 털이 흩날릴 뿐, 나는 움직이지 않는다. 바람이 무심하게 고기냄새를 실어 나른다. 의지와 상관없이 감각이 고기냄새를 감각하고, 혀가 구멍을 열어 침을 흘려보낸다. 소리 없이 침을 삼킨다. 그는 나를 시험하고 있다. 내가 욕망 앞에서 의연하기를. 시험에 통과하기 위해 침을 삼키며 견디는 중이라고 그는 생각할 것이다. 착각이다. 그는 자신이 나를 선택했다고 확신한다. 그 역시 착각이다. 내가 그를 선택했다. 많은 사람들이 내 우리 앞에서 발길을 멈췄다. 두달이 채 되지 않은 강아지였으나 내 덩치는 이미 어지간한 애완견보다 컸다. 사람 손만 한, 눈처럼 흰 내 발을 보며 사람들은 탄성을 내질렀고 우리 안으로 손을 집어넣어 나를 어루만지려 했다. 나는 가장 안쪽

으로 물러나 낮게 으르렁거리며 그 손들을 탐색했다. 강
아지일 뿐이었으나 설원을 치달리던 선조의 피가 뜨겁게
들끓고 있었기 때문이다. 사람들은 여느 애완견처럼 꼬리
치지 않는 나를 쉽게 포기했다. 오직 그만이 한시간 넘게
나를 탐색했다. 나는 꿈쩍하지 않고 그를 쏘아보았다. 그
는 나의 응시를 피하지 않았고 나 또한 그의 응시를 피하
지 않았다. 마침내 그가 입을 열었다.

　케이지 좀 열어주세요.

　열린 문 사이로 나는 뛰어나왔다. 그 문을 열게 해준 그
보다 처음 만나는 세상이 더 흥미로웠으므로 나는 단숨에
그를 지나쳐 사방팔방 뛰어다녔다. 내가 뛸 때 방안의 공
기가 뒤섞이며 바람이 일었고 그 바람이 풍성한 내 털을
흩날렸다. 털 사이사이로 스며든 바람이 온몸의 땀구멍으
로 스며들어 땀을 식혔다. 태어나 처음 경험하는 쾌감이
었다. 나는 바람을 만들어 바람을 가르며 발바닥에 땀이
돋을 때까지 뛰어다녔다. 간혹 그의 발이 내 걸음을 막아
섰다. 그것 역시 세상의 일부였다. 이제 막 돋기 시작한 이
로 그 발을 깨물고 발톱으로 할퀴었다. 아무 반응도 돌아
오지 않아 나는 이내 흥미를 잃고 다른 데로 뛰어갔다. 내
가 자신에게 쉽게 굴복하지 않았으므로 그는 나를 선택했
다. 그는 모른다. 그가 마음을 굳히고 내게 손을 내밀었을

때 나는 있는 힘껏 그를 깨물 수도 있었다. 잠시 망설였으나 물지는 않았다. 그가 나에게 굴복을 요구하지 않았기 때문이다. 무는 대신 손길을 피해 휙 고개를 돌렸고 그는 피식 웃으며 나를 안아들었다. 그것은 전적으로 나의 선택이었다.

그와 나 사이의 팽팽한 시선이 바람을 일으킨다. 긴 털이 휘날린다. 바위 위에 우뚝 선 채 긴 갈기를 휘날리며 나는 굶주림을, 그의 유혹을 견딘다. 공복의 몸은 그 어느 때보다 예민하다. 그러나 지난 삼년 동안 내 자존심은 동짓날의 북풍처럼 사납게 벼려졌다. 사나흘쯤 굶는대도 너끈히 견딜 수 있다. 굶어 죽어도 좋다. 입안에 침이 고이는 것은 반사작용일 뿐이다. 침을 흘리면서 나는 의연하게 고기를 외면하고 그의 눈을 응시한다. 마침내 그가 왼 무릎을 꿇는다. 무릎을 꿇고 나를 부른다. 세번째 불리웠을 때에야 나는 허리를 쭉 뻗어 기지개를 켠다. 그리고 천천히 걸음을 옮긴다. 그가 나를 기다리고 있다. 먹을 것을 향해 가는 것이 아니다. 나를 기다리는 그를 위해 가주는 것이다.

그가 고기 한점을 내민다. 달빛 환한 봄밤, 복사꽃을 희롱하는 바람처럼 나는 느릿느릿, 가볍게 먹이를 잡아챈다. 우편배달부의 뒤꽁무니를 쫓으며 짖어대던 놈이 어느

새 고기냄새를 맡고 꼬리를 흔들며 다가온다. 놈이 원하는 것은 기름진 고기다. 놈의 주인은 놈 따위에게 절대 고기를 주지 않는다. 장바닥서 사온 싸구려 사료가 유일한 먹이다. 놈이 그래서 고기에 환장하는 것은 아니다. 놈은 주린 창자가 뒤틀어지는 순간에도 먹이 앞에 의연한, 기품의 맛을 결코 알 수 없는 족속이다. 음식 찌꺼기에조차 환장하고 덤벼드는 놈이다. 놈은 오직 먹고 싶다는 욕망을 채우는 것으로 하루하루를 버틴다. 뱃가죽이 땅에 질질 끌릴 때까지, 상한 음식이고 뭐고 닥치는 대로 먹어치우는 놈이다. 놈은 온종일 뱃가죽을 질질 끌며, 눈을 희번덕거리며 먹을 것을 찾아다닌다.

나는 앞다리에 힘을 주고 몸을 낮춰 놈을 겨냥한다. 놈이 다리 사이에 꼬리를 끼운 채 뒷걸음질로 물러난다. 내 목줄이 닿지 않는 곳에 멈춰 선 놈의 눈은 그의 손에 들린 고기를 향해 있다. 그는 좀처럼 놈에게 고기를 주지 않는다. 그런데도 어리석은 놈은 삼년째 고기를 든 그의 주변을 맴돈다. 배가 부르지 않음에도 나는 고기 몇점을 남긴다. 몇번 더 권하던 그가 멀찍이서 미친 듯 꼬리를 젓는 놈에게 남은 고기를 던진다. 놈이 고기로 달려든다. 나는 댓점의 고기를 마파람에 게 눈 감추듯 쓸어먹는 놈을 향해 돌진한다. 발밑에 깔려서도 놈은 항복의 비명도 지르지 않은 채 입에 물린 고기를 씹어 삼키느라 여념이 없다. 내 눈에 경멸이 담긴다. 상대할 가치조차 없는 놈이다. 덤벼드는 나를 향해 고기를 집어던질 때 그의 눈빛도 이러했다. 삼년 전의 일이 어제인 양 생생하다.

재빨리 바위를 타고 오른다. 부끄러움은 쉽게 잊히지 않는다. 그는 내게 부끄러움을 일깨웠다. 그가 아니었다면 나 역시 놈처럼 살았을지 모른다. 고마운 일이지만 부끄러움은 자존심을 건드린다. 그는 나의 스승이자 원수다. 나는 바위에 버티고 서서 그를 외면한다.

이리 와.

몇번이나 그가 나를 부른다. 그의 숨을 타고 새어 나온 알코올 냄새가 바람결에 실려 온다. 취한 날의 그는 다정하다. 다정함에 여러차례 속았다. 잠들지 못하는 밤, 그에게는 술이 유일한 친구다. 취한 밤이면 그는 나를 찾는다. 하염없이 나를 어루만지고, 내 목덜미에 얼굴을 부빈다. 다정한 손길에 배를 내준 적도 있다. 내가 처음으로 배를 보이고 발랑 누웠을 때 그는 웃음을 터트렸다. 그날 밤, 그는 내 배를 긁으며 오래도록 먼 산에 걸린 달을 보았다. 종종 그런 일이 있었다. 언젠가 그가 오랜 여행에서 돌아왔을 때 나는 쏜살같이 달려 나갔다. 그가 무릎을 꿇고 앉아 나를 어루만졌다. 어루만지기에 여느 때처럼 몸을 뒤집었다. 순간 그의 손길이 멈췄다. 몸은 이미 반쯤 뒤집혀 허리가 꽈배기처럼 꼬인 상태였다. 그의 냉담에 나는 어찌할 바를 모르고 뒤집어진 그 상태로 그의 무릎에 다리를 얹은 채 동작을 멈추었다. 그도 나의 당황을 눈치 챘다. 그 역시 당황했다. 반 남짓 드러난, 털도 없는 배 위로 바람이 스치고, 어색한 시간이 지루하게 흘러갔다. 뒤틀린 허리가 아팠다. 나는 실수한 척 한 발을 그의 무릎에서 떼면서 몸을 반듯이 했다.

그 뒤로 취한 그가 아무리 다정해도 나는 배를 보이지 않는다. 때로는 불러도 가지 않는다. 취중에는 진심이 없다. 취중의 진심은 진심이 아니다. 가닿고 싶지만 가닿지 못한 무엇일 뿐이다. 그러므로 그건 진심은 아니다. 산중의 그를 찾아오는 사람은 몇 되지 않는다. 개중에는 여자도 있지만 아내나 연인은 아니므로 다정할 일이 없다. 그런 존재가 있었다고 해도 다정하지는 못했으리라 짐작한다. 나를 어루만질 때의 그의 손길이 그러하다. 다정해본 적이 없는 듯 머뭇거리며 그의 손은 내 털들을 헤집는다. 털을 헤집을 뿐 그 속, 한번도 햇빛을 본 적이 없는 내 여린 속살은 차마 건들지 못한다. 술에서 깨고 나면 취중의 다정함이, 그 다정에 반응하는 내가 난감한 것일 게다.

취한 그가 바위를 타고 오른다. 그의 집 뒤란, 큰 바위

들로 쌓은 축대 위에 네발로 버티고 서서 나는 다가오는 그를 바라본다. 도망가지는 않는다. 지난 삼년, 나를 한마리 개가 아니라 저와 다를 바 없는 단독자로 대해준 그에 대한 보답이다. 그는 나를 통해 저를 본다. 그는 나만 자주 굶기는 게 아니다. 저도 자주 굶는다. 게으르긴 하지만 게 을러서만은 아니다. 밥을 지을 때의 그는 비통하다. 밥을 먹을 때의 그는 고기를 향해 덤벼드는 나를 볼 때와 다르 지 않다. 그는 밥 먹는 저를 경멸한다. 밥을 먹지 않음으로 써 자신을 죽이고 싶은 것인지, 먹고자 하는 욕망마저 넘 어서고 싶은 것인지는 알 수 없다. 어쨌든 그는 가능한 한 먹지 않고 가능한 한 자지 않고 가능한 한 움직이지 않는 다. 나도 그러하다. 그러함이 지속된다면 나는 개가 아니 고 그는 사람이 아닐 수 있는 것일까? 아닐 수 있다면.

배가 뒤틀린다. 허기를 다 못 채운 탓은 아니다. 깊은 산중, 손바닥만 한 그의 마당에 햇살이 담뿍 퍼질 때부터 그랬다. 고통을 참으며 나는 그의 손길에 나를 맡긴다. 여 전히 털을 더듬기만 하는 서툰 손길이다. 그저 몸을 주었 을 뿐 나는 반응하지 않는다. 그가 차마 내 속살을 다정하 게 어루만지지 못하듯 나는 차마 그 손길에 흐물흐물 녹 아내리지 못한다. 손가락 끝이 여린 내 속살에 닿는 순간 불현듯 그가 손을 뺀다. 그가 돌아서고 바람이 분다. 저 늙은 쏘가리는 아직도 여울 바닥에 엎드려 팔팔하던 시절의 뜨거운 욕정을 더듬고 있다. 비릿한 바람이다.

나는 쿵쿵거리며 적당한 장소를 찾는다. 집은 없다. 그가 집을 마련해주었지만 나는 한번도 집에서 자지 않았다. 답답해서다. 알래스카 대설원이 내 선조의 집이었다. 휘어진 강의 여울이 바라보이는 탁 트인 바위, 사방의 바람이 휘돌아치는 바위 위가 내 집이다. 그러나 나는 본능적으로 안다. 바위 위는 안 된다. 낑낑거리면 그가 나와 무엇인가를 해줄지도 모른다. 그러나 그에게 알리고 싶지 않다. 나는 그가 가으내 모아둔 낙엽더미 위에 엎드린다. 그의 게으름에 축복을. 낙엽더미는 높고 푹신하다. 이곳이라면 괜찮을 것이다.

지난여름의 더위는 가혹했다. 나의 긴 털은 겨울을 나기 위한 것, 남도의 더위에는 나를 향한 흉기와 다름없었다. 나는 바위 위, 다른 바위가 드리운 좁은 그림자를 따라 이리저리 옮겨 다녔다. 게으른 그가 보기에도 혹독한 더위였는지 하루에 한두번 바위에 물을 끼얹어주었다. 그러나 그도 잠깐, 햇볕에 데워진 바위에서는 금세 수증기가 피어올랐고, 한증막인 듯 숨 막히게 무더웠다. 나는 밥도 먹지 못했다. 여름의 끝 무렵에는 그늘을 따라 움직이는 것도 귀찮았다. 보다 못한 그가 끼니마다 고기를 주었지만 더위에 입맛도 잃었다. 해가 지고 강에서 산자락으로 습기 찬 바람이 불어올 때나 겨우 몇점, 딱딱하게 굳은 고기로 허기를 채웠다. 풍성한 털도 뭉텅이로 빠졌다. 몰골조차 사나웠다. 그래도 나는 알고 있었다. 습기 찬 바람 속에 알래스카 설원의 기운이 조금씩 강해지고 있다는 것을.

긴 기다림 끝에 가을이 왔다. 여름내 주린 배를 속성으로 채웠다. 그는 몰랐겠지만 나는 까치 몇마리와 까마귀 몇마리도 잡아먹었다. 옆집 닭 열마리도. 나는 닭들이 예사로 내 주변을 얼씬거리도록 오래도록 공을 들였다. 바로 근처까지 와도 꿈쩍하지 않았다. 차츰 대담해진 놈들은 내 몸을 넘어 다니기도 했다. 그래도 모른 척했다. 나는 녀석 중의 하나가 무리에서 떨어질 때를 기다렸다. 한놈이 동떨어져 내 곁에 어슬렁거린 순간, 나는 그놈이 단말마의 비명을 지를 새도 없이 순식간에 덮쳤다. 다른 놈들은 동료 하나가 사라졌다는 것도 의식하지 못했다. 털은 미리 파둔 구덩이에 묻었다. 애당초 다 잡을 생각은 아니었다. 그러나 발톱으로 찢어발긴 내장은, 피냄새가 흥건한 내장은, 입때껏 먹은 어떤 것보다 황홀했다. 그 맛을 떨치지 못해서가 아니었다. 굶주림이라면 그를 통해 충분히 단련했다. 단 한번의 사냥이 내 핏속 깊이 잠복해 있던 본능을 일깨운 탓이었다. 그것은 취한 그의 다정보다 강

렬했다. 그의 다정은 자존심으로 물리칠 수 있었지만 사
냥의 본능은 무엇으로도 물리칠 수 없었다. 결국 나는 옆
집 닭을 다 잡고 말았다. 옆집 남자는, 행여 죽을까, 비에
젖으면 드라이어로 말려가며 키운 귀한 오골계라고, 구구
구구, 애타게 닭을 찾아 산을 헤매고 다녔다. 그 닭들이 토
실토실 나를 살찌웠다. 녀석들로 하여 찐 살인 줄만 알았
다, 풍만하게 부푼 배가.

　단 한번이었다. 실수라고 하기에도 민망한 찰나였다.
찰나의 실수는 지워지지 않는 흔적을 남겼다. 배 속에 생
명이 들어선 것을 그것들이 꼬물거리고야 알았다. 첫 잉
태였다.

　나는 신음을 삼킨다. 예리한 송곳니가 잇몸을 파고든
다. 비릿한 피가 흐른다. 핏물을 삼키며 나는 이를 간다.
놈을 용서하지 않겠다. 놈이 하루 종일 내 엉덩이 부근에
서 뜀뛰기를 할 때 나는 생리 중이었다. 한번도 교미하지
않았으므로 녀석의 행위를 나는 제대로 인지하지 못했다.
언제나처럼 먹을 것을 찾아 오두방정을 떠는 줄로만 알
았다. 내가 앉기 위해 자세를 낮추는 그 짧은 찰나를 놈은
놓치지 않았다. 무엇인가 순결한 나의 내부를 파고들었
고, 그 짧은 경험만으로 나는 그 행위의 의미를 간파했다.
그리고 당황했다. 놈 때문이 아니었다. 놈의 몸짓에 반응

하는 내 몸 때문이었다. 내 몸은 원하고 있었다. 어쩌면 놈보다 강렬하게. 그러나 놈을 원한 건 아니었다. 몸은 무언가 원하고, 의식은 놈을 거부했다. 내가 고민을 끝내기도 전에 놈은 제 할 짓을 끝내고 쏜살같이 사라졌다. 그 짧은 순간을 위해 놈은 그날 왼종일 내 엉덩이 뒤에서 뜀뛰기를 해댔던 것이다.

아직도 그날을 기억한다. 그날 나는 아무것도 먹지 않았다. 잠도 자지 않았다. 가장 높은 바위에 선 채 나는 처연히 하늘만 보았다. 처연하다,라고밖에 달리 그날의 심정을 표현할 길이 없다. 놈을 받아들인 몸을 소유한 나를 차마 죽일 수는 없는 노릇이었다. 죽지도 못하고 살 수도 없는 그 밤, 유난히 어둔 하늘에 초승달이 그린 듯 선명했다. 밤새 강물과 희롱하던 초승달이 서산으로 스러지고, 나는 잊었다. 바람이 불고, 바람이 잦아들었을 뿐이다. 가랑비가 흩뿌리고, 그렇게 지나갔을 뿐이다. 있었으나 있었던 건 아니고 없었으나 없었던 건 아니다. 배 속에서 놈의 피를 받은 무엇인가 꿈틀거리기 전까지는 그러했다, 그러할 수 있었다.

살이 찢어지는 듯 아프다. 듯이 아니다. 생살을 찢으며 무엇인가 세상을 향해 미끄러져 나온다. 미끄러지는 것도 아니다. 저의 의지로 나의 살을 찢으며 무엇인가 한점

의 빛에 불과할 세상을 향해 악착같이 기어 나온다. 그것
은 나의 고통 따위 아랑곳하지 않는다. 생살을 찢는 고통
을 나는 이 악물고 버텨낸다. 물끄덩, 마침내 무엇인가 낙
엽더미 위로 쏟아진다. 그것은 얇은 막에 갇혀 있다. 비린
피를 뒤집어쓴 그것은 갓 잡은 닭과도 비슷하다. 발톱으
로 찢어발기면 그것의 속에도 닭과 같은 내장, 닭과 같은
살이 있을 것이다. 그것은 다만 고깃덩어리일 뿐이다. 썩
은 고기에 눈을 뒤집는 구차한 똥개의 피가 흐르는, 누추
한 고깃덩어리일 뿐이다. 놈의 피를 받은 그것은 놈처럼
온종일 땅바닥을 헤집으며 상한 음식을 찾고 혹 먹을 것
을 던져줄까 사람의 뒤나 졸졸 따르며 평생을 보낼 것이
다. 그러다 마침내 한점의 고기가 되어 썩어 문드러지고,
아무도 거들떠보지 않는 시시한 나무의 거름으로 풍성한
잎을 피우고, 또다시 져 또다른 잎을 피우고, 피고 지는 순
환에 갇혀 영원을 살 것이다. 나는 그것을 향해 발톱을 세
운다. 막 그것의 심장을 내리찍으려는 찰나, 또다시 고통
이 몰려온다. 배 속에서 생명들이 아우성친다.

　두번째 것을 낙엽더미 위로 쏟아내고서야 놈이 보인다.
언제부터인지 놈이 처음 나온 것을 핥고 있다. 그것의 몸
피를 둘러싸고 있던 얇은 막이 사라지고, 놈의 혀가 닿는
곳마다 보안 털이 드러난다. 나의 털을 닮아 붉은 기가 도

는 갈색이다. 피비린내 나는 양막에 쌓여 있던 그것이 꿈틀꿈틀 나를 향해 다가온다. 그사이 놈은 두번째 것을 향한다. 첫놈이 배 근처에서 얼굴을 들이민다. 젖꼭지를 찾고 있다. 당황한 사이 첫놈이 젖꼭지를 문다. 아린 통증은 잠시, 앞선 모든 통증을 잊을 만한 짜릿한 쾌감과 함께 젖이 뿜어져 나온다. 꿀떡꿀떡, 첫놈이 힘차게 젖을 빤다. 늑대의 피가 섞인 젖이다. 대설원을 누비며 삶과 죽음의 경계에 선 채 우주와 독대하던 내 모든 선조의 영혼이 담긴 젖이다. 선조의 영혼을 물리는 쾌감과 썩은 음식물이나 탐하는 놈에 대한 분노 사이에서 나는 갈등한다. 놈이 내 눈빛에 담긴 증오를 읽고 뒤로 주춤 물러난다. 두발 물러났다 눈치를 보며 한발 다가온다, 놈 역시 어찌할 바를 모른다. 가도 오도 못하고 놈은 결국 짖기 시작한다. 아직 배 속에 담긴 두 생명과 젖을 빠는 두 생명을 팽개치고 나는 놈을 향해 달려든다. 날카로운 이빨이 놈의 목덜미에 박히려는 순간, 드르륵, 부엌 창문이 열린다. 그와 시선이 마주친다.

야, 인마!

그가 소리치며 달려 나온다. 그사이 나는 이빨을 박는다. 놈이 단말마의 비명을 지르며 땅바닥에 나뒹군다. 몸집이라야 내 머리통만 한 놈이다. 하늘로 향한 놈의 뱃가

죽에 나의 몸을 침범했던, 하찮은 것이 달려 있다. 이 모든 사태의 원흉이다. 어찌해야 할지 알 수 없는 이 난감한 상황이 고작 저 하찮은 것 때문이라는 사실이 더 치욕스럽다. 나는 놈의 것을 발로 짓밟는다. 놈이 죽는 시늉을 한다. 그가 내 목줄을 잡아당긴다. 그에게 질질 끌려가면서도 나는 놈에게서 눈을 떼지 않는다. 꽁무니를 사린 채 다리를 절뚝이며 붉은 핏방울을 떨구며 놈이 달아난다.

왜 그래, 인마.

그제야 낙엽더미에 생각이 미친다. 나는 있는 힘껏 낙엽더미를 향해 몸을 날린다. 줄을 잡고 있던 그가 뒤로 나자빠진다. 나는 내 치욕의 증거들을 풍성한 털로 감싼다. 그가 엉덩이를 툭툭 털고 다가온다. 나는 먼 데, 빈 하늘을 바라본다. 또다시 통증이 밀려온다. 이도 앙다물지 않고 참는다. 지난 삼년간 그에게 생리의 흔적조차 보인 적이 없다. 그가 주변을 살핀다. 나는 먼 하늘만 응시한 채 꿈쩍도 하지 않는다. 그도 돌아서지 않는다. 그사이에도 내 밖의 것들은 집요하게 젖을 빨고, 내 속의 것들은 악착스레 나를 벗어나고 있다. 미끄덩, 또 하나가 낙엽더미 위로 쏟아진다.

조심스레 다가오는 그의 발소리가 들린다. 차라리 눈을 감는다. 눈을 감은 채 나는 낙엽더미에 얼굴을 묻는다. 빨

리 양막을 제거하지 않으면 숨을 쉬지 못할 것이다. 상관
없다. 그것의 반은 놈이다. 그가 바짝 다가온다. 호흡이 거
칠다. 그가 무릎을 꿇는다. 박동이 빨라진다.

야, 인마!

그가 그것을 집어 내 얼굴 앞으로 드민다. 나는 외면한
다. 그가 내 뒷덜미를 잡아 그것을 향하게 한다. 나는 기어
코 외면한다. 쭉쭉 빠는 소리가 들린다. 슬그머니 눈을 뜬
다. 그가 그것의 입을 빨고 있다. 그것이 첫 숨을 토한다.
그는 고깃덩어리에서 생명이 된 그것을 내 배 밑으로 밀
어 넣는다.

그가 어디론가 황급히 달려간다. 광에서 부산한 움직임
이 느껴진다. 그사이 마지막 것이 세상으로 나온다. 나는
비로소 텅 비어 내가 된다. 놈이 다리를 절뚝이며 여전히
피를 떨구며 다가온다. 몸을 일으킬 힘조차 없다. 놈이 눈
치를 살피며 내 발치에서 마지막 것을 열심히 핥는다. 마
지막 것이 배 밑으로 파고든다. 막 태어난 것들이 어찌 알
고 죽어라 젖을 빤다. 마지막 생명까지 빨려나가는 느낌
이다. 까무룩 잠이 든다.

고소한 냄새가 나를 깨운다. 참치와 날계란이다. 그가
내 머리를 쓰다듬는다. 취기도 가셨는데 그 어느 때보다
다정한 손길이다. 그가 한 손으로 여전히 나를 어루만지

며 접시를 턱 밑으로 옮겨준다. 마당 가득 바람이 휩쓸고 있다. 미지근한 봄기운이 섞인 바람이다. 내가 깔고 누운 낙엽들이 바람에 쓸려 허공으로 솟구친다. 가벼이 공중으로 날아오른 낙엽들이 나선을 그리며 맴돌다 머지않은 다른 곳으로 내려앉는다.

천천히 접시를 핥는다. 배 밑의 것들이 고요하다. 먹을 것이 들어가자 젖이 다시 차오른다. 유방이 점차 뿌듯해진다. 먹는 내내 그는 나를 쓰다듬는다.

아궁이 앞으로 가자. 여기는 너무 추워서 안 돼.

어쩌다 찾아오는 손님을 대하듯 그가 말을 건넨다. 아직도 나는 그를 정면으로 보지 못한다. 그가 다시 내 머리를 쓰다듬는다. 몸을 일으킨다. 눈도 뜨지 못한 새끼들을 피해 조심스레 발을 내딛는다. 내가 멀어지자 새끼들이 낑낑거린다. 세상에 처음 토하는 소리다. 나를 찾는 소리다. 낑낑거리는 작고 낮은 소리가 바람을 타고 나를 쫓는다. 나는 기어이 돌아보지 않는다. 모든 것을 그에게 일임한다.

그는 나를 안방 아궁이 앞으로 인도한다. 거기 오래 전에 버린 집이 있다. 창고에서 다시 꺼낸 모양이다. 보송보송한 볏짚도 깔려 있다. 집 앞에 나를 묶고 그는 다시 뒤란으로 간다. 돌아온 그의 팔에 새끼 네마리가 안겨 있다.

그제야 새끼들을 유심히 살핀다. 네마리 모두 나를 닮았다. 몸피도 이미 놈만 하다. 꼬리의 절반이 나와 달리 흰색이다. 놈의 흔적이다. 그가 조심스레 새끼들을 집 안으로 넣는다. 새끼들이 눈을 감은 채 본능적으로 나를 향해, 저희를 살릴 젖을 향해 기어온다. 내가 외면한들 녀석들은 아직 모멸을 알지 못한다. 나는 녀석들을 향해 가지도 않고 피하지도 않는다. 가지도 못하고 피하지도 못한다.

따스한 온기가 나를 깨운다. 촉 낮은 백열등이 아궁이 주변의 어둠을 밝히고 있다. 새끼들을 피해 몸을 일으킨다. 불길이 어른거리는 아궁이 앞에 그가 앉아 있다. 그의 곁으로 가지는 않는다. 따스해진 부뚜막 위에 가만히 얼굴을 얹는다. 대충 자른 참나무 토막에 앉아 있던 그가 자리에서 일어난다. 다시 돌아온 그의 손에 먹이가 들려 있다. 미역과 돼지뼈와 북어를 우려낸 뿌얀 국물이다. 내가 잠든 사이 읍내에 다녀온 모양이다. 좀처럼 바깥출입을 하지 않는 그다. 그가 부뚜막 위에 밥그릇을 놓는다. 따뜻한 데서 먹으라는 의미일 게다. 자신을 위해서는 요리조차 잘 하지 않는 그가 끓인 밥을 먹는다. 갓 잡은 생닭과는 다르다. 몸이 아니라 마음이 차오르는 밥이다. 밥을 먹고 젖이 차오른다. 새끼를 키우는 동안 내 젖은 달처럼 기울었다 차오를 모양이다.

그가 아궁이에 참나무 장작을 두어개 넣는다. 타닥, 경
쾌한 소리와 함께 푸르스름한 불꽃이 화르르 거세게 일어
난다. 강에서 산자락으로 바람이 분다. 불은 바람을 먹이
삼아 기세 좋게 타오른다. 나는 가만 그의 곁으로 다가간
다. 그의 발치에 몸을 누인다. 불길이 눈에 담긴다. 바람을
삼킨 불이 나의 시선을 삼킨다. 바람은 그저 스러지는 게
아니었다. 불을 살찌우고 바람이 스러진다. 부뚜막을 데
우고 불길이 스러진다. 밤이 깊어간다.

아궁이를 등지고 그가 돌아앉는다. 바람이 어디로 가지
도 않고 빈 마당을 맴돌고 있다. 그가 주머니에서 소주병
을 꺼낸다. 목울대가 꿀떡꿀떡, 소주를 넘긴다. 늦가을의
그날 같은 초승달이 어둔 하늘에 걸려 있다. 그의 한 손이
내 목덜미를 향한다. 어루만진다, 다정히. 아직 취기는 승
하지 않았다. 그가 나를 본다. 나는 슬몃 고개를 돌린다.
그가 한 손으로 내 고개를 돌려 그를 향하게 한다. 시선을
피한다. 내리 깐 건 아니다. 좁은 마당 구석구석 산보하는
바람에 잠시 마음을 빼앗겼을 뿐이다. 그는 집요하게 나
를 보고 있다.

어떡하냐 너, 좆됐다.

젠장,

이라고 답했을 것이다, 말을 할 수 있다면. 캉캉, 모퉁이에

몸을 숨기고 있던 놈이 짖는다.

　나는 그의 손에 들린 소주병을 물끄러미 바라본다. 언젠가 그가 술을 따라준 적이 있다. 나는 먹지 않았다. 냄새부터 쓰디썼다. 왜 그 쓰디쓴 걸 밥 삼아 마시는지 그를 이해할 수 없었다. 취해서조차 제대로 다정하지 못했던 그다. 그가 물그릇에 소주를 따른다. 술을 핥는다. 혓바닥이 타는 듯 뜨겁다. 술의 경로에 따라 내장의 모양이 선연히 그려진다. 피가 데워진다. 놈이 벽 너머 슬쩍 대가리를 내민다. 술인지 고긴지 구별도 못하는 놈이다. 놈의 욕정이 이 모든 일의 발단이다. 놈이 새끼를 핥아 숨 쉬게 하지만 않았어도, 쓸데없이 짖어 그를 불러내지만 않았어도, 늦가을 어느날의 치욕스런 기억은 없었던 듯 사라졌을 것이다. 술을 찾게 만든 원흉이 저도 마시겠다고 낮은 포복으로 한걸음 한걸음 다가온다. 닭을 단숨에 발톱으로 찢어발길 때처럼 나는 모른 척한다.

　쓰디쓴 술이 몸 구석구석 돌며 알래스카 늑대의 피를 잠재운다. 고여 있던 바람이 동백나무를 휘돌아 나가고 먼 데서 새로운 바람이 다가온다. 늙은 쏘가리는 여전히 여울에 납작 엎드린 채 젊은 날의 욕정을 추억한다. 암컷을 어루만지듯 여울의 흐름에 따라 부드럽게 움직이던 쏘가리의 몸짓이 굼떠진다. 호흡이 느려진다. 늙은 쏘가리는 벚꽃 분분히 흩날리던 지난봄의 어느 달밤, 마지막 힘찬 방사를 떠올린다. 호흡과 호흡 사이, 생은 거기 있다. 호흡과 호흡 사이, 기억이 스민다. 마지막 숨을 토하며 늙은 쏘가리가 생을 뛰어넘을 때, 놈은 나의 시선을 넘어 집으로 들어선다.

꿈벅꿈벅, 나는 게으르게 술잔을 본다. 맑은 소주 위로 그날 같은 초승달이 떠 있다. 그는 하늘의 달을 본다. 달 아래 적막한 공간으로 바람이 불고, 술잔 속의 달이 출렁인다. 빙글빙글 어지러운 머리를 가만 그의 다리에 기댄다. 그의 체온이 느껴진다. 아우- 나는 처음으로 짖는다. 가도 가도 끝없는 설원, 희디흰 눈 위로 젖어드는 달빛 속에 내 선조도 이렇게 울었다. 하늘과 땅 사이, 검고 깊은 허공이 공명하여 내 울음은 달에 닿는다. 아하, 달이다.

애틀랜타 힙스터

토요일 오후 세시의 까페ㅍ은 봄날 아지랑이처럼 몽환적이다. ㅍ의 공기는 커피가 녹아 있는 듯 향긋하고 진하다. 비발디의 선율 사이로 커피 입자들이 통통 튀어 다니는 듯하다. 네개의 테이블은 이미 만석이고, 낯익은 손님들이 가볍게 인사를 건넨다. 손님들은 대부분 외국인이다. 다들 K읍의 이런저런 학교에서 원어민교사로 일하고 있다. 스텔라처럼. 인구 이만 칠천의 K읍, 육십 넘은 노인들이 대부분인 K읍에 ㅍ 같은 까페가 존재한다는 건 기적에 가깝다. ㅍ이 생기기 전에는 드립커피를 파는 곳조차 없었다.

하이, 스텔라!

커피를 내리던 사장 윤이 반갑게 스텔라를 맞는다. 윤은 인도에 심취한 도예가다. 그런데 그릇을 굽는 대신 자신이 구운 그릇에 커피를 팔고 있다. 왜 더이상 그릇을 굽지 않느냐는 어느 손님의 질문에 윤은 어깨를 으쓱하고는 대답했다.

커피가 더 좋아서. 인생은 좋아하는 것만 하고 살기에도 너무 짧거든.

그때 스텔라는 손에 쥔 커피잔을 오래도록 바라보았다. 커다란 원형의 푸른 잔은 독특했지만 너무 무겁고 어딘가 균형이 맞지 않았다. 커피를 더 좋아하게 된 건 그 때문이지 않을까, 스텔라는 잠시 생각했다. 커피를 더 좋아하게 된 도예가의 삶이란 참 쓸쓸하겠구나 하고. 그날 스텔라는 윤의 얼굴에서 평소 보지 못했던 잔주름 몇개를 발견했다.

다행히 바의 맨 안쪽 자리가 비어 있다. 스텔라가 가장 좋아하는 자리다. 누군가의 사이에 앉는다는 건 참으로 불편한 일이다. 한쪽이라도 마음 쓰이지 않아야 몇시간쯤 버텨낼 수 있다. 지정석에 손님이 있는 날이면 스텔라는 별 수 없이 발길을 돌린다. 서둘러 집을 나선 것도 그 때문이었다. 오늘은 운이 좋았다.

요즘 ㅍ은 K읍에서 가장 힙한 장소다. ㅍ의 커피를 마시기 위해 K읍을 찾아오는 사람도 있을 정도다. 게다가 오늘은 ㅍ이 주최하는 '벚꽃과 커피' 축제가 있는 날이다. 지금은 사월, 섬진강을 따라 늘어선 벚나무들이 일제히 꽃을 피웠다. 벚꽃은 피기 시작했을 때보다 완전히 만개하여 막 지기 시작할 때가 최고다. 오늘이 바로 그때다. ㅍ으로 오는 길, 집 앞 벚나무가 잔바람에도 미친 듯 꽃잎들을 떨구고 있었다. 어둠이 내리고 달이 차오르면 윤을 위시하여 ㅍ의 단골들은 섬진강변의 어느 곳, 흩날리는 벚꽃과 섬진강이 한눈에 바라보이는 곳으로 갈 것이다. 그러고는 분분히 흩날리는 달빛과 벚꽃 아래 커피를 마실 것이다. 벚꽃 아래서 커피를 마시자는 아이디어를 낸 건 윤이다. 윤은 눈을 반짝이며 말했다.

정말 환상적이지 않아? 이런 게 인생이지.

환상적이긴 할 것 같았다. 그러나 그런 게 왜 인생인지는 이해되지 않았다. 인생이 어떤 것인지, 어때야 하는지, 삼십대 중반에 접어든 지금도 스텔라는 알지 못한다. 죽을 때까지 알지 못할 것만 같다. 너는 왜 그 따위로 사는 거냐! 왜 뭔가를 채우려 하지 않고 빈둥거리기만 하는 거냐! 사람이란 어제보다 나은 사람이 되기 위해 살아야 하는 거다, 이를 악물고 죽도록 최선을 다해도 어려운 게 인생이야, 아버지는 입만 열면 훈계를 늘어놓았다. 아버지는 어제보다 나은 사람이 되었을까? 스텔라가 보기에 아버지는 어렸을 때나 지금이나 일 에이커의 땅콩밭을 가꾸는 농부일 뿐이다. 늙어가며 고집만 세지고 점점 괴팍해지는, 그렇고 그런 늙은이일 뿐이다. 동양의 어떤 여자에게는 벚나무 아래서 커피를 마시는 게 인생이라는 걸, 애틀랜타의 아버지는 죽을 때까지 알지 못할 것이다. 뭐 아무려면 어떤가. 인생은 어차피 죽을 때까지 모르는 것투성이일 텐데. 인생에 대해 스텔라가 확실하게 말할 수 있는 건 그것뿐이다. 아는 것보다 모르는 게 더 많다는 것.

스텔라는 사실 애틀랜타 출신이 아니다. 애틀랜타에서 조금 떨어진 롬이라는 시골마을 출신이다. 처음부터 애틀랜타 출신이라고 밝힌 건 아니다. 한국 사람들은 애틀랜타는 알지만 애틀랜타가 조지아주라는 건 알지 못했다. 조지아주가 어디에 붙어 있는지도. 하물며 롬 따위 시골마을을 알 리 없었다. 애틀랜타라면 잘 알았다. 마거릿 미첼 덕분이다. 애틀랜타 출신이라고 하면 열에 아홉은 아하, 바람과 함께 사라지다!를 외쳤다. 그 뒤로 스텔라는 애틀랜타 출신이 되었다.

스텔라는 대학도 애틀랜타에서 다니지 않았다. 롬 바로 옆의 마운트 베리에 있는 베리대학을 나왔다. 매학기 삼만 달러에 달하는 무시무시한 학비를 내고 겨우겨우 졸업한 학교지만 한국의 누구도 그 대학을 알지 못했다. 그런 대학을 졸업하기 위해 스텔라는 은행대출을 받고 죽도록 아르바이트를 했다. 졸업 뒤에 남은 것은 일억 가까운 빚뿐이었다. 서른이 넘어서야 빚을 청산했다. 빚과 더불어 청춘도 사라졌다. 대출금을 다 갚은 날 스텔라는 몇방울 마른 눈물을 떨궜다.

반년 뒤, 스텔라는 사표를 집어던지고 한국으로 왔다. 한국에 가면 쉽게 일자리를 구할 수 있다는 한 친구의 말 때문이었다. 직장은 쉽게 얻었다. 그러니 월급은 박했고, 서울의 물가는 조지아주보다 훨씬 비쌌다. 하루 종일 서서 영어를 가르쳐봤자 방값과 생활비를 제하고 나면 몇푼 남지 않았다. 가르치는 일에 능한 것도 아니어서 학생이 늘지도 않았다. 다시 사표를 집어던지고 한국에 온 지 일년 만에 처음으로 여행을 떠났다. 그러다 발길이 닿은 곳이 K읍이었다.

서울로 돌아가기 전 스텔라는 월 삼십만원짜리 원룸을 덜컥 임대했다. 서울과 달리 거실이 딸린, 제법 널찍한 원룸이었다. 서울에서는 두배의 월세를 내도 그만한 원룸을 얻을 수 없었다. 곧장 이사를 했고 몇달 뒤 원어민교사가 되었다.

이사를 한 뒤에야 스텔라는 자신이 그토록 쉽게 K읍에 마음을 빼앗긴 이유를 알아차렸다. K읍은 고향 롬과 흡사했다. 애팔래치아산맥 대신 지리산이, 우스타놀라강과 에터와강 대신 섬진강과 서시내가 K읍을 휘돌아나가고 있었다. 대부분이 농사를 짓는다는 것도 비슷했다. 좁은 동네고, 오래 본 사람들이 오래 함께 늙어가고 있다는 것까지도. 서시내 옆으로 난 산책로를 걸으며 에터와강 옆을 걷고 있는 게 아닐까 잠시 착각을 할 정도였다.

스텔라는 고향을 떠나 열다섯시간이나 비행기를 타고 롬에서의 보잘것없는 삶으로부터 벗어났다. 그런데 롬보다 훨씬 화려한 서울을 거쳐 롬과 다를 바 없는 K읍에 정착한 것이다. 열다섯시간의 물리적 이동은 다른 언어를 쓰는 다른 사람들에게로 이동시켰지만 삶의 질로부터는 이동시키지 못했다. 삶의 질은 롬에서나 K읍에서나 별반 다르지 않았다. 빚 대신 몇푼의 저금이 생겼으니 이동에 성공했다고 말할 수 있을까. 그래봤자 비행기표를 사고 롬으로 돌아가면 두어달 치 월급 정도의 현금밖에는 남아 있지 않을 터였다.

차라리 그 돈으로 인도에나 가볼까, 고민하는 중이다. 롬으로부터 더 멀어지면, 어쩌면, 정말 다른 인생이 펼쳐질지도 모를 일이다. 윤은 해마다 인도에 간다. 인도에는 진정한 삶이 있다고, 윤이 말했다. 그게 뭐냐고 스텔라가 물었다.

일체의 구속으로부터 벗어나는 것!

일체의 구속으로부터 벗어나기 위해 해마다 인도에 간다는 윤은, 그 나머지 시간의 전부를 ㅍ에서 보낸다. 매일 커피를 볶고 내려서 돈을 벌어야 인도에 갈 수 있기 때문이다. 인도는 윤에게 구속일까, 해방일까.

언제나처럼 윤이 묻지도 않고 자신이 선택한 커피를 스텔라 앞에 놓는다. 커피에 관해서라면 윤이 한수 위다. 윤의 말을 듣는 게 상책이다.

에티오피아 하라야. 전에 마셔봤지?

강한 보디감, 야생적이며 이국적인 향미, 처음 에티오피아 하라를 마셨을 때 윤이 했던 말이다. 스텔라는 윤의 말을 그대로 외웠다. 같은 학교에 근무하는 국어선생과 ㅍ에서 에티오피아 하라를 마셨을 때 스텔라는 윤의 말을 자신의 표현인 양 슬쩍 옮겼다. 윤이 다른 사람과의 대화에 정신이 팔려 있을 때.

롱베리를 구했거든. 지난번보다 단맛이 좀더 강할 거야, 마셔봐.

어딘가 실패한 듯한 윤의 커피잔을 두 손으로 감싸쥔 채 스텔라는 천천히 커피를 마신다. 입안에 가득한 커피를 오물거리며 음미한다…는 아니다. 스텔라의 미각은 복합적이고 미묘한 커피의 맛과 향을 가려낼 만큼 예민하지 않다. ㅍ의 단골로는 자격미달이다. 그러나 굳이 모른다는 걸 드러낼 필요는 없다. 스텔라는 살짝 미소 지은 채 고개를 끄덕인다.

그럴 줄 알았어. 스텔라 주려고 조금 남겨놓은 거야. 맛을 아는 사람이 주인이지.

그렇다면 스텔라는 이 커피의 주인이 아니다. 그러나 커피맛을 아는 사람만 단골이 되라는 법은 없다. 커피맛을 몰라도 커피중독이 될 수 있는 것처럼. 스텔라가 좋아하는 것은 ㅍ의 커피가 아니다. 스텔라는 ㅍ의 분위기를 사랑한다.

까페ㅍ에는 ㅍ 같은 사람들이 모여든다. 세상을 향해 피-하고 겨우 새어 나왔다가 이내 맥없이 닫히고 마는 ㅍ. 맨 안쪽 테이블에 앉아 있는 존도 그런 사람이다. 존은 밴쿠버에서 멀지 않은, 아마 그 동네 사람을 제외하고는 알지도 못할 작은 시골 마을 출신이다. 그래서 존은 웨어 아 유 프롬이라는 흔한 질문에 밴쿠버라고 답한다. 하지만 존이 밴쿠버에 가본 건 서너번도 되지 않는다. 존은 밴쿠버의 관광객이었을 뿐이다.

존과 나란히 앉아 있는 여자는 여수에 사는 스물네살 케이트다. 원래 이름은 모른다. 존의 여자들은 모두 영어 이름을 갖고 있다. 존의 여자들만이 아니다. 원어민교사들과 가깝게 지내는 젊은 여자들은 다 그렇다. 밝은 갈색으로 머리를 염색한 검은 눈동자의 한국여자를 서양 이름으로 부르는 게 스텔라는 어쩐지 어색하다.

케이트와 존은 소개팅 어플 틴더를 통해 만났다. 존은 언제나 여자를 틴더에서 만난다. 틴더는 자신의 위치를 올리면 반경 오 킬로미터 내에서 틴더를 쓰는 이성친구들이 추천 친구로 올라오는 어플이다. 존의 권유로 스텔라도 어플을 설치하긴 했지만 한번도 남자를 만나본 적은 없다. 틴더를 쓰는 남자들은 누구도 진지한 관계를 원하지 않는다.

진지한 무엇도 너에게 기대하지 않는다. 너는 어때?

이게 틴더의 주요 대사다. 그에 응하지 않으면 남자들은 일초의 고민도 없이 사라진다. 그런데도 존은 잘도 여자를 만난다. 반년 전에는 대전 여자였고, 석달 전에는 남원 여자였다. 존은 백전백승이다. 존의 여자들은 대부분 말라깽이에 제법 예쁘장한 외모의 소유자다. 케이트도 그렇다.

존은 여자들을 늘 ㅍ으로 데려온다. 존은 여자들에게 자신의 아이폰에 저장된 여행 사진을 보여주거나 이어폰을 나눠 낀 채 음악을 듣는다. 그런 날들이 몇달쯤 반복되고 태연히 멀어지고 다른 여자가 케이트의 자리를 차지할 것이다. 아니, 차지하는 게 아니다. 그저 교체될 뿐이다. 옆자리의 여자가 케이트든 세라든 존에게는 중요하지 않다. 지금 이곳, 이 낯선 땅에서의 외로움을 잠시 잊게 해줄 뭔가가 필요할 뿐이다. 그렇다, ㅍ은 이방인들의 피난처다.

K읍 토박이들은 ㅍ을 찾지 않는다. 그들에게는 인도풍의 실내장식은 물론 설탕과 우유조차 없이 마셔야 하는 드립커피 자체가 기이할 것이다. 언젠가 우유를 요구한 손님이 있었다. 우유나 설탕이 커피에 대한 모욕이라고 생각하는 윤은 당연히 거절했다. 윤만큼 그 손님도 고집이 셌다. 사다 마시겠다는 것이었다. 윤은 그것도 거절했다. 손님도 만만치 않았다.

내 돈 내고 내 맘대로 마시겠다는데 뭐가 문젭니까?

커피를 마시는 데도 격식이 있거든요!

신념을 위해 목숨을 바치는 혁명가인 양 비장한 윤의 말에 손님이 피식, 비웃음을 흘렸다. 그러고는 한모금도 마시지 않은 커피를 그대로 남겨둔 채 지갑을 꺼냈다. 까페를 나가면서 손님은 들으라는 듯 큰소리로 혼잣말을 내뱉었다.

씨발, 커피나 팔 일이지 무슨 예술을 하고 자빠졌어! 드립커피를 마시면 문화인이고 믹스를 마시면 미개인이야? 격식은 무슨, 같잖은 것들이 네이버에 치면 다 나오는 걸 지만 아는 줄 알고 지랄을 해요, 지랄을.

한국어를 좀 하는 존이 해석해준 바에 의하면 손님의 말은 그러했다. 손님의 기개에 놀라 싸움으로 번지지는 않았지만 그날 화가 머리끝까지 난 윤은 손님들을 다 내쫓고 문을 닫았다. 며칠 동안 ㅍ은 문을 열지 않았다. 손님의 말이 내심 통쾌했던 스텔라는 윤이 정말로 커피 장사를 그만두고 예술을 할까봐 조바심이 났다.

커피를 어떻게 생각하든 최소한 윤의 커피철학에 수긍하거나 혹은 견디는 자들만 ㅍ의 손님이 될 수 있다. 스텔라는 견딘다. K읍 사람들은 못 견딘다. 그래서 K읍에 있는 ㅍ에는 귀촌한 서울 사람들이나 원어민교사들만 드나든다. K읍의 이방인들에게 ㅍ은 문화적 숨구멍이다.

존이 여자를 바꿔가며 만날 수 있는 곳도 ㅍ뿐이다. 토박이들이 드나드는 까페라면 K읍 전체에 카사노바라는 소문이 퍼지는 데 한달도 채 걸리지 않을 것이다. 소읍은 소문의 진앙지다. 소읍의 인간관계는 긴밀하고 돈독하다. 한다리만 건너면 사촌이고 팔촌이고 불알친구고 선후배다. 그래서 누구 앞에서든 조심해야 한다. K읍에 온 지 삼년째인 스텔라만 해도 별 수 없이 그 긴밀하고 돈독한 인간관계의 늪에 빠져들고 있다. 오거리식당은 첫해에 가르친 학생의 어머니가, 빵집은 두해째에 가르친 학생의 아버지가, 간혹 들르는 마트는 동료 선생의 오빠가 운영한다. K읍은 인간관계의 촘촘한 그물망에 갇혀 있다. 그 시간 속을 배회하는 스텔라도 시간의 흔적을 온전히 피하기는 어렵다.

ㅍ은 그물망으로부터 자유로운 유일한 곳이다. 이곳을 즐겨 찾는 이십여명의 원어민교사들은 언제 이곳을 떠날지 모른다. 원어민교사는 정규직이 아니라 평생을 기약할 수 없다. 연봉이 오르지도 않는다. 영어 수준이 너무 낮은 학생들과 마음을 주고받을 수도 없다. 누구도 오래 할 일은 아니다. 다들 자기 나름대로 인생의 불안한 한때를 낯선 곳에서 유예하고 있을 뿐이다. 스텔라가 그러하듯 언젠가는 자신의 진짜 인생 속으로 돌아가야 한다. 캐나다, 뉴질랜드, 호주, 미국, 영국, 전세계로 흩어진 이들이 다시 만날 확률은 거의 제로에 가깝다. 영원히 함께하지 않을 것이기에 관계를 맺고 있으나 맺지 않은 것과 다름이 없다. 이 관계는 벚꽃처럼 가볍게 흩날려 무화될 것이다. 안면을 익히고 때로 집으로 초대해서 밥을 같이 먹기도 하는 몇몇 귀촌인들과의 관계 또한 다르지 않다. 윤도 마찬가지다. 애틀랜타로 돌아가게 된다면 비행기로 열다섯시간 걸리는 K읍의 윤과 해후하게 될 리 만무하다. 한동안 페이스북으로 소식을 주고받겠지만 맘 놓고 편히 연락하기에는 윤의 영어 실력이 따라주지 않는다. 간단한 안부를 맺는 관계가 얼마나 더 지속될 수 있을까?

윤은 저녁의 축제에서 쓸 원두를 종류별로 챙기고 있

다. 커피에 대해서라면 철두철미한 윤이니 오늘을 위해 미리 사흘 전에 원두를 볶아놓았을 것이다. 볶은 지 사흘 된 원두가 가장 풍부한 맛을 낸다는 것 또한 윤에게 얻어 들은 정보다. 그러고 보니 윤에게 많은 것을 배웠다. 난의 맛을 알게 된 것도, K읍 구석구석의 맛집을 알게 된 것도 윤 덕이다. 긴밀하지 않은 관계도 유용할 때가 있다.

스텔라는 가방에서 털실과 바늘을 꺼낸다. 딱히 할 일이 없을 때 스텔라는 뜨개질을 한다. 어려서부터 그랬다. 미각은 떨어져도 손재주는 좋은 편이다. 사람들은 스텔라가 만든 다양한 무늬들에 감탄했다. 아버지의 땅콩 농사는 수지가 맞지 않아 늘 가난했지만 스텔라가 만든 다양한 스웨터와 조끼, 카디건, 원피스 덕분에 가족들은 옷 걱정 하나는 덜 수 있었다. 스텔라는 무엇을 완성한다는 것보다 그냥 뜨개질에 집중하는 순간을 좋아한다. 한코 한코 떠가는 동안은 모든 잡생각이 사라진다. 그러다보면 어느새 스웨터가 완성되어 있다. 인생이 뭔지는 모르지만 뜨개질과 같은 것이면 좋겠다고 생각한다. 눈앞에 놓인 시간들을 일초 일초 버티다보면 언젠가 죽어 있는 그런 것.

스텔라! 스텔라!

몇번이나 부른 뒤에야 스텔라의 시선이 윤을 향한다. 윤이 바 너머로 고개를 내민 채 스텔라를 바라보고 있다.

그 스웨터, 완성해서 누구 선물할 거야?

스텔라는 고개를 젓는다. 원룸의 작은 옷장 가득 지난 삼년간 뜬 옷들이 쌓여 있다. 누군가를 줄까 싶기도 했지만 사람들은 정성 들인 선물을 종종 오해한다. 자신에게 마음이 있는 거라는 오해를 받을까봐 누구에게도 선물하지 못한 채 옷장에 쌓아두었다.

그럼, 그거 나 줘볼래?

선물해달라는 뜻인가 싶어 스텔라는 고민에 잠긴다. 선물하지 못할 것도 없다. 어차피 임자 없는 옷이다. 다만 사이즈가 문제다. 이 녹색의 스웨터는 존을 떠올리며 뜬 것이다. 색도 사이즈도 아마 존에게 맞을 것이다. 한국에 온 뒤 스텔라는 누군가를 떠올리며 대충 눈짐작으로 뜨개질을 한다. 스텔라가 뜬 옷을 입어야 할 사람이 없는 탓이다.

윤에게는 새로 떠서 줄게.

아니 아니, 나 달라는 게 아니고, 저 밑에 뜨개공방 생긴 거 알지? 거기에 맡겨보면 어떨까 싶어서. 딱히 누구를 주는 것도 아닌 것 같고, 팔면 좋잖아? 수수료를 주면 아마 맡아줄 거야. 해볼래? 소일 삼아.

푼돈이라도 벌 수 있다면 물론 오케이다. 옷장 안에 쌓인 것들을 죄 싸게 넘길 수도 있다. 방충제며 습기제거제며, 관리하는 것도 일이다. 시간을 죽이려 하는 일이 또다른 시간까지 죽이고 있다. 스텔라는 가볍게 미소 지으며 고개를 끄덕인다.

좋았어! 분명히 금세 팔릴 거야. 스텔라. 애틀랜타 가서 뜨개공방을 열어보는 건 어때? 요즘 뜨개공방이 유행이야. 여기만 해도 지난 일년새 세군데나 생겼어. 아, 하나는 수예점이다. 아무튼, 정성을 담아 직접 만든 것들이 요즘 힙하다니까! 수제 초콜릿, 수제 피자, 수제 가구.

롬에도 돋보기 쓴 할머니가 운영하는 작은 뜨개질 가게가 있었다. 할머니는 눈을 갸르스름 치켜뜬 채 하루 종일 뜨개질을 했다. 스텔라는 그 가게의 몇 안 되는 단골이었다. 사는 건 실뿐이었지만. 할머니가 죽고 뜨개질 가게는 햄버거 가게로 바뀌었다. 주인이 직접 뜨개질을 하고 그 완성품을 파는 가게는 그 뒤로 롬에서 본 적이 없다. 정성을 들여 사람이 직접 손으로 만드는 것들은 역사의 뒤안길로 사라졌다.

스텔라의 생각을 읽기라도 한 듯 윤이 덧붙인다.

유행은 돌고 도는 거야. 두고 봐. 사람의 정성이 대량생산품을 물리치는 시대가 열릴 거야.

윤의 말이 맞을지도 모른다. 그러나 세상의 흐름을 내다본다 해도 결국은 돈이다. 가게를 빌리고 인테리어를 하려면 목돈이 필요하다. 지금까지 모은 돈으로는 어림도 없다. 결국 은행에 손을 벌려야 한다. 은행에 미래를 저당 잡힌 그런 인생을 다시는 살고 싶지 않다. 그러느니 지금처럼 달라질 것도 나아질 것도 없는 인생을 사는 편이 낫다.

스텔라는 의미 없이, 추임새를 넣듯 고개를 끄덕인다. 윤의 말은 좀처럼 끝나지 않는다. 이번에는 뜨개질의 예술성이다.

스텔라! 케이트와 잠깐만 놀아줄 수 있어? 한시간.

윤의 말이 끊긴 사이 존이 묻는다.

여섯시까지 개인교습이야. 그때까지만 케이트와 있어줘. 케이트도 축제에 같이 갈 거거든.

이번에도 스텔라는 미소 지은 채 고개를 끄덕인다. 어차피 축제가 시작될 때까지 ㅍ에서 시간을 죽여야 한다. 케이트의 영어는 빈약하고, 아마도 뻔한 질문을 할 것이다. 뻔하고 쉬운 답이나 해주면 된다.

정각 다섯시, 오랜만에 ㅍ의 문이 열린다. ㅍ은 이미 만석이다. 테이블을 차지한 손님들은 축제가 시작될 때까지 스텔라처럼 죽치고 있을 것이다. 나이가 쉬 짐작되지 않는 여자가 다소 긴장한 얼굴로 테이블을 둘러본다. 존이 손을 높이 치켜든다.

하이, 미경!

미경이 존의 테이블을 향해 걷는다. 어깨가 약간 굳어

있다. 미경은 테이블 사이의 좁은 통로를 지날 때 최대한 몸을 틀어 누구와도 부딪치지 않고 테이블에도 부딪치지 않는다. 조심스러운 여자다.

다른 여자 때문에 잠시 떨어져 있어야 하는 상황이 마음에 들지 않는 듯 케이트가 뚱한 얼굴로 거칠게 핸드백을 챙겨 일어난다. 존이 케이트를 붙잡는다.

미경, 내 여자친구 케이트야. 케이트, 여기는 미경. 나에게 영어를 배우는 소설가. 네이버에도 나오는 유명한 사람이야.

유명하다는 말 때문인지 소설가라는 말 때문인지 여자친구라는 소개 때문인지 케이트가 활짝 웃으며 인사를 하고, 바에 있던 윤도 미경을 주시한다.

어떤 책을 쓰셨는데요?

세상사에 관심 많은 윤이 냉큼 묻는다.

아무도 모르는 책입니다.

미경은 들어올 때보다 더 굳은 얼굴이다. 윤의 오지랖이 누구에게나 통하는 것은 아니다.

그래도 알려주세요. 사보게요.

읽을 만하지 않습니다.

한치의 틈도 없는 방어다. 윤도 더이상은 어쩌지 못하고 빈정 상한 얼굴로 원두를 갈기 시작한다. 머쓱해진 케이트도 스텔라 옆에 앉는다. 읽을 만하지 않다는 미경의 말은 너스레 좋은 존마저 긴장시킨 듯하다. 까페 ㅍ에 오랜만의 침묵이 흐른다. 피-하고 겨우 새어 나온 숨이 읍, 하고 막혔다.

대개는 존의 동행자들이 먼저 입을 연다. 어디서 왔냐, 왜 왔냐, 얼마나 있었냐, 언제까지 있을 거냐, 한국이 왜 좋으냐, K읍에서 사는 게 답답하지 않으냐, 뭐 주로 이런, 스텔라도 수없이 들은 질문이다. 존은 급할 것 없이 지난 몇년간 토씨 하나 다르지 않게 해온 말을 기계적으로 반복한다. 이 정도 사전조사가 끝나면 전공이 뭐냐, 취미가 뭐냐,는 것으로 화제가 이동한다.

전공과 취미는 존이 가장 좋아하는 질문이다. 존의 전공은 뮤직. 뮤직이라는 말이 떨어지기 무섭게 동행자들의 입에서 탄성이 쏟아져 나온다. 작곡뿐 아니라 클래식기타와 피아노를 연주한다고 하면 열에 아홉은 언제 연주 좀 들려달라고 신신당부한다. 존의 대답은 언제나 썸데이,다.

존의 취미도 그럴 듯하다. 존은 싸이클링을 한다. 자전거는 헬리우스 티타늄 팀700이다. 존은 한국에 칠년이나 있었고, 그사이 모은 돈을 다 쏟아부어 지난해 헬리를 샀다. 그리스신화에서 헬리우스는 태양의 신이다. 태양의 신만큼 멋진 녀석이라고 존은 제 자전거를 칭송한다. 존은 녀석을 헬리라는 애칭으로 부른다. 폼 나라고 달아놓은 표가 팍팍 나는 금빛 로고가 달린 헬리를 타고 존은 굶기를 밥 먹듯 한다. 주머니가 텅텅 비어서다. 그래도 강렬한 인상의 헬리를 타고 금빛 로고에 쏟아지는 햇살을 받으며 K읍을 질주하는 존의 모습은 제법 멋있긴 하다. 존의 여윈 몸매가 텅 빈 주머니 때문이라는 것을 알 리 없는 소녀 팬들까지 생겨났을 정도다. 존은 소녀 팬들에게 다정하게 굿 모닝을 외치며 출근을 하고 굿 애프터눈을 외치며 퇴근을 한다. 주말에는 헬리를 타고 지리산을 질주한다. 존의 기록은 스트라바 GPS 앱에 기록된다. 스트라바는 경로를 추적하고, 주파기록을 공유하고, 해당 경로에서 다른 사람들의 기록과 비교도 해준다. 가장 빠르게 주파한 사람은 킹 오브 마운틴에 등극한다. 요즘 존의 꿈은 킹 오브 마운틴이 되는 것이다. 그러나 십위권 안에 든 적도 없다. 헬리 때문에 빈 주머니가 채워지기 전까지, 비쩍 마른 몸에 살이 차오르기 전까지, 킹 오브 마운틴이 되겠다는 꿈은 이루어지지 않을 것이다.

존은 늘 아이폰을 손에 든 채 음악을 듣고 사진을 보고 스트라바를 본다. 존과 함께한 모든 사람들도 존의 일상을 손바닥처럼 안다. 스텔라도 뭔지 모르겠는 스트라바를 몇번이나 봤다. 곁에 있는 사람은 매번 바뀌지만 아이폰만은 그대로다. 아이폰과 헬리가 가장 가까운 존재인 존의 일상은 힙하다. 아마도 K읍에서 가장 힙한 사람일 것이다. 아니, 존의 페북을 보고 ㅍ에 오는 서울 여자들이 꽤 있는 걸 보면 존은 한국에서도 힙한 사람인 모양이다.

힙한 공간 ㅍ과 힙한 외국인 존을 보러 오는 사람들에게 구석에 앉아 커피 한잔을 시켜놓고 종일 뜨개질을 하는 스텔라도 힙하게 보일지 모른다. 요즘은 뜨개질이 힙하다니 말이다. 하긴 멋있어요! 사진 좀 찍어도 돼요?라고 호들갑을 떠는 여자애들도 여럿 있었다. 나중에 존이 누군가의 페북을 보여주었다. 모르는 사람의 페북 속에서 스텔라는 고개 숙인 채 금발머리를 길게 늘어뜨리고 뜨개질을 하고 있었다. 다행히 얼굴은 알아보기 어려웠다.

#애틀랜타_힙스터_스텔라

#아직도_코끝에_맴도는_예가체프의_향기

#스텔라가_만드는_작은_세상

사진에는 상상도 하지 못했던, 손발 오그라드는 해시태그가 달려 있었다. 스텔라가 만드는 작은 세상이라니. 그 작은 세상은 퀴퀴한 옷장 안에 처박혀 있는데. 그런 사진들이 돌고 돌아 뜨개질을 힙하게 만든 건 아닐까, 터무니없는 상상을 한 적이 있다. 만약 사실이라면 어느 대목에서 웃어야 하는 것일까? 혹은 울어야 하는 것일까?

프에는 여전히 침묵이 흐른다. 누구도 비발디 봄의 선율을 뚫고 말을 꺼내지 못한다. 사람들의 귀는 존의 테이블을 향해 있다. 정확히는 미경을 향해 있다. 견디다 못한 존이 마침내 입을 연다. 존이 먼저 입을 연 건 처음이다.

프리토킹을 하기로 했잖아요. 미경이 질문을 해요. 궁금한 거 없어요?

없어요.

미경의 대답은 빠르고 명쾌하고 단호하다. 잘 생긴 백인남자 존은 한국에서 노,라는 대답을 들은 적이 거의 없다. 당황한 기색이 역력하다.

음… 나는 밴쿠버 출신이고, 대학에서 음악을 전공했어요.

뮤직이라고 말하면서 존은 미경의 분위기를 살핀다. 처음처럼 긴장한 그대로, 미경의 표정에는 동요가 없다. 존이 기대했을 뮤직 혹은 뮤지션에 대한 조금의 동경도 드러내지 않는다. 존은 점점 더 당황한다.

음… 한국에 온 지는 칠년 됐어요. 나는 여기, K읍이 좋아요. 매일 헬리우스 티타늄 팀700으로 출퇴근을 해요. 음… 헬리를 타고 섬진강변을 달리면 정말 좋아요. 요즘은 특히요. 벚꽃 시즌이잖아요. 자전거로 섬진강 달려본 적 있어요?

존이 횡설수설 말을 늘어놓는다. 아마 미경은 헬리우스 티타늄 팀700이 뭔지, 얼마나 비싼지, 비싼 만큼 얼마나 멋진지 전혀 알지 못할 것이다.

없어요. 운동 싫어해요.

건강하게 오래 살려면 뭐든 운동을 해요.

장수 집안이에요. 할머니는 아흔하나에 죽었고, 아흔셋의 엄마는 아직도 살아 있어요. 그렇게까지 오래 살고 싶지 않아요. 운동 안 해요.

존과 미경의 말은 전혀 다른 질감을 가지고 있다. 존의 말은 아지랑이처럼 아롱아롱 핵심을 흐린다. 아지랑이 피어오르는 풍경은 현실을 미화시킨다. 반면 미경의 말은 바흐의 음처럼 정확하고 단호하다. 관사 사용이 엉망인데도 의미만큼은 현지인의 말보다 더 정확하게 전달된다.

아, 하는 게 있네. 술 마실 때 손목 꺾기 운동? 그건 부지런히 해요. 운동도 부지런히 하고 죽기도 빨리 하겠죠.

심지어 미경의 말에는 자신을 향한 시니컬한 유머도 섞여 있다. 그런 화법은 이겨내기 어렵다. 그리고 그건 ㅍ의 화법이 아니다. ㅍ에는 존의 화법이 적절하다. 그래야 서로 상처받지 않고 적당히 관계 맺다 적당히 떠날 수 있다. 미경은 ㅍ의 이물질이다. 이물질이 ㅍ의 공기를 짓누른다.

하하.

존이 어색하게 웃는다. 시니컬한 유머일지라도 유머 덕분이다.

미경은 왜 영어를 배우려고 해요?

외우는 법을 잊어서. 치매 예방이나 할까 하고.

하하.

이번에도 존은 어색한 웃음을 터트린다. 한편으로는 안도했을 것이다. 한푼이 아쉬운 존은 개인교습이 꼭 필요하다. K읍 같은 작은 동네에서는 고액을 내고 개인교습 받으려는 사람이 거의 없다. 게다가 치매 예방을 위해서라니. 대충 시간만 때우면 되는 그야말로 꿀알바다. 미경의 말이 존의 평화로운 일상을 휘젓지만 않는다면.

나, 궁금한 게 생겼어요. 음악전공자가 왜 경력을 단절하고 여기까지 와서 영어나 가르쳐요? 여기 애들 영어에 아무 관심도 없을 텐데… 프로가 될 만한 실력이 아니었나요?

미경의 말이 기관단총의 총알처럼 모두의 심장에 박힌다. 여기 있는 이방인들 중 누구도 미경의 질문으로부터 자유롭지 않다. 심지어 윤도. 스텔라 역시 아버지 말처럼 전공을 살려 공무원이 되었다면 K읍까지 와서 까페ㅍ의 단골이 되지 않았을 것이다. 인턴 채용공고를 보고 몇번

154

이나 지원했지만 번번이 떨어졌고, 은행 대출을 갚기 위해서는 아르바이트라도 하지 않으면 안 되었다. 그렇게 몇년이 흐르다보니 어느새 주류의 삶으로부터 벗어나 있었다. 한국행을 택한 것은 영원히 주류의 삶에 합류할 수 없을 거라는 절망으로부터의 도피였는지 모른다. 그러나 스텔라는 간혹 떠오르는 그런 생각을, 미래에 대한 불안을, 뜨개질을 하며 애써 잊었다. 미경의 말이 심장에 구멍을 내고 그 구멍으로 애써 잊었던 절망과 불안이 스멀스멀 새나오기 시작한다.

미경의 말은 무례하다. 초면에 그런 말은 하는 게 아니다. 독수리가 사냥을 할 때도 최소한 공중에서 오랜 시간 사냥감을 탐색하고 주시하는 법이다. 눈치가 없는 것인지 작정을 한 것인지 미경이 두번째 총알을 발사한다.

프로가 될 만한 실력이 아니라면 다른 길을 찾아야 하지 않나? 뭔가를 새로 시작할 수 있는 청춘의 시기는 그리 길지 않아요. 어쩌면 이미 지났는지도 모르죠.

스텔라는 서른넷, 존은 서른여섯, 윤은 아마도 그 이상. 그렇다. 무언가 다시 시작할 청춘의 시기는 이미 지났다. 퍽 유. 누구에게랄 것 없이 스텔라는 속으로 욕설을 내뱉는다. 이 자리의 모두 그런 심정일 것이다. 미경은 가장 힙한 까페프을, 등장하고 한시간도 지나지 않아 누추한 루

저의 공간으로 만들었다.

스텔라는 급하게 가방을 챙기고는 자리에서 벌떡 일어난다.

케이트, 미안해요. 갑자기 잊고 있던 약속이 생각났어요. 먼저 갈게요.

스텔라!

윤이 스텔라를 쫓아 나온다.

미안해. 저 여자 너무 무례하지? 잘난 척이 너무 심하다, 유명하지도 않다면서. 저러니 아무도 안 읽을 책이나 쓰는 거지. 초면에 무슨 말을 저따위로 해! 마음 상했겠다, 미안. 내가 다 미안하네. 이따 축제에는 올 거지? 기분 풀러 와. 내가 제일 맛있는 커피로 준비할게, 응?

미소를 지으려 했지만 마음처럼 근육이 움직이지 않는다. 스텔라는 고개를 끄덕이고 뒤돌아선다.

정처 없이 걷는다. 짧은 봄날의 해가 지고 바람이 불고 연분홍 꽃잎이 눈처럼 흩날린다. 스텔라도 K읍이라는 이국의 공간에서 꽃잎처럼 흩날리고 있다. 한국행을 결정했을 때 아버지는 말했다.

무엇이라도 제대로 된 일에 다시 도전해야지. 너는 아직 젊다. 청춘은 금방 가겠지만 아직은 시간이 있어! 알지도 못하는 아시아에서 쥐꼬리만 한 월급에 미래도 보장되지 않은 영어강사나 하며 평생을 살겠다는 거냐? 그게 사는 거냐? 유령처럼 배회하는 거지!

그러는 아버지는? 할아버지한테 물려받은 땅조차 지키지 못할 지경이면서. 뼈 빠지게 일만 하고 더 가난해지고, 아버지는 뭘 그렇게 대단하게 살았는데!

한번도 대든 적 없던 스텔라의 말에 아버지는 충격을 받은 듯했다. 더이상 말리지 않았고, 한국에 온 뒤 전화나 메일 한통 보내지 않았다. 아버지의 말처럼 스텔라는 K읍을, 혹은 현재의 시간 속을 유령처럼 배회하고 있다. 그러나 애틀랜타나 롬에서라고 다른 삶이 기다리고 있는 것은 아니다. 무언가 세상의 단단한 벽이 자꾸만 스텔라를 세상의 밖으로 밀어내고 있다. 스텔라는 그 벽과 맞서 싸울 어떠한 무기도 갖고 있지 않다.

스텔라는 섬진강변을 걷는다. 걷다보면 벚꽃과 커피 축제장이 나올 것이다. 원래 축제는 여덟시 예정이지만 어쩐지 앞당겨질 것 같은 느낌이다. 윤은 화가 나면 종종 문을 닫는다. 미경이 가자마자 윤은 문을 닫고 축제장소로 이동했을 것 같다.

스텔라의 예상이 적중했다. 축제장소인 강변의 팔각정은 이미 이방인들로 북적거린다. 마을 사람들에게 양해를 구한 건지 불도 환하게 밝혀져 있다. 벚꽃향기를 압도한 커피향이 바람에 실려 스텔라를 맞는다. 평생을 진짜 인생이라는 것의 밖에서 유령처럼 배회하는 것도 나쁘지 않을 수 있다. 어떻게 살아도 인생은 인생이다. 아버지는 인생을 진짜로 만들기 위해 평생 발버둥쳤지만 할아버지의 유산을 은행에 빼앗길 처지고, 두 딸 중 하나는 알지도 못하는 낯선 땅을 떠돌고 있다. 그게 아버지 인생이 남긴 전부다. 커피향이 진해지는 만큼 스텔라는 가벼워진다. 걸음이 허공을 맴도는 벚꽃처럼 사뿐하다.

스텔라!

윤이 달려 나와 스텔라를 안는다. 적어도 K읍에 있는 동안은 이 관계도 엄연한 관계다. 미래로 축적되지 않는 관계라고 해서 존재하지 않는 것은 아니니까.

스텔라는 그새 미경의 흔적을 털어낸 까페프의 단골들 사이에 자리를 잡는다. 팔각정에는 맥북 에어에 CME 휴대용 디지털키보드 XKEY37이 연결되어 있다. 존의 맥북이다. 프로가 되지 못한 실력을 살려 연주를 할 모양이다.

사람들은 팔각정 주변에 설치한 간이식탁에 삼삼오오 모여 있다. 존이 핸드밀로 원두를 간다. 존은 무엇이든 프로처럼 해낸다. 프로가 아니라 프로처럼. 스텔라는 존이 갈아놓은 원두로 커피를 내린다. 커피를 내릴 때마다 미묘하게 다른 향들이 봄밤을 적신다.

이번에는 과테말라 안티구아. 좀 쉬었다 가는 의미로.

몇잔의 커피를 마시자 완연한 밤이다. 윤이 공연 때나쓸 것 같은 야외용 전등의 스위치를 내린다. 눈부신 빛에 가려 있던 달이 봉산 위에서 함초롬히 모습을 드러낸다. 그 순간 바람이 강에서 언덕 위로 솟아오른다. 눈처럼 쏟아지던 꽃잎들이 바람을 타고 공중으로 비상한다. 사방에서 탄성이 터져 나온다.

윤의 말이 옳다. 이런 게 인생이다.

존이 연주를 시작한다. 라흐마니노프 에뛰드 Op.33 No.2다. 탁월한 선택이다. 이 곡의 별칭인 실프는 바람의 요정, 벚꽃잎 흩날리는 달밤에 딱 어울리는 곡이다. 연주라기보다 들판을 휘젓는 바람의 소리 같다. 몇소절 지나지 않아 바람이 기괴한 소리를 낸다. 왼손의 연주가 틀렸다. 이 곡은 왼손 연주가 어렵기로 정평이 나 있다. 선곡은 탁월했으나 불행히도 존의 왼손은 바람의 요정을 따라잡지 못한다. 연주에 빠져들었던 사람들 사이에서 두런두런 말소리들이 흘러나온다. 어긋난 연주를 놀리기라도 하듯 누군가의 휴대전화 벨이 요란하게 울린다. 윤이 재빨리 전화를 들고 멀찍이 달려간다. 스텔라도 자리에서 일어난다. 오래 앉아 있었더니 오금이 저린다. 삼년째 한국생활을 하지만 좌식만큼은 좀처럼 익숙해지지 않는다.

뭐? 세상에 그런 법이 어딨어? 이제 와서 지원을 못해준다는 게 말이 돼? 준비 다 해났는데!

윤의 남편은 서예가다. 조만간 전시회를 할 예정이라고 윤이 자랑스럽게 말한 적이 있다. 아무래도 그게 틀어진 모양이다. 윤은 남편의 전시회를 마치고 여름휴가철에 인도에 갈 예정이었다. 이제 윤은 남편의 전시회와 인도, 둘 중 하나를 선택해야 한다. 자유로워지기 위해 인도에 가는 윤의 발목이 덫에 걸렸다.

스텔라는 윤을 피해 강 쪽으로 걸음을 옮긴다. 존의 연주는 중반으로 접어들면서 점점 소음이 되어간다. 순간, 바람이 방향을 튼다. 하늘로 솟구쳐 비상하던 꽃잎들이 맥없이 추락한다. 땅 위로 수북히 꽃잎이 내려앉는다. 꽃잎을 짓밟지 않기 위해 스텔라는 걸음을 멈춘다. 사방이 꽃잎이다. 짓밟지 않고 나아갈 도리가 없다. 틀린 걸 아는지 모르는지 연주에 열중한 존이 쾅, 건반을 내리친다. 클라이맥스다. 어긋난 소리의 파편들이 봄밤의 대기를 흔들고, 어딘가 숨어 있던 겨울의 한기가 느닷없이 온몸을 파고든다. 스텔라는 나아가지도 돌아서지도 못한다. 꽃잎은 여전히 허공을 맴돌다 땅으로 내려앉는다. 연분홍 꽃잎 위로 내려앉은 달빛이 곧 스러질 그것들을 다정히 어루만진다. 숨 막히도록 황홀한 봄밤이다.

엄마를 찾는
처연한 아기 고양이
울음소리

이럴 줄 알았다. 역시 거두는 게 아니었다. 녀석은 영악했고 나는 어리석게 홀랑 넘어갔다. 녀석은 처음부터 영악했다. 그 영악함을 모르지 않았다. 녀석은 출근길에는 언제나 나를 본체만체했다. 퇴근길에는 악착같이 따라붙었다. 엘리베이터를 따라 타고 따라 내리고 현관문 앞에서 처연한 눈빛으로, 따라 들어올 생각은 없이, 차가운 대리석 바닥에 엉덩이를 착 붙이고는 문이 닫히는 과정을 가만히 지켜보았다. 길어야 십분, 나는 결국 문을 열었다. 참치캔이나 닭가슴살 따위를 내려놓으면 녀석은 네가 그럴 줄 알았다는 듯 거만하게 몸을 일으켜, 길고양이라고는 상상할 수 없이 우아하게, 느릿느릿, 아마도 첫끼일 듯한 저녁만찬을 음미했다. 지켜보는 내내 나에게는 눈길 한번 주지 않았다. 녀석은 참치든 닭가슴살이든 꼭 두점을 남겼다. 그러고는 옛다, 인심 쓰듯 내 다리에 얼굴을 스옥 비비고는 어둔 계단으로 소리도 없이 사라졌다.

나는 휴대폰으로 엄마를 찾는 처연한 아기 고양이 울음소리를 재생했다. 유튜브에는 온갖 고양이 영상이 있고, 녀석이 탈출할 때마다 나는 별의별 것들을 써먹어보았다. 그중 녀석이 유일하게 반응한 게 바로 엄마를 찾는 처연한 아기 고양이 울음소리다. 이 소리로 지난 두번은 녀석을 찾는 데 성공했다. 자유에 대한 갈망도 결국 모성 앞에 무릎을 꿇었던 것이다. 이번에도 녀석은 어쩔 수 없이 새끼들 곁으로 돌아올 것이다. 하지만 벌써 나흘째다. 지난 두번의 가출은 하루를 넘기지 않았다.

녀석이 우리 집에 처음 입성한 것은 한달 반 전이었다. 절대 집 안으로 들어오지 않던 녀석이 어느날 문이 열리자마자 나보다 먼저 현관으로 발을 디뎠다. 녀석은 제 집인 듯 거실 곳곳을 탐색하더니 살짝 열린 침실 문을 스윽 밀고 들어갔다. 침대 밑으로 몸을 숨긴 녀석은 내가 샤워를 마치고 나올 때까지 꿈쩍도 하지 않았다. 일이 바빠 키우지는 못해도 하룻밤 재워 보내는 거야 무슨 상관일까, 날도 추운데,라는 안일한 생각이 이 사달의 발단이었다.

그날 밤 녀석은 다섯마리의 새끼를 낳았다. 첫 출산인지 녀석은 아이를 낳는 데 능숙하지 않았다. 첫 아이는 산도에 낀 채 세시간이나 지난 끝에 결국 죽어서 나왔다. 녀석은 새끼가 죽었는지 살았는지 관심조차 없었다. 피 묻은 제 엉덩이나 핥아댈 뿐이었다. 블로그가 아니었다면 나머지 새끼들도 첫 아이의 뒤를 따랐을 것이다.

블로그에는 참으로 전문적이고 상냥한 캣맘이 넘쳐났고 그들이 적절한 조치를 알려준 덕분에 나머지 아이들은 목숨을 건졌다. 다행히 둘째부터는 쉽게 나오긴 했다. 녀석이 여전히 관심 없다는 게 문제였을 뿐이다. 녀석은 애들을 낳아놓고는 나를 빤히 바라보았다. 네 일이잖아, 빤빤한 녀석의 눈빛이 그렇게 말하는 것 같았다. 얄미웠지만 그렇다고 내 눈앞에서 죽게 놔둘 수는 없는 노릇이었다. 상냥한 캣맘들의 지시대로 실과 소독한 가위도 미리 준비해둔 터였다.

나는 깨끗한 수건으로 양막을 닦아내고 입안에 들었을지도 모를 양수를 내 입으로 뽑아냈다. 그리고 탯줄을 자른 뒤 실로 야무지게 묶었다. 녀석은 다음 진통이 오기까지 지친 몸을 내 허벅지에 기댄 채 꾸벅꾸벅 졸았다. 잠든 녀석의 다리를 벌리고 새끼들을 밀어 넣어 젖꼭지 하나씩을 물렸다. 젖도 물리지 않는다면 나의 미래가 복잡해질 터였다. 다행히 녀석은 새끼들을 거부하지 않았다. 그렇게 녀석은 엄마가 되었고, 나의 불청객이 되었다. 젖을 뗄 때까지만,이라는 단호한 단서와 함께. 녀석이 알아들었을

지는 모르겠지만. 캣맘들에 따르면 두달까지는 어미와 함께 기르는 게 좋다고 한다. 분양처를 알아보면서 그때까지만 임시보호할 생각이었다. 그런데 한달 조금 지나 녀석은 탈출을 시도했다.

분양처를 빨리 알아봤어야 한다는 데 생각이 미친다. 녀석이 새끼를 낳을 무렵 새 프로젝트를 시작했다. 매일 야근이었다. 나흘 전에는 회사에서 밤을 새웠다. 서른두 시간을 꼬박 일하고 집에 돌아왔다. 씻을 겨를도 없이 침대에 몸을 던졌는데 새끼들이 자지러지게 울고 있었다. 어찌나 피곤했는지 현관에 들어설 때는 그 소리조차 듣지 못했던 것이다. 지난번 탈출 이후 혹시나 싶어 고양이용 분유라도 사둔 게 다행이었다. 서둘러 분유를 타 네개의 접시에 담아두고는 집을 나섰다. 두시간 동안 녀석을 찾아 동네 곳곳을 헤매고 다녔다. 엄마를 찾는 처연한 아기 고양이 소리를 두시간이나 들었더니 내가 처연해졌다. 배터리도 없고 한발짝 뗼 힘도 없어 더이상의 수색은 포기했다. 그 뒤로 이틀, 나는 새벽 두시 넘어 퇴근했다. 별 수 없이 대학생인 사촌동생을 용돈으로 꼬드겼다. 고양이라면 껌뻑 죽는 남자애라 다행이었다. 동생에게 입양처라도 알아보라고 할 걸. 거기까지 생각할 겨를도 없이 바빴다.

밤 열시 —사흘 만의 가장 빠른 퇴근이다— 오늘도

골목골목 엄마를 찾는 처연한 아기 고양이 울음소리가 울려 퍼진다. 사람이 많지 않은 골목이라 그나마 다행이다. 고양이가 트렌드라고 하지만 아직도 고양이를 싫어하는 사람들이 많다. 지난번에는 밤중에 요망한 소리를 퍼뜨리고 다닌다고, 고양이랑 쥐는 원래 한 세트인데 쥐가 없어졌으니 고양이 따위 눈에 보이는 족족 밟아 죽여야 한다고, 아무 짝에도 쓸모없는 고양이 따위 퍼먹일 돈이 있거든 자기나 달라고, 어떤 할머니에게 욕을 실컷 들었다. 우리 팀장만큼 차진 욕설이었다. 애널리스트인 입사 동기 김은 최팀장에게 대가리도 나쁜 년이 뚱뚱해가지고 공기만 다 빨아 처먹는다는 욕을 들었다. 서울대에서 석사를 하고 유펜에서 MBA를 마친, 우리 회사에 들어오기 전까지는 나름 잘나간 친구였다. 팀장은 그런 친구의 삶 전부를 공기만 빨아 처먹는 뚱뚱하고 멍청한 년으로 패대기친 것이다. 내가 살면서 들어본 욕 중 가장 창의적인 욕이었다. 사람을 보고 그런 생각을 할 수 있다는 것 또한 처음 알았다. 그렇게 독창적이라 승진이 빠른 모양이다.

전화 연결음 때문에 동영상 소리가 툭 끊긴다. 지원이다. 고양이 때문에 정신이 없어 벌써 세통이나 지원의 전화를 받지 못했다. 지원의 전화 주기는 더 짧아질 것이다. 연애를 한 지난 삼년 동안 지원은 퇴근과 함께 언제나 전화를 했다. 하루의 일과가 끝나면 연인과 통화를 하는 게 지원의 루틴이다. 그리고 상대는 반드시 전화를 받아야 한다. 받을 수 없는 상황이면 톡이나 문자로 왜 받을 수 없는 상황이며, 언제 전화를 할 수 있는지, 구체적이고 정확하게 밝혀야 한다. 연인 사이가 아니라 해도 물론 그게 당연한 전화 예절이긴 하다. 그러나 최팀장 밑에서 일하게 된 뒤로는 그 당연한 예절을 지킬 수 없었다. 최팀장은 수시로 사람들을 감시했다. 누군가 아내에게 퇴근이 늦어질 거라는 문자를 보내다 팀장에게 들켰다. 그는 그렇게 마누라가 좋으면 당장 퇴사하고 마누라 궁둥짝이나 쫓아다니라는 말을 들었다. 팀장에게 그런 말을 듣고 싶지 않으면 알아서 기어야 했다. 점점 지원과의 통화가 줄었고, 연애 삼년 만에 처음으로 지원이 화를 냈다. 그렇게 막돼먹은 사람 밑에서 개처럼 일하는 나를 지원은 이해하지 못했다.

나랑 결혼하고 회사 때려치워.

이게 지원의 대안이었다. 강남에서 태어나고 자란 지원에게는 절대 벗어나서는 안 되는 삶의 루틴이 있다. 중1까지 수학I을 마스터하고, 2학년까지 II를 마스터하고, 중3에는 토익 만점을 찍고, 그리하여 과고나 외고에 입학하고, 명문대를 졸업하고, 졸업 전에 회계사든 뭐든 자격시험에 합격하고, 졸업하자마자 외국회사나 대기업에 합격한다는 식의. 지원은 단 한번도 그 루틴을 벗어나지 않았다. 수석을 하거나 월반을 하는 대단한 성과를 내본 적은 없지만 안정적으로 그 루틴에 안착했다. 이제 지원에게 당면한 과제는 결혼이다.

나는 어쩔 수 없이 지원의 전화를 받는다.

어디야?

지금 막 퇴근했어.

그놈의 회사는 사람을 어떻게 그렇게 부려먹냐?

너도 그러잖아, 목구멍까지 치밀어 오른 말을 나는 꿀꺽 삼킨다. 지원은 고작 서른둘에 로펌을 운영하고 있다. 서울대 로스쿨을 우수한 성적으로 졸업한 지원은 최일류 로펌으로 갈 길이 열려 있었다. 나는 당연히 그럴 줄 알았다. 그러나 지원은 전혀 다른 길을 택했다. 아버지 빌딩의 한층에 자신의 사무실을 연 것이다. 그리고 열명의 변호사를 고용했다. 그러니까 그는 변호사라기보다 사장인 셈이다. 명예보다는 편안한 삶을 선택한 것이다. 실제로 그는 여섯시 정각이면 퇴근한다. 그에게 고용된 열명의 변호사는 아마 나처럼 사장의 주머니를 불리기 위해 야근을 하고 있을 것이다. 자신이 나를 기다리며 짜증 내고 있는 동안 자신의 직원들과 나는 그 자리라도 지키기 위해 죽도록 일하고 있다는 사실을 지원은 알지 못한다.

너 힘들 테니까 내가 너네 집으로 갈까?

그래도 지원은 반듯하게 자라 남을 배려할 줄 아는 아이다. 자신의 바운더리 안에서라면.

미안해. 오늘은 안 되겠어. 고양이가 또 집을 나갔어. 찾으러 다니는 중이야.

지원이 침묵한다. 지원은 화 내는 것에 익숙하지 않다. 침묵의 길이가 지원에게는 화의 정도다. 침묵이 제법 길다. 평소라면 미안해, 내일은 꼭 보자, 블라블라, 달랬겠지만 지금은 그럴 에너지조차 남아 있지 않다.

회사 다음은 고양이야? 나는 고양이한테도 밀리는 거야?

원래 지원은 이런 식의 직설화법으로 말하는 사람이 아니다. 굳이 직설화법으로 말하지 않아도 원하는 것들은 알아서 착착 손에 들어오는 인생을 살았다. 눈치 볼 필요도 없는 인생을.

미안해.

내가 먼저 백기를 든다. 진짜 미안해서는 아니다. 지원과 싸움까지 할 여력이 없는 탓이다. 휴대폰 너머로 지원의 한숨이 느껴진다.

너네 회사 정말 싫어! 너랑 하루 종일 같이 있어본 게 두달이나 된 거 알아?

물론 안다. 어떻게 잊을 수 있을까? 그날 밤을. 그날 지원은 결혼하고 싶다며 아이처럼 찡찡거렸다. 나는 단호하게 거절했다. 동기들 중에는 결혼한 친구들도 많은 모양이었지만 나나 내 절친들은 커리어를 쌓는 일에 더 관심이 많았다. 이러다 연애 한번 못하고 일에 치여 꼬부랑할매 되는 거 아냐, 우스개 섞인 한숨을 내쉴 때도 있었지만, 우리는 누군가의 상사를 흉보거나 그 고약한 상사가 성취한 빛나는 성과를 이야기하는 게 더 즐거웠다. 커리어가 쌓일수록 우리 또한 그 고약한 상사처럼 되어가는 게 아닐까 두려웠고, 동시에 그런 미래가 기다려지기도 했다.

지원은 달랐다. 지원은 서른 전에 결혼하는 게 목표였다. 지원의 동네에선 그렇게 사는 게 루틴이었다. 지원의 친구 대부분은 서른 전에 결혼했다. 결혼 연령은 부의 정도에 반비례하는 것이다. 미래를 확신할수록 결혼을 결정하기 쉬워지니까.

내가 결혼을 망설인다고 해서 미래를 불안해하는 건 아니다. 어디까지 올라갈지는 미지수지만 어느 정도 살 자신은 있다. 나는 더 확실하게, 더 멀리 가고 싶을 뿐이다. 온전히 내 능력으로. 지원은 그걸 이해하지 못한다.

일하지 말라는 게 아냐. 결혼하고 좀 편한 데로 옮기라

170

구. 너 정도면 어디든 갈 수 있잖아. 안 되면 우리 엄마 아빠가 취직시켜줄 거야. 그리고 네가 원하면 언제든 일 그만둬도 돼. 내가 있잖아. 우리 부모님도 계시고.

몇시간이나 반복된 논쟁 끝에 나는 기어이 화를 내고 말았다.

너는 너고 나는 나지. 너한테 기대서 살 생각 없어. 너네 부모님한테 기댈 생각은 더더욱. 난 누구한테도 기대서 살고 싶지 않아.

지원은 그 말에 토라졌다.

넌 어떻게 그런 말을 해? 너는 너고 나는 나? 넌 나를 그 정도로 생각하는 거야? 난 네가 전분데? 어쩜 그렇게 야멸차니? 내가 너 땜에 뭘…

그 뒤로 지원은 한시간이나 침묵했다. 말줄임표에 담긴 의미를 해석하면 이렇다. 너 땜에 선 본 여자를 거절했어. 인물도 집안도 스펙도 나쁘지 않은 여자였는데. 그 일로 부모님께 된통 혼났지. 지금도 매일 결혼 안 하느냐는 압박에 시달리고 있어. 심지어 부모님은 너보다 집안 좋은 여자를 만나야 한다고 하셔. 그게 사는 데 훨씬 도움이 된다면서. 난 오직 너 땜에 그 모든 걸 감내하고 있는 거야.

지원의 말은 모두 사실이었다. 지원이 나를 만나지 않았다면 모든 조건이 나보다 나은 여자를 만났을 것이다.

그런 기회를 마다하고 자신의 루틴을 벗어나 아직까지 싱글인 것은 전적으로 나에 대한 사랑 때문이다. 알지만 나에게도 나의 루틴이 있다. 나의 루틴은 내가 좋아하는 일에 최선을 다하고, 확고한 입지를 다지고, 내 커리어를 쌓는 것이다. 사랑이라고 해서 그 루틴보다 우선일 순 없다. 지원에게 미안했다. 사랑 때문에 모든 걸 감내하고 있다는 지원이 어쩐지 나보다 더 순수하고 착한 사람 같았다. 그날, 콘돔 없이 하고 싶다는, 체외사정하면 되지 않느냐는 지원의 유혹에 넘어가고 만 것은 분명치 않은 죄의식 탓이었다. 도중 불안이 치솟았지만 지원은 약속한 대로 자신을 철저히 통제해 체외사정에 성공했다. 그래서 크게 걱정하지는 않았다.

미안해. 세달짜리 프로젝트야. 이제 중반 지났어. 조금만 기다려. 담주에 같이 저녁 먹을 시간 정도는 어떻게든 만들어볼게.

또 지원의 한숨. 침묵. 조만간 지원과 긴 대화를 해야 할지 모른다. 내 마음을 먼저 결정한 어느날.

미안해. 회사에서 전화 들어온다. 나중에 연락할게.

부사수인 애널리스트 김의 전화다. 회사 전화, 특히 김의 전화가 반갑기는 난생 첨이다.

사수님. 서베이 결과 분석해서 방금 메일로 보냈어요.

고생하셨어요. 그만 퇴근하세요.

우리 팀은 글로벌 펀드 의뢰로 모텔 플랫폼 비즈니스 2위 업체의 성장 가능성이 있는지, 인수했을 경우 얼마나 성장할 수 있는지 조사하는 중이다. 얼마 전 오천명의 고객들에게 기존에 어떤 앱을 사용했는지, 그 앱을 사용할 때 어떤 불편함이 있었는지 등등의 서베이 디자인을 해서 조사 업체에 넘겼다. 서베이 디자인 좀 하라고 시켰더니 김은 한숨을 내쉬었다. 그리곤 헛웃음을 흘렸다.

그거 아세요? 나 모텔 한번도 못 가봤어요. 공부하기도 벅찼거든요. 근데 모텔 이용자들에게 할 질문을 짜야 되네요. 누가 더 나은 인생을 산 걸까요? 죽어라 살았는데 뭔가 좆된 기분이에요.

나는 깜짝 놀라 김을 쳐다보았다. 김은 욕 한마디 할 줄 모르는 순둥이였다. 다소 아둔한 데가 있긴 하지만 대신 끈기가 있었다. 최팀장의 무지막지한 욕설을 듣고 울지 않고 흥분하지 않는 유일한 사람이기도 했다.

왜 그래 자기? 밉다 밉다 하면서 닮아가는 거야?

김은 서글프게 웃으며 평생 가본 적 없는 모텔 예약 앱 사용에 관한 질문을 작성했다. 오늘 그 결과가 나온 것이다. 휴대폰 액정을 본다. 열시 오십분, 결과 분석을 확인하고 글로벌 펀드에 보낼 보고서를 작성하려면 서너시간은 걸릴 것이다. 미팅은 내일 네시. 오타 하나 놓치지 않는 최 팀장에게 보고하고, 당연히 뒤따를, 대가리에 똥만 찼니, 따위의 욕설을 견디고 수정하려면 출근 전까지 보고서를 끝내야 한다. 딱 십분만 더 고양이를 찾아보기로 한다.

엄마를 애타게 찾는 처연한 아기 고양이 울음소리가 재생되고 있는 휴대폰을 든 채 나는 집으로 돌아가는 길의 이쪽저쪽을 찾아 헤맨다. 그러나 녀석은 아기 고양이의 간절함에도, 나의 간절함에도, 응답하지 않는다. 주택가의 분리수거함 곁을 지난다. 이 골목을 지나면 오층짜리 신축 빌라촌이다. 부모님 지원 절반, 은행 융자 삼십 퍼센트를 합쳐 처음으로 얻은 내 전셋집이 거기 있다. 내 돈은 일억 칠천이 들어갔다. 연봉 일억 팔천, 꿈의 직장에 다니는 내가 지난 삼년 동안 아껴가며 모은 돈 전부였다. 그래도 뭐, 나는 서른둘이고 이제 시작이니까. 나쁜 편은 아니다. 아버지 빌딩 한층을 전부 쓸 수 있는 지원이 같은 사람도 많지만 세상에는 나보다 못한 사람들이 더 많다.

반년 전 이사할 때는 지난 프로젝트 막바지였다. 프로젝트가 끝난 뒤로 이삿날을 잡고 싶었지만 집주인은 사정을 봐주지 않았다. 팀장의 다채로운 욕을 처먹으며 반차를 썼고 그 뒤로 일주일 동안 네번 집에 들러 샤워하고 옷만 갈아입었다. 정리도 끝나지 않은 집 안은 당연히 어수

선하고 낯설었다. 내 집에서의 오붓한 휴식, 같은 걸 갖고 싶어 무리해서 전셋집을 얻은 것인데 정작 그 집과 친해질 시간이 없었다. 반년 지난 지금까지도 집이 낯설다. 이번 프로젝트가 갑자기 끼어들지 않았으면 일주일은 휴가를 낼 수 있었고, 퇴근도 일찍 할 수 있었다. 그러면 내 집처럼 익숙해졌을까? 어차피 전세이니 차라리 정들지 못한 게 나을지도 모른다.

허공에서 노란 불빛 두개가 나를 노려본다. 녀석이다! 검정과 베이지가 뒤섞인 녀석의 털 때문에 가까이 갔는데도 외양은 잘 보이지 않는다. 가까이 다가가자 녀석이 하악질을 한다. 어떻게든 녀석을 잡아야 한다. 녀석에게는 엄마로서 마땅히 보호해야 할 새끼들이 있다. 아무리 자유가 좋아도 녀석은 엄마다. 조심스럽게 무릎을 꿇고 휴대폰을 천천히 녀석 가까이 들이민다. 녀석의 귀가 쫑긋거린다. 그럼 그렇지, 역시 엄마구나. 들어 안기 위해 팔을 뻗는 찰나 녀석은 휴대폰 액정을 날카롭게 할퀴고는 단숨에 담장 위로 뛰어오른다. 도망도 가지 않고 녀석은 담장 위에 여유롭게 앉는다. 녀석은 늘 그랬듯 나를 빤히 바라본다. 어쩌라고? 녀석의 눈은 그렇게 말하는 것 같다. 여기가 내 터전이야. 꺼져,라고. 쉽게 잡힐 녀석이 아니다. 그리고 나에게는 당장 해야 할 일이 있다. 못된 놈. 아쉽지만 오늘은 후퇴다.

누나! 누나!

현관문이 열리자마자 동생이 호들갑을 떨며 뛰쳐나온다. 어릴 때부터 그랬다. 명절이라고 친척들이 다 모이면 나는 내 방에 틀어박혀 공부를 하고, 동생은 어른들 품을 옮겨 다니며 재롱을 떨고 용돈을 뜯었다. 둘의 성별이 바뀌어 태어났으면 더 좋았을 거라는 말을 귀에 못이 박히게 들었다.

애 봐봐! 이가 났어!

동생이 품고 있던 새끼의 입을 열어 보인다. 발그레한 잇몸을 뚫고 손톱 끝만 한 하얀 앞니 몇개가 조로록 솟아 있다. 유심히 보지 않으면 보이지 않을 정도로 작은 이빨이다.

분유를 자꾸 토해서 닦아주려다 물렸거든. 이도 없는 주제에 지도 고양이라고 하악질을 하면서 무는 거야. 근데 아프잖아. 보니까 이빨이 났더라구. 정말 신기하다. 아유, 예뻐!

동생은 말을 하는 동안에도 새끼 고양이를 물고 빨고 야단법석이었다. 신기한 아이다. 본 지 며칠 되지도 않은 고양이가 뭐가 저리 예쁠까. 나도 물론 새끼 고양이가 예쁘긴 하다. 내가 양막 찢고 탯줄 자르고 살린 새끼들이다.

푹신한 걸 좋아한다 해서 제일 푹신한 쿠션도 사주었고, 두달이면 보낼 녀석들을 위해 집도 마련해주었다. 제일 좋다는 분유와 젖병도 샀다. 어미가 가출을 했을 때는 하룻밤, 세시간마다 분유도 먹였다. 그뿐이다. 나는 고양이를 책임질 수 없다. 나는 우리나라에서 둘째가라면 서러울 정도로 업무가 빡센 회사에 다니고 있다. 고양이를 위해 업무에 지장을 초래한다는 건 상상 불가다. 지원을 위해서도 그래본 적이 없다.

누나, 나 얘 데려가도 돼? 얘 키우고 싶어.

듣던 중 반가운 소리다.

잘됐네. 데려가. 그리고 너, 한가지 해줄 일이 있어.

뭔데?

너 인스타 하지? 고양이 분양할 데 좀 알아봐. 귀여운 사진 위주로 올려놓으면 연락 올 거야.

얼마 줄 건데?

녀석이 배시시 웃으며 딜을 해온다. 매번 이렇다. 중위권 대학에 다니면서 놀기만 하는 것 같은데 학점도 괜찮고 나름 제 앞가림은 할 줄 안다. 고등학교 때도 그랬다. 성적으로는 도저히 인서울 할 수 없는 수준이었다. 인서울은 하겠다고 큰소리치더니 생기부를 잘 만들어 약속은 지켰다.

고양이는 공짜로 데려갈 거니?

응.

그런 불공평한 딜이 어딨어?

누나에게 이 녀석, 골칫덩이잖아. 돈을 주고라도 떠맡기고 싶으실 텐데? 얼마 줄 거야?

영악한 녀석.

고양이 사진도 충분히 찍어놨잖아. 인스타에 올리는 게 뭐 얼마나 품이 든다고 남매지간에 거래야? 너무 야박한 거 아냐?

어허, 알 만한 사람이 왜 이래? 세상에 공짜가 어딨어?

밀당도 귀찮다.

십.

삼십. 제대로 잘 키울 사람인지 검증하고, 그 사람들 만나서 애기들 보내는 것까지 포함.

공부만 열심히 했으면 기재부에서 한자리하고도 남을 놈이다.

콜.

콜!

뭐 그럭저럭 괜찮은 거래다. 동생은 좋아하는 고양이 키우면서 일당 십, 플러스 홍보 및 분양에 삼십을 추가로 벌고, 나는 신경 끊고 일에 집중할 수 있으니 그것으로 충분하다.

넌 회계사 준비한다고 하지 않았니? 맨날 고양이랑 놀고 공부가 돼?

아직 준비 안 해. 내년부터 할 거야.

너 삼학년 아니니? 다들 지금부터 준비하지 않아?

응, 근데 난 일년 더 놀 거야. 지금 안 놀면 언제 놀아? 졸업하고 일년 더 준비하면 돼.

니 엄마가 가만있겠다. 잔소리 늘어질 텐데.

괜찮아. 한 귀로 듣고 한 귀로 흘리면 돼. 내 맘대로 사는데 그 정도 비용은 치러야지. 나도 양심이란 건 있다구.

인생 편하게 산다 정말.

누나 같은 출세주의자에게는 우스울지 모르지만 나 같은 사람에게도 룰은 있답니다.

내가 출세주의자야?

아니야?

동생이 눈을 동그랗게 뜨고 반문한다. 죽은 사람이 살아났다는 말이라도 들은 표정 같다. 동생 눈에는 내가 출세한 것으로 보이는 모양이다. 그렇다한들 출세주의자는 출세한 사람을 일컫는 호칭이 아니다. 출세를 위해 모든 것을 거는 사람, 출세를 위해 불법이든 뭐든 가리지 않는 사람이 출세주의자다. 반박할 가치조차 없다.

그런데도 샤워를 하는 내내 출세주의자란 말이 머릿속을 맴돈다. 내가 출세주의자인가? 한번도 그렇게 생각해본 적이 없다. 어려서는 그냥 공부를 잘했고, 중고등학교 때는 승부욕이 있어 일등을 놓치고 싶지 않았다. 좋은 대학을 갔고 거기서도 상위권은 유지했다. 그게 최선을 다한 결과였다. 내 능력에도 부모의 능력에도 한계가 있어 미국 MBA에 도전하지 않았다. 대신 적성을 따져 취업했다. 특별히 선호하는 건 없지만 새로운 것을 좋아하고, 한 가지만 파고드는 성격이 아니라 계속 업무가 바뀌는 컨설팅 쪽이 적성에 맞을 것 같았다. 회사에 들어온 이후에는 주어진 업무를 제대로 해내기 위해 분초를 쪼개가며 살았다. 계속 이렇게 살아도 되나, 아니 살 수는 있을까, 불안이 엄습할 때도 있었지만 미래가 어떻든 지금 당장 내게 주어진 일만큼은 제대로 해내고 싶었다. 그런 모습이 동생에게는 출세를 위해 발악하는 것으로 보인 모양이었다. 어쩌면 동생의 눈이 평균치의 눈일지 몰랐다. 사실이 아니니 상관없다 생각하면서도 입맛이 쓰다.

머리 말릴 시간도 없이 책상에 앉아 맥북 프로를 연다. 마우스를 움직이자 뭔가가 툭, 옆으로 떨어진다. 임신 테스트기다. 분홍빛의 희미한 두줄이 보인다. 지원은 철저한 자기통제로 체외사정에 성공했지만 그중 한녀석이 그럼에도 불구하고 골인에 성공할 거라고는 예상하지 못했다. 두줄이 떠올랐을 때 나는 당황하지 않았다. 그럴 줄 알았다. 나는 비교적 생리주기가 분명한 편이다. 이번에는 한달 넘게 소식이 없었다. 가슴도 생리할 때처럼 뻐근한 게 이상했다. 당장 테스트기를 샀다. 결과는 예상대로였다. 어쩌면 그날 지원이 원한 게 바로 이런 결과였는지 모른다. 내 나이 서른둘, 임신이 대단한 문제는 아니다. 삼년째 사귄 남자친구가 있고, 결혼을 원한다. 남편감으로 손색이 없는 정도가 아니라 내게 과분할 정도다. 임신 사실을 알리면 뛸 듯이 좋아할 것이다. 이내 양가 상견례가 잡힐 것이고, 결혼 날짜가 잡히겠지. 뻔히 예상되는 미래가 어쩐지 내 일로 느껴지지 않는다는 게 문제라면 문제일 뿐이다. 흥분되지도 기대되지도 않는 결과고 미래다.

나는 이내 잡념을 털어낸다. 설문대상자 오천명 중 팔십사 퍼센트가 또다시 모텔 예약 앱을 재사용할 의사가 있다는 결과다. 현재 모텔 이용자 중 십 퍼센트에서 십오 퍼센트 정도가 예약 앱을 사용하고 있다. 모텔 이용의 즉시성 때문이다. 우리나라에서 연인이 미리 날짜를 잡아 모텔을 이용하는, 그러니까 섹스를 하는 경우는 아직 드물다. 대개의 커플은 몇잔의 술을 마시고 상대를 떠보는 단계를 거쳐, 또다른 커플은 오롯이 술의 힘을 빌려 당일 모텔을 이용한다. 연인 사이의 일상적인 섹스보다 충동적인 섹스가 더 많다는 의미다. 그래서 모텔업은 황금알을 낳는 거위이기도 하다.

전국의 모텔은 약 이만개, 모텔 방 하나의 연 수입은 오천만원 정도다. 물론 회전율이 좋은 경우다. 대개 삼십개 정도의 객실을 구비하고 있으니 연매출 십오억은 너끈하다. 게다가 연인이든 불륜이든 대개는 모텔 이용 시 현금을 사용한다. 그래야 뒤가 깨끗하니까. 덕분에 업주들은 세금 낼 필요도 없는 눈 먼 현금을 긁어모은다. 그런 모텔업계에 플랫폼 비즈니스가 들어왔고, 이제는 글로벌 펀드까지 끼어들려 한다. 대세는 거스를 수 없이 온라인이기 때문이다. 젊은이들의 성 의식이 달라진 것도 한몫 거들었을 것이다. 모텔 업주들의 입장에서야 극구 막고 싶겠지만 그들 역시 대세를 거스를 수는 없다. 이 업계도 점점 투명해지고 그만큼 더 많은 사람들이 예약 앱을 이용할 것이다. 글로벌 펀드의 판단이 옳았다.

김의 분석은 크게 흠잡을 데는 없다. 다만 비문이 많다. 유펜에서 MBA를 마쳤으니 최소 이년은 영어만 썼을 텐데 단어 선택은 부정확하고, 문법은 엉망이다. 생각을 명료하게 전달하는 방법도 모른다. 김 덕분에 미국에서 공부한 적 없는 내 영어실력이 더 빛난다. 그러니 등신, 혼자 욕 한마디 하는 정도로 용서하기로 한다. 김의 문장을 다듬고 내 평가를 곁들인다. 사실상 다시 쓰는 것이나 다름없다. 생각을 명료한 문장으로 표현하는 일은 생각보다 즐겁다. 타이프 소리가 경쾌하다. 타이프 소리에 최팀장의 욕설, 집 나간 고양이, 새끼 고양이들의 미래, 임신 테스트기, 눈앞에 닥친 문제들이 톡톡 튕겨져 나간다.

완성된 보고서를 세번 더 점검한다. 최대한 최팀장 같은 매의 눈으로. 내 눈에는 별 문제가 없다. 그러나 최팀장은 아무 문제없는 보고서에서도 단박에 문제를 찾아낸다. 인성 쓰레기라고 소문났음에도 불구하고 이 회사에서 승승장구하는 이유다. 나는 단박에 찾아낼 능력이 없다. 그래서 최소 세번은 검토한다. 네번째 읽는다. 문제를 발견하지 못했다. 나는 최팀장과 팀원들에게 메일을 전송하고 맥북 프로를 덮는다. 맥북 프로는 닫히는 소리도 경쾌하다. 작지만 강력한 녀석이다. 맥북 프로 같은 존재가 되고 싶다. 고장이 날 경우 수리비가 상상 이상으로 비싸고 시간 또한 상상 이상으로 걸린다고 하지만 아직까지 녀석은 나를 한번도 실망시키지 않았다. 사실 고장이 나도 큰 문제는 없다. 회사에서는 언제든지 대신 쓸 새 맥북 프로를 제공할 테니까. 나 역시 회사에 맥북 프로 같은 존재라는 걸 모르지 않는다. 그게 어지간히 똑똑한, 하지만 빌딩이나 권력 가진 부모가 없는 사람들의 한계다. 탓하면 뭘 하나. 조건을 골라서 태어날 수도 없는 노릇이다. 그렇다면 태어난 대로 최선을 다할 밖에.

세시 반이다. 생각보다 삼십분쯤 더 걸렸다. 가성비가 떨어진다. 내 가성비를 높여야 오래 버티고 높이 올라갈 수 있다. 쉬운 일은 아니다. 하지만 불가능한 일도 아니다. 나는 고등학교 때 매일 영단어 이백개씩을 외웠다. 처음에는 힘들었지만 세달쯤 반복하자 식은 죽 먹기였다. 다른 일도 마찬가지일 것이다. 침대에 눕는다. 몸은 천근만근인데 머리는 개운하다. 보고서가 썩 괜찮게 작성됐다는 의미다. 좀처럼 잠이 올 것 같지 않다. 휴대폰 알람을 여섯시로 맞춘다. 눈을 감자 어둠 속에 노란 두눈이 떠오른다. 담장 위에 여유롭게 앉아 나를 노려보던 녀석의 눈이다. 그제야 녀석이 다시 돌아오지 않을 것임을 직감한다. 이빨 난 새끼에게 젖을 먹이면 아팠을 것이다. 녀석은 탈출한 게 아니다. 녀석은 내가 언제 새끼를 낳았냐는 듯 천연덕스럽게 이전의 일상으로 돌아갔을 뿐이다. 잠 든 새끼들이 꿈속에서나마 어미를 찾는 것인지 나지막하게, 그래서 더 처연하게 운다. 아무리 울어도 어미는 돌아오지 않는다. 낯선 집을 찾아들게 만들었던 녀석의 위대한 모성은 이빨 하나에 매정하게 막을 내렸다.

말똥말똥한 정신으로 나는 내일의 일정을 정리한다. 보고서가 통과되고 오후 네시로 잡힌 클라이언트 미팅까지 무사히 마치면 오랜만에 지원과 만나야겠다. 임신 사실은 알리지 않기로 한다. 씨를 뿌린 건 지원이지만 임신은 내 몸 안에서 벌어지는 일이다. 굳이 지원과 상의할 필요는 없다. 내 몸은 내가 알아서 한다. 아직 나는 결혼 생각이 없다. 아이도 낳을 생각이 없다. 고양이 녀석은 동물이라 어쩔 수 없이 임신을 하고 새끼를 낳았다. 그리고 고작 두 달도 되지 않아 모성을 버리고 저 자신으로 돌아갔다. 나는 사람이다. 사람이므로 정신도 몸도 컨트롤할 수 있다. 그게 동물과 사람의 차이다.

누가 뭐래도 나는 일이 좋다. 힘들긴 해도 일할 때가 제일 살아 있는 것 같다. 지원을 여전히 사랑하고 잠자리도 만족스럽다. 하지만 지원 없이 계속 일할 수는 있어도 일 없이 지원 곁에 머물 수는 없다. 지원이 그걸 견디지 못해 자신의 루틴으로 복귀한다면… 슬프긴 하겠다. 하지만 어쩔 수 없다. 세상에 슬프지 않은 영혼이 어디 있으랴. 다 견디면서 사는 것이다. 세시 사십분, 두시간이라도 잘 수 있으면 좋겠다. 아니, 자야 한다. 나는, 잘 수, 있다.

계급의 완성

그 순간 고개를 돌리지 말았어야 했다. 평소처럼 꾸벅
꾸벅 졸다가 차디찬 유리창에 머리나 찧었어야 했다. 그
렇게 댓번 화들짝 놀라 깨면 버스는 종점에 닿았을 것이
고, 마누라가 꾸벅꾸벅 졸고 있는 열일곱평 스위트홈에
무사 귀환했을 것이다, 지난 삼십년 늘 그랬듯. 무사 귀환
한들 기다리는 것이라곤 마누라의 잔소리와 침묵보다 무
거운 아들놈의 등짝뿐일 테지만, 그나마의 안정마저 지키
지 못하는 자들이 세상에는 얼마나 많은가, 감사하며 베
개에 머리가 닿자마자 꿈도 없는 죽음 같은 잠 속으로 순
식간에 빨려들었을 것이다, 지난 삼십년 늘 그랬듯.
　퇴근길의 버스 안에서 평소와 달리 잠들지 못한 것은
무릎 위에 떡하니 놓인 냉동갈비의 냉기가 뼛속까지 스
며 온몸에 한기가 돌았기 때문이다. 냉동갈비는 그가 한
번도 가보지 못한 강남 유명백화점의 로고가 선명하게 박

흰 헝겊에 쌓여 있었는데, 그 하단에 2013년 6월 31일이라는 유통기한 또한 이래도 먹을 거야? 약 올리듯 획 하나 지워지지 않고 선명했다. 국졸의 학력이지만 그도 글자는 읽을 줄 알았다. 그뿐인가, 독학으로 깨쳐 신문에 흔히 나오는 한자쯤은 줄줄 읽을 수 있었다. 아무리 냉동식품이라도 몇달 지나면 세균덩어리가 된다는 신문기사도 언젠가 읽었다. 그러니 그의 뱃속으로 스며드는 이 한기의 주범은 제 아무리 유명백화점 것이라 한들 쓰레기에 불과했다. 808호 여자는 있는 대로 생색을 내며 쓰레기를 그의 품에 안긴 것이다. 쓰레기인 줄도 모르고 그는 이 귀한 것을… 목이 메어 말도 잇지 못한 채 몇번이나 허리를 굽실거리며 넙죽 받았다. 백화점 명품갈비여서만은 아니었다. 물론,

"투 플러스 한우라 우리도 아껴둔 건데 아저씨 생각이 나서요."

착착 감기는 808호 여자의 목소리를 듣는 순간, 삼겹살을 서너점씩 쌈에 싸서 입이 미어지게 쑤셔넣던 아들놈의 얼굴이 환하게 밝아오긴 했지만, 코끝이 싸하니 목이 메어온 것은 이어진 말 때문이었다.

"새벽마다 차 빼주시느라 수고하시는데 그동안 감사하단 말씀도 제대로 못 드리고 해서…"

경비원 노릇 오년 만에 그만한 사람대접은 처음이었던 것이다.

꽁꽁 언 냉동갈비를 무릎에 얹은 채 그는 몇번이고 어루만졌다. 귀퉁이에 적힌 유통기한을 발견하기 전까지는. 설마 싶어 눈을 비비고 다시 보고, 품안의 돋보기를 끼고 다시 보고, 몇번을 다시 봤지만 포장지에 적힌 숫자는 변하지 않았다. 버스가 목적지의 절반쯤에 당도할 때까지 그는 물끄러미 냉동갈비를 바라보았다. 분노가 치밀지는 않았다. 그런데도 시선을 뗄 수 없었고, 뭐랄까, 슬금슬금 배 속 저 깊은 어딘가에서 견딜 수 없는 가려움 같은 것이 시작되고 있었는데, 그것의 정체를 국졸 그의 언어로는 도무지 표현할 길이 없어 막막할 따름이었다. 그러는 동안에도 그는, 뼈를 에는 냉기를 808호 여자의 목소리처럼 사근사근 내뿜는 냉동갈비를 자신의 무릎 위에 고요히 얹어둔 채 두 손으로 정성스레 부여잡고 있었다. 아내 또한 그럴 터였다. 아내는 그와 함께 산 삼십년 동안 쉰 밥 한번 버린 적이 없었다. 유통기한 따위 신경 쓸 인생이 아니었고, 그렇게 살았어도 그나 아내나 어느 한구석 탈 난 데 없이, 몸뚱이 하나는 최상급으로 타고 난 인생이었다. 쓰레기에 지나지 않는 냉동갈비보다 바로 그 점이 난데없이 서글펐다. 그럼에도 무릎에 얹힌 냉동갈비를 내던질 수는 없어서, 그는 눈을 질끈 감았고, 여느 때와 달리 감은 눈이 잠으로 이어지지 않았으므로 별 수 없이 시선을, 둘 데 없이 민망한 시선을, 창밖으로 돌렸던 것이다.

그는 방바닥에 놓인 카드명세서를 물끄러미 바라보았다. 빈약한 머리를 몇분째 쥐어짜는 중이었지만 아내를 납득시킬 만한 변명거리가 도무지 떠오르지 않았다. 이전까지 그의 신용카드 사용액은 아무리 많아도 십만원을 넘은 적이 없었다. 것도 대개는 아내가 사오라는 생필품 구입비였다.

"말 좀 해보라고! 이게 뭐냐니까?"

아내가 명세서를 그의 눈앞에서 흔들어댔다. 팔랑거리는 명세서 중에 팔십오만 삼천원이라는, 그로서도 납득할 수 없는 천문학적인 숫자가 흔들림 없이 그의 동공에 또렷이 맺혔다. 그의 월급은 백오십, 그중 삼분의 이를 써버린 것이다.

"지정신이요, 시방?"

제정신은 물론 아니었다. 점심값 사천원이 아까워 도시락을 싸들고 다니는 그였다. 평생 자신을 위해 쓴 돈을 다 합친다 해도 이만큼은 되지 않을 것 같았다.

"아따, 입이 있으면 말을 좀 해보드라고잉! 대체 워따이 많은 돈을 썼소?"

열다섯 어린 나이에 서울서 식모살이를 시작한 이래 아내는 무엇이 걸렸든지 기를 쓰고 사투리를 쓰지 않았다. 그런 아내 입에서 고향 사투리가 튀어나왔다는 건 무엇으로도 진정시킬 수 없다는 의미였다. 하기야 그럴 만했다. 입장을 바뀌놓고 아내가 카드를 이만큼 긁었다면 당장 쫓아냈을 것이다.

무엇이 문제였을까? 냉동갈비쯤이야 얼마든지 참을 수 있었다. 그런 일이야 지난 오년 무수히 겪었다. 자신의 처지가 쓰레기에 불과한 냉동갈비를 마음대로 집어던져도 되는 쓰레기통과 진배없다는 정도는 일찌감치 알고 있었다. 그 혼자 그런 인생을 사는 것도 아니었다. 세상에는 그보다 못한 처지의 인간들도 숱하게 많았다. 그런 일이 있을 때마다 그는 이렇게 인생이 고해(苦海)라지, 득도를 목전에 둔 고승마냥 담담하게 받아들였다. 그러니 이 모든 사달의 원흉이 냉동갈비일 수는 없는 것이다.

그렇다. 하필 그때 버스가 오래 정차한 게 문제였다. 평소처럼 러시아워가 끝난 도로를 쌩쌩 달리기만 했어도 그의 시선이 하릴없이 배회하다 낯선 장면에 홀릴 일은 없었을 것이다. 차마 버릴 수 없는 쓰레기를 고이 끌어안은 채 고개를 돌렸을 때, 버스는 인근에서 난 삼중추돌 사고 때문에 정차 중이었다. 그의 죄라곤 무심히 창밖에 시선을 던진 것뿐이었다. 하필 버스 옆 차선에 서 있는 것은 외제 승용차였다. 제 앞으로 차 한대 가져본 적 없지만 승용차라면 그도 빠삭했다. 그가 일하는 아파트 단지에 지하주차장이 없어 하루에도 십수번씩 입주민들의 차를 대리 주차한 덕분이었다. 어지간한 외제차 중 몰아보지 않은 차가 없을 정도였다. 그런데 옆 차선에 정차 중인 차는 아우디도 벤츠도 볼보도 아니었다. 짙은 푸른색의 그 차—나중에 아들의 손을 빌려 인터넷을 샅샅이 뒤진 결과 롤스로이스 팬텀이었다. 무려 육억이 넘는—는 문외한인 그의 눈에도 벤츠 E시리즈나 BMW 5시리즈보다 훨씬 좋아 보였다. 누가 봐도 회장의 풍모랄까. 보는 사람을 오금 저리게 하는 위풍당당한 풍채에 그는 괜히 빈정이 상했다.

처음에는 거기까지였다. 차에 별다른 흥미가 있는 것도 아니어서 저런 차는 몇억이나 하려나, 쓸데없는 잡생각을 하다 고개를 돌렸다. 몇분이 지나도 버스는 움직이지 않았다. 몇억짜리 차든 정체를 피할 도리는 없는 모양인지 옆 차선의 차도 옴짝달싹하지 못했다. 내심 고소하고 통쾌했다. 무료한 시간이 흘러갔고, 슬그머니 궁금해졌다, 대체 어떤 놈이 저런 차를 몰고 다니는 것인지. 하필 뒷좌석이 그와 어깨를 나란히 하고 있었다. 필경 뒷좌석에 탄 자가 차의 주인일 터였다. 그는 창문을 열고 얼굴을 빼꼼 내밀어 차주를 확인했다. 이제 막 육십이나 됐을까, 그와 비슷한 연배로 보였다. 퉁퉁한 몸집의 차주는 양말까지 벗어던진 왼발을 오른쪽 넓적다리에 올린 채 주무르는 중이었다. 차가 막히는 데도 조급한 기색은 보이지 않았다. 어떤 약속자리든 늦어도 굽실거릴 필요가 없는 자, 그러니까 갑 중의 갑이라는 의미일 터였다.

갑의 인생이 궁금하지는 않았다. 그런 걸 궁금해했다면 일평생이 참담했을 것이다. 그는 세상에 내동댕이쳐진 이래 언제든 눈앞에 펼쳐진 길을 따라 묵묵히 걸었다. 외면하지 않고 절망하지 않고 그나마의 길이라도 펼쳐진 것에 안도하면서. 마누라 배 속에 허술한 제 씨를 심어둔 채 신작로를 따라 외지로 나갔던 아버지는 그토록 꿈꾸던 외지에서 죽을병만 얻어 돌아왔다. 그가 열살 때였다. 그 십년 동안 아버지에게 무슨 일이 있었는지는 아무도 몰랐다. 올려다보지도 말고 멀리 보지도 말거라. 유언을 통해 올려다보는 것에도 멀리 보는 것에도 참담히 패배했을 것임을 짐작할 따름이었다. 겨우 대면하자마자 서둘러 가버린 아버지의 유지를 받들며 산 것은 아니었다. 불행인지 다행인지 어린 나이에 가장이라는 무거운 짐을 떠맡고 하루하루 연명하다보니 올려다볼 마음의 여유가 생길 틈이 없었고, 겨우 국졸, 멀리 볼 혜안 따위 갖고 있지도 않았다.

갑이니 을이니, 최근 들어 언론이 떠들어대기에 그는 제가 평생 을이었던 줄 알았다. 그러니 그때라도 정체가 풀려, 필시 그의 몸값보다 수십배는 비쌀 롤스로이스가 사백육십마력의 소임을 다해 쌩하니 달려나가기만 했어도 이 사달은 나지 않았을 것이다.

"이거이 뭐여? 백제약국? 만오천원? 감기약도 몇천원이면 뒤집어쓰는디 먼 약을 샀다니 만오천원이나 썼대?"

아내가 돋보기 꺼낼 겨를도 없이 명세서를 코에 바싹 붙이고는 사용내역을 읊기 시작했다. 그는 질끈 눈을 감았다. 백제약국, 거기서부터 시작이었다. 그놈의 영감탱이, 왜 하필 그 순간에 양말은 벗어가지고 남의 인생을 말아먹나. 그날 이후 본 적도 없고 이름도 알 길 없는 롤스로이스의 차주가 눈앞에 있다면 멱살잡이라도 하고 싶었다.

버스는 여전히 정체 중이었고, 할 일은 딱히 없고, 목전의 냉동갈비를 더는 보고 싶지 않고, 하여 그는 롤스로이스 차주의 발 주무르는 양이나 지켜보았다. 차주가 뭐라 했는지 조수석의 젊은 사내가 구십도로 몸을 돌려 팔을 뻗었고, 차주는 손을 내밀었다. 사내의 손에 들린 것은 큼지막한 연고였다. 비서인지 뭔지 사내는 차주의 손바닥 위에 연고를 듬뿍 짰다. 중개 똥 정도는 충분히 돼보이는 양이었다(그는 경비원 일을 시작한 뒤로 뭔가의 양을 개똥에 비유하는 습관이 생겼다. 개똥 치우는 게 하루의 중요한 일과 중 하나인 탓이다). 차주는 정성스레, 빈 데 없이, 뒤꿈치를 중점적으로 연고를 펴 발랐다. 그로 말하자면 아내의 가슴 한번 그 정도로 정성스레 어루만진 적이 없었다. 몇분이 걸렸는지 시간을 재보지 않았으니 알지 못한다. 그러나 어림잡아도 가뭄에 콩 나듯 하는 그의 방사보다는 명백히 긴 시간이었다. 언제까지 주무르려나, 그는 자신의 사정을 고대하듯 가슴을 졸이며 지켜보았다.

차주가 발바닥을 서너차례 가볍게 톡톡 두들겼다. 마무리 작업이었다. 마침내 손을 떼자 신혼 첫날 새벽, 세번의 방사를 치르고서야 부연 새벽빛 아래 수줍게 내보이던 아내의 유두 같은 분홍빛 발바닥이 드러났다. 그런데 이건 유두가 아니라 발바닥이었다. 것도 육십년 넘게 땅을 딛고 살아왔을. 그는 홀린 듯 그 발바닥에서 눈을 떼지 못했다. 조수석 사내가 차주에게 담뱃불을 붙여 건넸다. 뒤이어 제대로 한번 볼 테냐는 듯이 창문이 내려갔다. 차창의 선팅 때문이었는지 맨눈에 보이는 발바닥은 더 연한 분홍빛이었다. 살구꽃이나 벚꽃보다는 짙은, 그러니까 말하자면 복숭아꽃 빛깔에 가까웠다.

그도 그런 발바닥을 본 적이 있었다. 아들놈이 갓난애였을 때 그는 틈만 나면 발을 조물거렸다. 도무지 걷는 용도로는 보이지 않는, 장난감처럼 작은 발이 앙증맞기도 했지만 아직 한번도 땅을 밟지 않은 그 순결함이 애틋해서였다. 야들야들한 발을 만지작거리고 있노라면 이 발도 언젠가는 땅을 밟고 굳은살이 박이겠지, 앞으로 아들놈의 앞날에 느닷없이 나타날 싱크홀 같은 인생의 구멍들이 안타까워 눈시울이 뜨거워지곤 했다. 아들이 걷기 시작하고 저 혼자 집을 나서면서부터 그는 아들의 발바닥 따위 까맣게 잊었다. 제 발의 무좀조차 제대로 잡지 못하고 살아온 세월이었다. 발바닥보다 시급한 일이 너무 많았다.

롤스로이스 차주가 연분홍빛 발바닥을 앞으로 죽 뻗었다. 키가 작은 편인지 차체가 큰 것인지 발은 앞좌석 시트에 겨우 닿았다. 그 발을 조수석 사내가 재빨리 받아들었다. 그러고는 차주의 발바닥을 어루만졌다.

"이야, 어쩌면 이렇게 부드러우세요? 진짜 애기 발 같으시네요."

그는 깜짝 놀라 롤스로이스 쪽으로 귀를 바싹 세웠다. 저런 고급차에서 사장인지 회장인지 아무튼 윗사람을 보필하는, 분명 대학까지 나왔을 배운 자들도 저렇게 창자를 빼놓고 사는 모양이었다. 차주의 발바닥을 최선을 다해 어루만지는 사내가 그는 저인 듯 애처로웠다. 국졸이나 대졸이나 을의 인생은 어차피 다 거기서 거기인 것이다.

"그렇지? 애기 발 같지? 세상에 거저 얻어지는 건 없다네. 내가 발에 얼마나 신경을 쓰는지 아나? 수시로 관리를 해줘야 된다, 이 말이야. 회사에만 TPM이 필요한 게 아니야. 발 하나 관리하는 데도 TPM이 필요해. 알겠나?"

롤스로이스 차주가 여전히 제 발을 조수석 사내에게 맡긴 채 말했다. 사고수습을 기다리는 차들이 주차장처럼 고요하게 늘어서 있었고, 옆 차선 차주의 말이 확성기라도 댄 듯 선명하게 그의 뇌리에 박혔다.

그날 밤 그는 쉬 잠들지 못했다. 자꾸만 눈앞에 연분홍빛 발바닥이 아른거렸다. 그는 자다 말고 벌떡 일어나 제 발바닥을 들여다보았다. 아주 오래전 무좀약을 바른 뒤로 처음이었다. 아내가 친정에 다녀오면서 장마당서 사온 무좀약은 어찌나 독한지 다음날 멀쩡한 살까지 한꺼풀이 홀랑 벗겨졌다. 나으려 그러나 싶었는데 진물이 흐르고 상처마다 딱지가 앉는 통에 한달 넘게 된통 고생만 했다. 그 뒤로 무좀 잡을 생각 자체를 하지 않았다. 하기야 무좀 없이 산 시간보다 무좀과 함께 한 시간이 더 길었다. 병도 길어지면 친구가 되는 법이다. 무좀 없는 말끔한 발이 기억조차 나지 않았다.

무좀으로 발가락 사이가 허옇게 벗겨지고, 발톱은 누르스름 두텁고, 튀어나온 발바닥 부위마다 굳은살이 켜켜이 쌓이고, 굳은살 중간중간 깊은 강처럼 고랑이 파인 발은 사람의 것이라고 하기에 민망할 지경이었다. 그나마 한여름이라 나은 게 그랬다. 겨울이면 건조한 굳은살이 터져 피가 흘렀다. 일을 하고 집에 돌아와 양말을 벗으려면 피가 엉겨 붙어 좀처럼 벗겨지지 않았다. 심할 때는 가위로 양말을 잘라낸 적도 있었다.

롤스로이스 차주나 그나 똑같이 야들야들, 연분홍빛 꽃잎 같은 발바닥을 갖고 태어났을 것이다. 평생 을로 살았다한들 그의 발바닥만 애초부터 굳은살 투성이로 쩍쩍 갈라졌을 리 만무했다. 걷는 만큼, 땅과 닿는 앞꿈치와 뒤꿈치에 굳은살이 박이고, 박이다 못해 갈라지고, 터져 피가 흐르고, 다시 굳어 천연덕스럽게 원래 살인 양 자리 잡았을 것이다. 롤스로이스는 부럽지 않았다. 마이카 시대가 시작된 지 이십년이 지났건만 아직도 십분 넘게 걸어 버스를 타고, 이십사시간 두 발로 구석구석 아파트를 돌며 개똥이나 치워야 하는 인생이 억울하지도 않았다. 그런데 갈라터진 발바닥은 뭔가 억울했다. 적어도 두 팔, 두 발, 몸뚱이만큼은 남들처럼 성하고 남들보다 실하다는 자부심 하나로 버텨온 인생이어서인지도 몰랐다.

관리라, 관리를 해야 한다, 이 말이지. 밤새도록 TPM인지 뭔지를 떠올리던 그는 다음 날 출근길, 약국에 들렀다.

"연고 하나 주쇼."

"무슨 연고요? 어디가 어떻게 안 좋으신데요?"

"거 발바닥에 바르는 거 말이요."

"발바닥요? 무좀인가요? 증상이 어떤데요?"

"아니, 그냥… 부드러워지라고 바르는 거 있더만…"

"아, 각질 관리하시게요? 진작 그렇게 말씀하시지…"

그제야 약사는 반질연고를 건넸다. 정확하게 그 자가 바르던 것인지 확인할 수 없었지만 크기나 색깔은 엇비슷했다.

"적당량을 수시로 발라주세요. 듬뿍 바르고 면양말 신은 채로 주무시면 더 좋구요."

"두 개 더 주쇼."

그 자가 중개 똥만큼씩 발랐다면 나는 다 늙은 진돗개 똥만큼씩 듬뿍듬뿍 발라주리라. 그는 상대도 없이 홀로 전의를 불태웠다. 그러나 갑의 눈치를 봐야 하는 을에게는 수시로 연고를 바를 시간조차 충분치 않았다. 때로는 연고를 발바닥에 펴기도 전에 달려나가야 했다. 그럴 때면 듬뿍 짠 연고가 진짜 개똥처럼 발밑에서 뭉그러졌다. 그래도 그는 일하는 틈틈이 연고를 발랐다. 어찌나 자주 발라댔는지 땀과 연고가 뒤섞여 발바닥이 질척질척, 없던 습진이 생길 지경이었다. 한여름이었지만 그는 꼬박꼬박

양말을 신고 잠들었다. 아침에는 의식을 치르듯 경건한 마음으로 양말을 벗고 발바닥을 들여다보았다. 애석하게도 그의 발바닥은 연고 세통을 다 쓰도록 좀처럼 변화할 기미를 보이지 않았다. 패인 고랑의 깊이가 얕아진 것 같기는 했다.

"올리브영? 여긴 또 워디여? 십삼만 팔천원? 이 영감탱이가 폴세 노망이 났는가, 십삼만 팔천원?"

아내가 그를 노려보았다. 약국은 몰라도 이건 그냥 지나갈 수 없다는 결연한 의지가 담긴 눈빛이었다. 명세서를 움켜쥔 손이 부들부들 떨리고 있었다. 식당 일을 하느라 습진을 달고 사는 손이었다. 아내의 손을 볼 때마다 그는 체한 듯 속이 답답했다.

"후딱 말 못허요? 올머시기? 여그가 워디낭께!"

화장품 가게라는 말을 차마 입 밖으로 내뱉을 수 없었다. 화장품이라면 처녀 적에 쓰던 쥬단학과 아모레밖에 모르는 아내였다. 주인집 여자들이 선심 쓰듯 던진 쥬단학이나 아모레를 쓰던 아내는 결혼한 뒤로 일체의 화장품을 쓰지 않았다. 요즘에는 대형마트에서 파는 이름도 없는 싸구려 화장품을 간혹 사다 쓰는 눈치였다. 그는 꿀 먹은 벙어리로 애먼 목덜미만 북북 긁었다.

반질을 세통이나 썼지만 큰 효과는 보지 못했다. 그럴

수록 롤스로이스 차주의 분홍빛 발바닥이 눈앞에 삼삼했다. 발 관리에도 TPM이 필요하다던 그자의 목소리 역시 귓가에 쟁쟁했다. 사실 그는 TPM이 뭔지도 잘 몰랐다.

어느 날, 그는 종종 주차를 부탁하는 309호 남자에게 넌지시 물었다.

"사장님, TPM이 뭐래요?"

"TPM? 기업 체질을 통째로 바꾸는 운동인데 쉽게 풀이하면 닦고 조이고 기름치자, 뭐 그런 거랑 비슷한 거예요. 근데 아저씨가 그게 왜 궁금하세요? 요즘은 용역업체도 TPM하나?"

그는 에라 모르겠다, 부끄러움을 무릅쓰고 내처 물었다.

"아니 그게 아니라 어떤 회장님이 발 관리에도 TPM이 필요하다고 하시는데 당최 무슨 말인지 모르겠어서…"

한바탕 웃어댈 줄 알았는데 309호는 뜻밖에 웃음기 하나 없이 정색한 얼굴로 생각에 잠겼다.

"맞는 말이네. 계속 각질을 정리하고 보습제를 발라줘야 건강한 발을 유지할 수 있겠죠. 토털 프로덕티브 메인티넌스… 역시 성공한 사람들은 뭐가 달라도 다르다니까. 나도 오늘부터 발 TPM운동에 동참해야겠는데."

"사장님도 발 관리하세요?"

"외국 출장 나가면 한번씩 풋케어를 받긴 하는데 한국

에서는 바빠서 뭐…"

풋케어라는 말은 금시초문이었다. 풋도 아는 영어고 케어도 아는 영어긴 했다. 아무튼 그런 말이 있을 정도면 그걸 하는 사람이 적지 않다는 의미일 터였다. 풋케어를 어디서 받느냐고 묻고 싶었지만 309호는 급한 일이 있는지 이내 가속페달을 밟고 사라져버렸다. 며칠 뒤, 교대근무자가 그에게 무슨 파일 하나를 건넸다. 발 관리 방법과 아파트 인근의 풋케어 숍의 위치와 연락처였다. 역시 성공한 놈들은 뭐가 달라도 달랐다.

그는 퇴근길, 버스 정류장 근처에서 제일 큰 화장품 매장에 들렀다. 그게 바로 올리브영이었다. 발 관리 제품이 그 큰 매장의 한쪽 벽면을 가득 메우고 있었다. 지난 육십 년 그가 전혀 모르고 살던, 그에게는 존재하지 않던 세계였다. 화려한 용기들로 가득한 진열대 앞에서 자신이 한없이 쪼그라들어 한점 각질 같은 것으로 변하는 느낌이었다.

한참 서성인 끝에 그가 고른 것은 각질을 불려서 제거한다는 크림과 버퍼, 돌로 된 각질제거기, 면도기처럼 각질을 깎아내는 콘커터와 발 전용 보습크림이었다. 이걸 사는 데 십삼만 팔천원이 든 것이다. 그래도 효과는 확실했다. 특히 콘커터가 압도적이었다. 콘커터가 스칠 때마다 수십년 묵은 각질이 허옇게 떨어졌다. 각질을 그대로 둔 채 연고만 발랐으니, 말하자면 닦지 않고 기름칠만 했으니 효과가 없었던 것이다. TPM의 효과를 눈으로 확인하면서 그는 한 손으로 발을 부여잡은 채 부지런히 콘커터를 움직였다. 시간 가는 줄도 몰랐다. 정신을 차리고 보니 두시간이 훌쩍 지나 있었다. 방바닥에 허연 각질이 수북했다. 그는 자신의 몸에서 나온 엄청난 양의 쓰레기를 망연자실 바라보았다. 이런 쓰레기를 주렁주렁 몸에 달고 살았으니 사람들이 쓰레기통 취급을 하는 것도 당연했다. 울컥 뜨거운 뭔가가 솟구쳤다. 방바닥에 널브러진 제 몸의 죽은 잔해물들이 죽자고 달려온 자신의 지난 시간들 같기도 했고, 벗겨도 벗겨도 제 몸에서 나올 것이라곤 저런 쓰레기들밖에 없을 것 같기도 했다. 그 뒤로 그는 다시는 콘커터를 쓰지 않았다. 쓰다보면 제 몸을 심장까지 도려내고 싶어질 것 같았다.

현관문 열리는 소리가 들렸다. 아들놈이 편의점에서 밤샘 아르바이트를 마치고 돌아오는 길일 터였다. 녀석은 제대한 뒤 제 등록금은 제가 벌겠다며 벌써 일년째 하루 열두시간씩 아르바이트를 하는 중이었다. 그는 벌떡 자리에서 일어났다. 평생 올로 살아왔을지언정 아들놈 앞에서 구석에 몰린 쥐새끼 같은 꼴을 보여주고 싶지는 않았다.

아내가 우악스럽게 그의 어깨를 눌러 앉혔다. 식당일로 잔뼈가 굵은 아내의 팔 힘은 어지간한 사내 못지않았다.

"이놈의 영감탱이가 은근슬쩍 얼로 내뺄라고! 얼릉 못 부요? 올… 머시기, 여그가 워디냐고!"

아내의 말은 뒷전이요, 그는 재빨리 아들의 눈치를 살폈다. 스물여섯답지 않게 숨죽은 배추꼴이 되어 들어서던 아들이 신발을 벗다 말고 깜짝 놀라 고개를 들었다. 잔소리가 많긴 해도 여간해서는 큰소리를 내지 않는 아내였다. 풍족하지 않아서 그렇지 부부간의 금슬도 나쁘지 않았다. 아들로서는 익숙지 않은 광경일 터였다. 아들놈이 어깨 너머로 슬쩍 아내의 손에 들린 명세서를 들여다보았다.

"아이, 니가 좀 보그라. 여그가 대체 워디냐?"

아들놈이 명세서를 받아들고는 꼼꼼히 읽기 시작했다. 아내는 몰라도 아들은 젊은 놈이라 거기 찍힌 가게들의 정체를 환히 알 터였다. 얼굴이 홧홧하게 달아올랐다.

"아버지, 바람났어요?"

그가 번쩍 고개를 들었다.

"아니야! 바람은 무슨…"

아들놈의 의아한 시선이 그를 주시하고 있었다.

"아이, 왜 그냐? 거그가 워딘디?"

"올리브영은 화장품 가게고, 나머지는… 토탈 풋케어

숍?"

"그거이 뭐하는 덴디?"

"발마사지."

아내가 되묻고 아들이 냉큼 대답했다.

"당신, 발마사지 받았소?"

받았다. 아니 받는 중이다. 정확하게 말하자면 마사지
가 아니라 풋케어였다. 콘커터를 집어던진 뒤 그는 309호
남자가 알려준 풋케어 숍을 찾았다. 그곳은 올리브영보다
더 화려하고 입구부터 은은한 향기가 풍겼다. 월급 백오
십의 경비원이 들락거릴 만한 곳이 아니었다. 그는 삼십
분 넘게 문앞을 서성거렸다. 좀처럼 들어갈 용기가 나지
않았다. 무엇보다 일회 칠만원이라는 입간판에 적힌 액수
가 기를 죽였다. 칠만원이면 아들놈 좋아하는 생삼겹살이
근 일곱근이요, 시급 사천삼백원인 아들이 열여섯시간 일
해야 겨우 손에 쥘 수 있는 돈이었다. 온갖 것들이 발목을
붙잡았으나 그는 결국 토탈 풋케어 숍의 문을 열고 말았
다. 변변한 것 하나 가져본 적 없는 인생, 무엇 하나 가져
갈 수 없는 게 인생이라고는 하지만 적어도 태어날 때 그
대로의 분홍빛 발만큼이라도 가져가고 싶었다. 그건 욕망
도 뭣도 아니요, 그저 본연의 저로 돌아가고 싶다는 소박
하디 소박한 바람일 뿐이었다. 기왕 용기를 낸 김에 그는

십회 칠십만원을 과감하게 긁었다. 이렇게 저지르지 않으면 기껏 용기를 냈다 한들 단 한번으로 끝일 테고, 각질은 계속해서 발바닥을 뒤덮을 터였다.

"발마사지? 그런 걸 멀라고?"

아내가 어리둥절한 표정으로 다시 물었다. 그자의 발바닥을 보는 순간 처음으로 내 인생이 서글펐다고, 내 발바닥이 꼭 내 인생의 바닥 같았다고 말하면 아내는 이해해줄까? 그런 식의 말을 아내는커녕 누구와도 나눠본 적이 없었다. 때때로 그런 생각이 들지 않았던 건 아니다. 그러나 그런 말을 입에 담는 순간 그 자리에 털썩 주저앉아 다시는 일어날 수 없을 것 같았다. 생각이나 말이란 하면 할수록 젖은 솜처럼 무거워지는 법이었다. 그것이 코앞의 길만 달려올 수 있었던, 그만의 노하우라면 노하우였다.

"엄마도 참, 순진도 하시네. 여자 생겼나보지. 여자한테 잘 보이려고 그런 거지 뭘 그런 걸 물어? 아니면 여자한테 갖다 바쳤거나."

평지풍파까지는 아니어도 핵폭탄을 던져놓고 아들놈은 요즘말로 쿨하게도, 부부싸움이 어찌되거나 말거나 산뜻하게 돌아섰다. 아들의 방문이 닫히고 기이한 침묵이 흘렀다. 아들놈이 던진 폭탄을 아내는 가슴에 끌어안은 채 터트릴까 말까, 고민하는 중인지도 몰랐다. 느닷없이 아내가 그의 발을 확 낚아챘다. 그러고는 거침없이 양말을 벗겼다. 아내가 발목을 잡고 눈높이로 확 당기는 통에 그의 몸이 뒤로 나자빠졌다. 퇴근길에 관리를 받은 발은 전용크림이 완전히 스며들지 않아 막 샤워를 하고 나온 듯 촉촉하게 젖어 있었다. 롤스로이스 차주처럼 야들야들한 분홍빛은 아니었으나 허연 각질 대신 제법 살빛도 감돌았다. 군데군데 깊이 파인 고랑만 아직 태곳적의 슬픔인 듯 허연 각질을 품고 있었다. 아내는 무표정하게 오래도록 그 발을 바라보았고, 그는 별 수 없이 팔 뒤꿈치로 몸을 지탱한 채 발을 내밀고 있을 수밖에 없었다.

아내가 혼수용품으로 장만한 뻐꾸기시계가 열한번을 울었다. 놈도 늙었는지 어째 울음소리가 예전만큼 힘차지 않았다. 아내의 손이 맥없이 툭 떨어졌다. 동시에 그의 발도 쿵, 방바닥에 닿았다. 어디가 잘못된 건지 찌릿, 전기가 통하는 바람에 그는 아내가 들고 있던 발을 부여잡고 낑낑거렸다. 그사이 아내는 어쩌라는 말도 없이 현관을 향해 바람처럼 내달리고 있었다. 원래 이 시간이면 식당에 도착해 있어야 하긴 했다. 아내는 이백이십 밀리밖에 되지 않는 아이 같은 작은 발로 버스정류장을 향해 전력질주할 터였다. 밤 열한시까지 잠시도 쉬는 짬 없이 발을 동동거리며 아내는 백만원과 남은 반찬 따위를 벌어올 것이다. 아내의 발은 잠 잘 때를 제외하고는 쉬는 법이 없었다. 그의 발도 마찬가지였다.

"아이 참, 아저씨! 이렇게 발을 막 쓰시면 안 된다니까. 케어를 받으면 뭐해요? 발을 쉬게 해야지. 풋케어는 그게 베이직이라구요, 베이직!"

편히 발을 쉬게 할 형편이면 비싼 돈 내고 이런 데 와서 왜 케어를 받겠냐, 버럭 소리를 지를 뻔했다. 다른 손님에게는 사장님, 사장님, 잘도 떠들어대면서 처음 볼 때부터 그에게는 묻지도 않고 그냥 아저씨라 부르는 괘씸한 관리사였다. 이것들은 발바닥만 봐도 출신성분을 대충 짐작하는 모양이었다.

"아저씨, 하루 종일 걸어 다니죠? 그럼 백날 헛거야. 돈만 아깝지. 노는 발이 최고의 발이거든요. 케어는 그런 발이나 하는 거지… 무슨…"

참을성 하나는 상위 0.01퍼센트로 타고 났으니 망정이지 하마터면 주먹을 휘두를 뻔했다. 평생 처음이었다. 군대에서 짐승처럼 두들겨 맞을 때도, 제 집 앞에 싸지른 개똥을 주인 대신 치울 때도, 유통기한 지난 냉동갈비를 받았을 때도 이렇게 화가 나진 않았다. 관리사에게 화가 치민 건 아니었다. 노는 발이 최고의 발이라는 그 한마디가 있는 줄도 모르게 몸 속 어딘가에 쌓여 있던 평생의 화를 부추겼다. 케어를 받는다고 아무나 롤스로이스 차주 같은 발바닥을 갖게 되는 게 아니라는 것을 그는 그제야 명료하게 깨달았다. 책상에만 앉아 일하고 삼보 이상이면 탑승할 수 있는 삶의 형식이 그 어여쁜 분홍빛 발을 가능케 했다는 것도.

그는 잘 참아냈다. 묵묵히 평생 마지막일 케어를 받았고, 접수대에서 환불을 신청했다. 풋케어 숍은 친절하게도 기꺼이 반액을 환불해주었다. 취소한 삼십오만원은 다음 달 카드결제에 반영이 될 테고, 그러니 지난 한달 그가 발바닥에 버린 돈은 총 오십만원이었다. 오십만원으로 원래의 살색을 회복하긴 했으니 다행이라고 해야 할 것인지. 그러나 발바닥에 덕지덕지 붙었던 각질보다 더 두터운 무엇인가 심장에 철썩 들러붙은 느낌이었다.

잡다한 살림살이로 발 디딜 틈 없는 좁은 집이 무한 팽창하는 듯 넓게 느껴졌다. 아들놈은 아버지가 바람이 난 모양이라고 폭탄선언을 해놓고는 저만 맘 편히 잠든 것인지 시계 초침 사이로 코 고는 소리가 요란했다. 그를 꼭 닮아 드르렁, 우렁찬 소리였다. 문득 아들의 발이 궁금했다. 아들놈은 웃옷만 홀떡 벗어던진 채 양말은 미처 벗을 겨를도 없이 잠들어 있었다. 침대 밖으로 늘어진 다리를 들어 올린 뒤 그는 양말을 벗겼다. 여름철 종일 서서 일했던 터라 고랑내가 진동했다. 제 등록금 벌자고 과외며 학원이며 편의점까지, 하루에 서너개씩 아르바이트를 하는 아들놈도 대견했지만 그는 내심 자기 자신도 대견했다. 이 집안의 가장은 그였고, 적어도 어린 아들에게 그의 아버지처럼 무거운 가장의 역할을 떠맡기지는 않았다는 것이, 그의 인생에서 유일하게 내세우는 자랑이었다. 그런데 고작 스물여섯살, 아들의 발바닥에는 벌써 두터운 굳은살이 박여 있었다. 아비의 보호 없이 저 홀로 제 삶을 건사하느라 한발 한발 내디딜 때마다 생겨난 굳은살이었다. 그 굳은살이 이 세상 맨 밑바닥이라는 부인할 수 없는 징표처럼 느껴져 그는 부르르 몸을 떨었다. 잠시 후, 그는 콘커터로 아들의 굳은살을 깎기 시작했다. 아들의 발만큼은 태어났을 적 그대로, 보들보들, 야들야들, 봄바람에 하늘거리는 복숭아꽃 빛깔로 되돌려주고 싶었다. 사각사각, 제 죽은 살이 떨어져 나가는 줄도 모르고 아들은 태양이 이글거리는 여름의 한낮, 깊은 잠에 빠져 있었다.

존재의 증명

그는 자신이 처한 상황을 전혀 알지 못했다. 에티오피아 하라를 다 마시기 전까지는. 2팝 초까지 중배전했는지 깊은 다크초콜릿 향이 인상적인 하라였다. 하라는 랭보가 가장 사랑한 커피이기도 했다. 스무살에 이미 시와 결별한 랭보는 연인 베를렌과도 결별한 후 세계를 떠돌았다. 그러다 자리를 잡은 곳이 에티오피아의 하라였다. 시를 버린 그는 하라에서 무기와 커피를 파는 무역상이 되었다. 시와 커피와 무기… 이 세가지는 공통점이 있었다. 없어도 인간이 사는 데 별 지장이 없다는. 저항과 반항의 상징이었던 시인 랭보는 삶 자체를 부정하고 싶었던 것일까? 그래서 마침내는 무기상이 되었는지도 모를 일이었다. 그는 무기상이 되었다가 병에 걸려 다리 하나를 자르고 서른일곱의 나이에 세상마저 버린 랭보의 삶이 꽤 마음에 들었다. 돈이든 여자든 목숨이든 하찮게 버릴 수 있는 인생이야말로 진짜 뽀대 나는 인생이라는 게 그의 지론이었다. 지론을 되새기면서 그는 잔을 내려놓았다. 그리고 문득 한 생각이 스쳐갔다. 근데 내가 왜 여기 있지?

왜 왔는지 도무지 기억나지 않았다. 여기가 어딘지도 알 수 없었다. 머릿속이 구름에 잠긴 알프스 같았다. 알프스,라는 단어에 뒤이어 한 장면이 떠올랐다. 구름이 눈처럼 소복이 쌓인 알프스 전경을 내려다보면서 누군가 신라면을 먹고 있었다. 본 듯이 선명한 장면이었다. 누군가는 그 자신일 수도 있었다. 알프스에 간 적이 있는지 기억을 되짚었다. 루체른의 호수, 영혼의 약국이라 불리는 생 갈렌 수도원의 도서관, 마테호른의 설산 등등 여러 장면들이 떠오르긴 했다. 그러나 그게 영화나 드라마 속 장면인지 누군가의 블로그에서 본 사진인지, 혹은 그가 직접 경험한 장면인지 분명하지 않았다. 그만의 기억이라고 말하기에는 너무 널리 알려진 일종의 커먼즈였다. 그는 다시 자신의 뇌 속을 헤집으며 사적인 기억을 발견하려 노력했다.

곰곰 기억을 더듬던 그는 마침내 결론을 내렸다.

나는 기억을 잃었다.

이름조차 기억나지 않는다는 건 기억상실이 아니고는 설명할 수 없었다. 결론과 동시에 피식, 헛웃음이 새 나왔다. 기억상실이라니. 아침드라마나 주말드라마의 가장 식상한 소재가 그의 현실이 된 것이다. 드라마와 달리 지금 그가 처한 상황은 전혀 식상하지 않았다. 기억나지 않는 그의 과거가 롤러코스터 같았다 한들 이보다 참신하고 극적인 순간은 아마도 없었을 터였다.

흰 와이셔츠 차림의 청년이 그를 향해 다가왔다. 군중 속에서 익숙한 얼굴을 발견한 듯한 반가운 표정 때문에 그는 다소 마음을 놓았다. 청년과 그는 아는 사이가 분명했다.

"한잔 더 드릴까요?"

말꼬리를 높일까 내릴까 잠시 고민하던 그는 내리기로 결정했다.

"네."

이 집의 하라는 한잔 더 할 충분한 가치가 있었다. 빗방울이 마른 땅을 막 적시기 시작한 순간, 잠들었던 땅이 기지개를 켜면서 나야,라고 나지막이 읊조리는 듯한 커피였다.

"저… 저를 아시나요?"

이 정도 커피라면 단골 까페일지도 몰랐다. 지금의 그라면 반드시 다시 찾을 맛이었다. 청년이 환하게 웃었다.

"그럼요, 단골이신데요. 게다가 하라를 찾는 손님은 많지 않지요. 식은 커피가 싫어서 완샷을 두번 시키는 손님은 더더욱 없구요."

잠시 머리가 복잡했다. 단골 까페라고 해도 도와주세요, 내가 누군가요? 나는 기억을 잃었어요,라고 솔직하게 말할 수는 없는 노릇이었다. 주인인지 직원인지 모를 이 청년이 단골손님에 대해 얼마나 알고 있을지도 미지수였다.

"저에 대해 또 알고 계시는 게 있나요?"

손님이 할 만한 질문은 물론 아니었다. 그러나 그의 머릿속에 떠오른 수많은 질문 중에서는 가장 무난했다. 눈빛에 약간의 의아함이 담겼지만 청년은 선선히 대답했다.

"비가 오는 날에는 피베리를 드시죠."

케냐의 피베리는 하나의 체리 안에 하나의 생두가 들어 있는 커피콩이다. 두개의 생두에 들어갈 맛을 한꺼번에 간직하고 있다고 해서 커피의 에센스라고 불리기도 한다. 청년의 말을 듣는 순간 아마도 위키백과에 적혀 있을 법한 문구가 술술 떠올랐다. 적어도 한가지는 알게 된 셈이었다. 과거의 그는 커피에 대해 잘 알고 커피를 좋아하는 사람이었다. 기억을 잃은 지금 떠오르는 정보들이 옳다고 가정한다면 그, 보다 정확하게 그였던 자의 커피 취향은 더할 나위 없이 훌륭했다.

"처음 피베리를 드셨을 때 왜 피베리를 좋아하시냐는 제 질문에 답하셨던 거, 기억나세요?"

물론 기억나지 않았다. 그는 지금 제 이름조차 기억하지 못하는 처지였다. 그는 모호한 해석을 기대한 채 어깨를 으쓱해보였다.

"서운해서라고, 첫키스한 여자를 집에 들여보내고 돌아선 기분이라고, 피베리를 두고 그런 말은 첨 들었거든요."

청년이 이를 드러낸 채 활짝 웃었다. 교정한 듯 가지런한 이가 지나치다 싶을 만큼 새하얬다. 너무 완벽해서 살아 있는 몸의 일부처럼 느껴지지 않았다. 어쩐지 대화를 중단하고 싶은 마음이 들었지만 지금은 취향을 따질 계제가 아니었다. 어떻게든 청년으로부터 자신에 대한 가급적 많은 정보를 얻어야만 했다.

"제가 뭐 하는 사람 같으세요?"

"공부하는 분 아니세요?"

청년의 말을 듣고서야 그는 자신의 나이도 모른다는 당연한 사실을 깨달았다. 거울로 제 얼굴을 비춰보고 대충의 연령대를 짐작해야 할 판이었다. 어림잡아 마흔에 가까운 나이로 보이지는 않는 듯했고 대학생보다는 들어 보이는 듯했다. 청년의 나이가 이십대 후반 정도, 그가 대학생으로 보였다면 손님이라고 해도 지금처럼 깍듯한 존대를 하지는 않았을 터였다.

"왜 그렇게 생각하셨는데요?"

"아무 때나, 불규칙하게 들르셔서요. 하루에 두세번씩 오실 때도 있고, 자주 책을 읽으시기도 하고 그래서 이 근처 사시는 대학원생이신가보다 했죠."

그럴 듯했다. 하루에 두세번씩 까페에 들락거렸다면 일단 직장인은 아닐 터였다. 뭐 백수일 수도 있을 테지만. 이 근처 살 거라는 청년의 추론도 맞을 듯했다. 커피에 미치지 않고서야 하루에 두세번씩 먼 거리의 같은 까페에 드나들지는 않을 테니까. 동네마다 좋은 생두를 직접 로스팅하는 괜찮은 커피 전문점들이 우후죽순으로 생기는 판이었다. 그러고 보니 그의 기억은 그 자신에 대한 정보만 싸그리 지워진 것 같았다. 원래 기억상실증이라는 게 그런 건지 그의 경우만 특수한 것인지는 알 수 없었다. 기억상실증에 걸릴 줄 알았다면 아침드라마를 봐둘걸. 기억나지 않는 과거가 처음으로 후회스러웠다. 드라마의 식상한 단골소재에 대해 정작 그는 아는 게 없었다.

"그밖에 저에 대해서 아시는 게 있나요?"

그는 자신의 질문이 기억상실증에 걸린 사람의 것으로 느껴지지 않게 최대한 평온하게 물었다. 다행히 청년이 그를 환자나 이상한 놈으로 여기는 것 같지는 않았다. 인

문학이 유행인 시대니까 자기발견 혹은 자기반성의 노력
쯤으로 해석했을 수도 있었다.

"글쎄요, 늘 혼자 오시고 워낙 말을 걸지 않으셔서… 이
렇게 길게 대화를 나눈 건 오늘이 처음인걸요. 그럼…"

잠시 뒤 청년은 새로 내린 하라를 들고 다시 나타났다.
청년이 그의 자리로 다가올수록 하라 특유의 흙향이 짙어
졌다. 찻잔은 발퀴레 로시의 블랙 스트라이프였다. 하라
와 로시, 나쁜 조합은 아니었다. 그러나 찻잔을 내려놓는
청년의 새하얀 이처럼 지나친 감이 있었다. 하라에는 뭐
니 뭐니 해도 안캅의 팔레르모였다. 에스프레소잔은 형태
든 무늬든 집중력을 흐트러뜨려서는 안 된다. 기본에 충
실한 팔레르모는 아무 장식이 없음에도 불구하고 그 형태
만으로 완벽했다. 단순하지만 흠잡을 데 없는 완벽함. 대
지의 향을 품기에 가장 적절한 조합이었다.

로시의 블랙 원심형 무늬가 거슬리긴 했지만 깊은 대
지의 향이 그를 사로잡았다. 그는 로시 손잡이를 엄지와
검지로 붙잡았다. 그는 작은 에스프레소잔에 적합한 자신
의 긴 손가락이 마음에 들었다. 손가락 모양이 발퀴레의
명성에 흠이 되지 않도록 각도를 조절하면서 그는 찻잔을
들어올렸다. 몇년 전부터 발퀴레가 유행하면서 카피품들
이 판을 치고 있었다. 그러나 이 까페의 발퀴레는 진품이

었다. 잔의 모양을 흉내 내기는 쉽지만 이 무게감까지 흉
내 내기란 쉽지 않다. 찻잔의 무게감을 즐기면서 그는 하
라를 한모금 입에 머금었다. 가장 먼저 은은한 신맛이 제
존재감을 드러냈고 그 맛을 채 음미하기도 전에 다크초콜
릿향이 치고 올라왔다. 삼키고 나자 달달한 허니향이 오
래도록 입안에 맴돌았다. 자신이 누구인지도 모르는 난감
하기 짝이 없는 이 상황조차 잠시 잊을 만한 맛이었다.

적당한 반응인지는 알 수 없지만 약간의 여유가 생겼
다. 그게 커피에 대한 예의이기는 했다. 밤샘 기도하는 수
사들의 잠을 깨우기 위한 용도로 탄생했다는 설도 있지만
설령 그렇다 한들 오늘날까지 각성제 대용쯤으로 여기는
건 커피에 대한 예의가 아니다. 커피는 소환의 마력을 지
니고 있다. 가슴 시린 이별, 탈락의 고배, 자위의 허무, 그
모든 것들로부터 커피는 인간을 소환하여 오롯이 저를 느
끼게 만든다. 가만히 무릎 꿇고 무장해제한 채 몸을 맡기
는 것이 마력에 대한 예의인 것이다. 어쩌면 자신이 누구
인지를 잊은 지금이 커피를 음미하기에는 최적의 순간인
지도 몰랐다.

에스프레소는 세모금만에 사라졌다. 그는 그를 다시 소
환했다. 물론 과거의 그는 여전히 소환되지 않았다. 에스
프레소 한잔에 기억상실증 치료의 마법까지 기대할 수

는 없는 노릇이라 딱히 서운하거나 실망스러울 건 없었다. 그는 천천히 몸을 일으켰다. 어디로 가야 할지 막막했다. 그렇다고 까페에서 언제까지 뭉갤 수는 없었다. 까페에 대한 예의가 아니었다. 까페는 커피와 커피향을 위한 공간이다. 좋은 까페의 공기는 시시콜콜한 잡담이 아니라 커피향을 머금고 있다. 그 공기 속으로 간혹 이른 봄의 빗소리 같은, 톡톡, 커피 내리는 소리가 스며든다. 커피향에 몸과 영혼을 잠시 적시는 곳이 바로 까페다. 적당히 우울하고 적당히 평화롭고 적당히 고요한 곳에서는 잠시 머무는 것이 좋다. 무엇보다 의자가 그를 거부하고 있었다.

이 까페의 의자는 토넷 넘버14였다. 1859년에 처음 생산된 토넷 넘버14는 백육십년 가까이 판매되고 있는 불멸의 베스트셀러다. 이 녀석을 만든 미하일 토넷은 금형틀 안에 나무를 넣고 구부리는 획기적인 기술을 발명했다. 한마디로 산업혁명기의 기념비적 작품인 것이다. 역사상 최초로 대량생산된 녀석이기도 하다. 그러나 그가 이 녀석을 좋아하는 것은 역사적 기념비라서가 아니다. 녀석은 의자가 갖춰야 할 가장 단순한 것만을 가지고 있다. 더이상 뺄 것 없는 단순한 미학이 마음에 들 뿐이다. 미니멀리즘에서는 제스퍼 모리슨의 에어 체어가 유명하지만 너무 덜어내서 앙상한 느낌이랄까. 에어 체어 이전에 만든 플라이 체어가 그의 취향에는 한결 낫긴 하다. 그래도 역시 토넷 같은 완전성은 느껴지지 않는다. 토넷의 유일한 단점이라면 엉덩이가 배긴다는 정도? 물론 쿠션을 깔면 낫겠지만 그건 녀석의 단순성을 배신하는 행위라고 할 수 있다. 녀석에 대한 예의 역시 적당한 시간에 떠나주는 것이다.

그는 옆 의자에 놓여 있던 코트를 집어들었다. 그의 것인지 장담할 수 없었지만 그의 테이블에 있는 것이니 그의 것이라고 짐작해도 괜찮을 터였다. 습관처럼 코트 안주머니에서 지갑을 꺼내던 그는 자신의 어리석음에 잠시 당황했다. 자신의 기억, 그러니까 자신의 정체를 찾을 수 있는 모든 정보는 지갑에 있을 터였다. 그걸 지금까지 생각하지 못했던 것이다. 자신의 신분을 밝힐 수 있다면, 그러니까 돌아갈 곳이 정해진다면, 나머지 기억이야 천천히 찾아도 괜찮았다. 집이라는 공간에 그의 기억을 되찾아줄 가족도 있을 테고, 그와 시간을 함께 한 일기장이든 뭐든 기록이나 물건이 있을 테니까.

삼단 가죽지갑이 손에 잡혔다. 오래 사용한 듯 길이 잘든 가죽이었다. 삼단 지갑이라는 것도 꽤 만족스러웠다. 장지갑은 가방을 일상적으로 들고 다니는 남자가 아니고는 몸에 지닐 수가 없다. 이단 지갑은 윗주머니에 넣으면 옷태가 나지 않고, 바지주머니에 넣으면 옷태가 나지 않을 뿐만 아니라 지갑의 형태까지 망가진다.

그는 급히 지갑을 열었다. 지갑 안은 토넷 넘버14만큼이나 단순했다. 주민등록증이나 운전면허증은 물론 그 흔한 카드조차 없었다. 든 것이라곤 빳빳한 오만원권 몇장뿐이었다. 허탈했다. 동시에 그는 안도했다. 신분을 찾지 못한 것은 허탈했지만, 지갑 안이 각종 영수증이나 명함 따위로 너저분하지 않은 것에 안도한 것이다. 앉아 있는 공간이나 소지품의 상태나 그는 자신의 취향이 썩 마음에 들었다. 기억을 찾지 못하는 것은 물론 두려웠다. 그러나 사라진 기억 속의 자신이 허접쓰레기 같은 취향을 가졌을지도 모른다는 것은 두려움을 넘어선 공포였다.

그는 약간의 두려움에 떨면서 코트의 양쪽 주머니를 뒤졌다. 손 안에 쏙 들어온 것은 아이폰7이었다. 이건 약간 의외였다. 아이폰이라는 것을 확인한 순간 아이폰을 가짐으로써 자신이 특별해졌다고 생각하는 사람들에 대한 약간의 거부감이 들었기 때문이다. 게다가 지금까지 밝혀낸 자신의 취향이라면 아이폰은 아닐 것 같았다. 단순하고 튀지 않는 것을 좋아하는 성향의 소유자가 아이폰이라니. 어쩌면 사진 찍기를 좋아하는 사람일 수도 있긴 했다. 사진이라면 역시 아이폰이었다. 이런 앱등이 같은 발언이라니!

이래서 아이폰을 쓰는 건가 의심하면서 그는 즐겨찾기를 검색했다. 어떤 번호도 등록되어 있지 않았다. 이번에는 연락처를 검색했다. 단 하나의 번호조차 저장되어 있지 않았다. 뭔가 이상했다. 그의 손길이 빨라졌다. 하다못해 대출이나 대리운전 같은 스팸문자조차 없이 깨끗했다. 카톡 또한 마찬가지였다. 등록한 친구가 없는 것은 물론 주고받은 대화의 기록도 전혀 남아 있지 않았다. 프로필 사진으로 자신의 사진 대신 블랙의 루이 고스트 체어 사진이 설정되어 있을 뿐이었다. 아무리 깔끔한 성격이라고 해도 지갑과 휴대폰에서 단 하나의 정보조차 찾을 수 없다는 건 자연스럽지 않았다. 기억을 잃기 직전 스스로 모든 기록을 지웠거나 누군가 의도적으로 지웠다고밖에는 생각할 수 없었다. 도대체 왜? 도대체 누가?

그는 여기에라도 제발 단서가 있기를 바라는 간절한 마음으로 트위터 앱을 열었다. 첫 계정은 프로필사진조차 채워 넣지 않은 알계였다. 타임라인에도 자신의 정보는 담겨 있지 않았다. 다른 트위터에서 리트윗해온 글과 음식 사진 몇장이 전부였다. 이른바 구독계였다. 다음 계정으로 전환했다. 조명에 관한 리트윗이라는 것 외에 마찬가지였다. 총 네개의 트위터 계정이 비슷했다. 각 트위터마다 음식, 의자, 조명, 여행에 관한 남의 글과 사진들이 가득 차 있었다. 기억을 잃은 그가 떠올렸던 커피와 의자에 관한 정보의 출처가 트위터였던 것이다. 자신의 신분을 여전히 모르는 채였지만 자신의 전부를 알게 된 느낌이었다.

그는 여행에 관해 기억을 잃기 전의 그가 남긴 리트윗들을 훑어보면서 곰곰 생각에 잠겼다. 이름이 뭔지 어디 사는지 가족이 누군지 어떤 학교를 나왔는지, 그에겐 그닥 중요하지 않았다. 그래도 알아내긴 해야 했다. 자신의 신분을 찾지 않고는 오늘 밤 당장 갈 곳이 없었고, 학력이나 경력을 알지 못하고는 돈 벌 방도가 막막했다.

그는 외투를 입고 카운터로 다가갔다. 청년이 점점 더 신경을 긁기 시작한 하얀 이를 드러내며 환히 웃었다. 그는 오만원권 한장을 내밀었다.

"제가 여기 온 게 몇시쯤이었죠?"

"한시간 전쯤이요. 보통 한시간 이상 계시지 않으시잖아요?"

그는 거스름돈을 받으며 다시 물었다.

"제가… 혼자 왔나요?"

누가 들어도 이상한 질문이었다. 치매환자가 아니고는 물을 수 없는 질문이었다. 그러나 물어야 했다. 알아야 했다.

"네."

청년이 걱정스러운 눈길로 그를 한참 바라보았다. 그는 불쾌했다. 그라면 티내지 않았을 것이다. 남의 아픔은 아는 척하는 게 아니다. 잘 아는 사이가 아닐 때는 모른 척해주는 게 최고의 위안이다. 설령 친한 사이라고 해도 모르는 척해주는 게 더 좋을 때가 많다. 그러나 지금은 타인의 싸구려 걱정이라도 붙잡아야 했다. 그는 불쾌함을 감추고 공손하게 다시 물었다.

"여기서 제일 가까운 경찰서가 어딘가요?"

그는 기억을 잃었다는 명백한 고백을 하는 게 죽기보다 싫었다. 아마 그는 자존심이 꽤 강한 사람이었던 모양이다. 다행히 청년은 더이상 묻지 않고 친절하게 대답했다.

"종로경찰서인가? 그건 잘 모르겠고 파출소라도 괜찮다면 서운파출소가 가깝죠. 걸어가셔도 돼요."

답변은 친절했지만 청년의 얼굴에서 웃음이 사라졌다. 자연스러운 척하기로 작정한 사람의 경직된 표정이 웃음을 대체했다.

"길은 아시죠? 조금 내려가서 우회전, 그리고 죽 직진하시면 돼요."

이 근처에 사는 사람일 거라고 추측했다는 조금 전과

는 백팔십도 다른 대답이었다. 그는 가벼운 목례를 남기고 거리로 나섰다.

거리는 익숙했다. 조금 전의 까페가 익숙했듯. 청년의 말대로 이 근처에 집이 있을 확률이 높았다. 수예품을 파는 공방, 뜨개질 가게가 연달아 나타났다. 수제 인형을 파는 가게도 있었다. 그는 가게들을 가볍게 스쳐 지났다. 마음이 급하기도 했지만 마음이 끌리지 않았다. 수예? 저런 걸 어디에 쓰지? 뜨개질? 요즘 기계가 얼마나 정교한데. 알파고의 시대에 고작 사람의 손을 믿다니. 인형? 차라리 고양이를 키우겠다. 이게 그의 즉각적인 반응이었다. 편의점을 지나치면서 그는 생각했다. 이십세기 최고의 공간이지. 김혜자는 대한민국 청년들의 진정한 어머니야. 일용할 양식을 주시잖아. 이것이 기억을 잃은 그만의 생각인지 기억을 잃고서도 남아 있는, 그러니까 기억을 잃고도 관통되는 일관된 생각인지는 알 수 없었다. 특색 없는 몇개의 프랜차이즈 커피 전문점과 간판만 봐도 정통일 것 같은 평양냉면집을 지나치자 청년이 말한 파출소가 나타났다.

출입문 앞에서 그는 잠시 숨을 골랐다. 십여분 걷긴 했지만 심장박동이 늦춰지지 않는 걸 보니 예전의 그는 파출소라는 공간에 익숙하지 않은 인생을 살아온 모양이었다. 그는 심호흡을 하고 결연한 각오와 함께 문을 열었다. 대낮의 파출소는 다행히도 혹은 불행히도 아까의 까페보다 한가로웠다. 그 결과 세명의 경찰이 동시에 그를 바라보았다. 제복을 입은 자들이 동시에 보내는 시선은 어쩔 수 없이 위압적이었다. 심장이 더 떨렸다. 돌아서고 싶은 마음이 굴뚝같았지만 그는 간신히 걸음을 옮겨 개중 똑똑해 보이는 경찰에게 다가갔다. 순한 인상을 선택할까 잠시 고민했지만, 불편함을 참는 것이 멍청함을 참는 것보다는 쉬웠다.

"무엇을 도와드릴까요?"

뜻밖에 경찰의 어조는 까페 청년만큼이나 다정하고 친절했다.

"뭘 분실하셨나요?"

분실과 상실은 무엇이 다를까 잠시 생각하다 그는 고개를 끄덕였다.

"뭘, 어디서 분실하셨죠?"

경찰이 뭔가를 찾으며 물었다. 분실물 접수서류를 찾는 것일 터였다. 그러나 그의 기억은 그 서류에 분실신고를 할 만한 게 아니었다.

"기억이요."

다른 일을 하던 나머지 경찰들까지 일제히 그를 쳐다

보았다. 얼굴이 상기되는 게 느껴졌다. 어쩌면 아까 불편했던 건 제복의 시선이 아니라 그냥 낯선 자의 시선이었을지 몰랐다. 그는 기억의 유무와 상관없이 예민하다 못해 소심한 이 인물에 대해 속속들이 동의할 수 있을 것 같았다.

"젊은 사람이 대낮부터 이게 무슨…"

"정말입니다. 갑자기 아무것도 기억이 나지 않아요. 제 이름도요. 어디 살았는지도 모르겠어요."

앞자리의 경찰이 그의 얼굴과 행색을 찬찬히 살폈다.

"실없는 장난칠 사람 같지는 않은데… 그게 정말이에요?"

"정말이라니까요?"

"지갑이나 휴대폰… 뭐 그런 것도 없어요?"

그는 지갑과 휴대폰을 경찰에게 건넸다. 뒤져보던 경찰이 아까의 그와 똑같이 낭패스러운 얼굴로 다시 그를 바라보았다.

"뭐가 이래? 지갑이야 그렇다 쳐도 휴대폰에 번호 하나 저장되어 있지 않다는 게 말이 됩니까?"

"그러니까 여기로 왔죠."

호기심을 느낀 다른 경찰들까지 그의 앞으로 모여들었다.

"자기 번호는 알 수 있잖아? 그 번호부터 조회해보지?"

"아니죠. 지문조회가 더 빠르죠. 확실하고. 자기 명의로 휴대폰을 개설했다는 보장도 없지 않습니까?"

자기들끼리 갑론을박하던 경찰들은 가장 어린 경찰의 말에 고개를 끄덕였다.

"일단 지문조회부터 해봅시다."

"설마 지문이 없어진 건 아니겠지? 뭐 그런 드라마들 많잖아."

우스갯소리를 꺼낸 경찰이 찔끔했는지 그의 눈치를 살폈다.

"아니, 이런 경우는 머리털 나고 처음이라… 이런 건 드라마에서나 있는 일인 줄 알았지. 살다보니 이런 일도 보네. 오래 살고 볼 일이야. 아무튼 맘이 맘이 아닐 텐데 미안해요."

경찰의 마음을 백번 이해하고도 남았다. 그 역시 자신의 일만 아니었다면 경찰과 똑같은 반응을 보였을 것이다.

"잠깐 소파에 가서 기다려요."

그러나 그는 경찰의 친절한 안내에 따를 수 없었다. 취향이고 뭐고 오직 함부로 앉기 위해 만들어진, 싸다는 것 외에 아무 장점도 없는 인조가죽 소파였다. 게다가 죽은 쥐색,이라는 표현이 적합한 색상이었다. 원래는 라이트 그

레이였겠지만 파출소에 드나드는 수많은 사람들의 분노
와 좌절과 알코올이 스민 그 소파는 지금에 와서는 죽은
쥐색이라고밖에 달리 설명할 길이 없었다. 취객들이 주로
머물다 가는 자리인지 쉰 술냄새가 역했다. 기억이고 뭐
고 당장 이 자리를 벗어나고 싶은 마음이 굴뚝같았다.

잠시 뒤 경찰이 그를 불렀다. 어쩐 일인지 당황한 기색
이 역력했다.

"나왔습니까?"

"그게… 없습니다, 없어요!"

지문이 등록되어 있지 않을 몇가지 경우의 수가 떠올
랐다. 대한민국에서 주민등록증이 언제 발급되는지 생각
했지만 알 수 없었다. 다른 많은 정보들을 기억하면서 주
민등록증 발급에 대한 정보가 없다는 건 한국 국적이 아
닐 수도 있다는 의미였다. 경찰도 같은 생각을 한 모양이
었다.

"생김새나 한국말 수준으로 봐서 외국인 노동자는 아
닌 것 같고… 저기, 영어로 말 좀 해봐요!"

"네?"

"교포면 영어를 잘할 거 아닙니까?"

"재일교포도 있는데요?"

"아, 그렇긴 하지만 뭐니 뭐니 해도 교포는 재미 교포죠."

"익스큐즈 미. 웨어 아 유 프롬?"

곁에서 흥미롭게 지켜보던 젊은 경찰이 교과서에 나올 법한 영어로 그에게 말을 걸었다. 순진무구한 영어에 피식 웃음을 터뜨리며 그는 답을 하기 위해 입을 열었다. 그러나 아무 말도 나오지 않았다. 영어를 몰라서는 아니었다. 아임 프롬을 생략하고 나라만 말하려 했던 것인데 자신이 과연 아메리카에서 왔는지 잉글랜드에서 왔는지 뉴질랜드에서 왔는지 아무것도 떠오르지 않았던 것이다. 그가 쑥스러워한다고 생각한 것인지 젊은 경찰이 더 따박따박 물었다. 예의상 기억나지 않는다는 말이라도 해줘야 할 것 같았다.

"I don't recall what land I came from."

그의 정체를 밝혀내기라도 한 것처럼 경찰 셋이 동시에 박수를 쳤다.

"맞네. 재미 교포 맞아! 발음이 김순경하고는 완전 차원이 다르구만."

그의 생각에도 그랬다. 지금 그가 한 영어는 영국 억양의 보스턴 사투리에 가까웠다. 미국 중에서도 동부 뉴욕 부근에 거주했을 가능성이 높았다. 중요한 사실을 밝혀내긴 했지만 더 큰 난관이 기다리고 있었다. 미국 국적이라면 여권 혹은 사회보장카드를 찾아내거나 두가지의 고유

번호라도 스스로 기억해내야 했다. 그것 외에 자신이 미국인임을 입증할 길이 없었다. 당혹스럽기는 경찰들도 마찬가지인 듯했다.

"그럼 그 뭐냐, 여권을 찾아야지, 여권을. 여권 없어요?"

"지금은 없어요. 집을 찾아내면 아마 거기 있겠죠."

집을 찾을 가능성은 이제 휴대폰 추적뿐이었다. 그러나 그 또한 성과가 없으리라는 불길한 예감이 들었다. 그가 갖고 있는 모든 소지품이 그의 정체를 밝히는 데 실패했다. 이유는 알 수 없지만 휴대폰 추적도 마찬가지일 것 같았다. 불길한 예감은 틀리는 법이 없다는 진리는 이번에도 어긋나지 않았다. 개통자가 육십이세의 부산 사는 남자였던 것이다. 게다가 그 남자는 최근 사망 신고된 상태였다. 육십이세의 송기갑이라는 남자가 스스로도 기억하지 못하는 그의 기억 속에 남아 있을 리 만무했다.

자신의 일처럼 최선을 다했던 친절한 경찰들은 그 이상으로 낙담한 듯했다. 사실 그는 낙담한 것은 아니었다. 그저 난감했을 뿐이었다. 그는 여전히 신분과 살아온 이력을 반드시 알아야 하는 것인지 고민하고 있었다.

"너무 걱정은 마세요. 통신사에 통화기록을 조회하든가 복구센터에 의뢰하고, 송기갑씨 가족을 수소문하면 뭐라도 단서가 나올 겁니다. 개통한 지 일년 됐다니까 두분이 서로 아는 사이일 수도 있어요. 그런데 당장 오늘은 어쩌지요? 본인 명의가 아니니 우리가 통화조회를 의뢰한다 해도 최소 하루는 걸릴 텐데요. 어디 갈 데는 있습니까?"

김순경이 걱정스러운 눈길로 물었다. 갈 데가 자기 집이나 친구집만은 아니었다. 그보다 더 편한 게 천지에 널린 모텔이요, 호텔이었다. 모텔 정도라면 지금 가진 돈으로 며칠은 버틸 수 있었다. 그러나 모텔 같은 곳에 혼자 묵고 싶지는 않았다. 그건 모텔의 존재 이유에도 어긋나는 일이었다. 기억을 잃었고 빠른 시간 안에 잃어버린 기억의 실마리를 찾을 가능성도 없어 보이는 지금, 가장 그리운 건 아늑한 침대였다. 면 팔십수 거위털 침구가 세팅된. 고작 두시간 남짓 기억나는 하루가 길고 고단했다. 어쩌면 평소의 그는 조금 전 까페에서 걸어온 길을 지나 집으로 돌아갔을지 몰랐다. 그 길에 무슨 단서가 있는 건 아닐까? 그는 십분 남짓 걸어온 길을 찬찬히 되짚다가 두개의 감시카메라를 발견했다. 그가 모르는 그의 시간을 간직하고 있을 감시카메라였다. 그는 빠른 걸음으로 다시 파출소로 향했다.

그가 김순경을 대동하고 간 곳은 경찰서를 지나 처음 나온 감시카메라가 설치된 편의점이었다. 세시간 전, 그러니까 1시 23분에 그는 지금과 똑같은 모습으로 편의점

앞을 지나고 있었다. 코트며 걸음걸이며 누가 봐도 그였다. 다음 카메라는 사거리 횡단보도 옆에 있었다. 김순경이 기웃거리는 그의 옷자락을 잡아끌었다.

"일단 파출소로 가요."

"어디로 연락하면 볼 수 있는지 알아봐야죠."

"우리 파출소에서 다 볼 수 있어요. 아파트 내부만 자체적으로 관리하고 도로나 주택가 감시카메라는 다 파출소에서 실시간으로 볼 수 있어요."

역시 과학기술의 힘은 위대했다. 인간이 편리를 추구하는 존재라는 점에서 그는 인간의 이러저러한 단점들을 용서할 수 있었다. 인간이 효율과 편리를 추구하지 않았다면 그가 좋아하는 토넷 넘버14도 안캅의 팔레르모도 순면 팔십수의 실키한 감촉도 존재하지 않았을 것이다.

그는 감시카메라 여기저기 출연했다. 기억을 상실할 줄 알고 일부러 흔적을 남기기라도 한 것 같았다. 불과 몇시간 뒤에 벌어질 일을 상상조차 하지 못했을 걸음걸이에서는 적당한 긴장감과 여유가 느껴졌다. 허리를 꼿꼿이 세운 채 사람들과 일 미터 이상 거리를 유지하는 건 습관인 듯했다. 적당한 긴장감은 그로 인한 것이었다. 적당한 보폭과 느린 속도는 자신에 대한 만족감과 여유에서 연유한 것일 거라고 그는 추측했다. 사람을 대하는 태도도 스스로에 대한 자족감도 마음에 들었다.

그의 흔적은 아파트 앞 이차선 도로 횡단보도에서 사라졌다. 한시 십분이었다. 그가 건너온 횡단보도 뒤로는 대형 아파트 단지가 있고, 좌회전해서 조금 올라가면 주택가였다. 그러나 열두시까지 검색했지만 주택가 맨 첫 감시카메라에 그의 모습은 나타나지 않았다.

그는 아파트 근처에 가면 혹 어떤 기억이라도 떠오르지 않을까 기대했다. 감시카메라 속에서 자신이 건넜던 횡단보도 앞에 섰지만 막연히 익숙한 느낌뿐이었다. 아파트에 들어서도 마찬가지였다.

김순경이 입회한 덕분에 다행히 곧장 감시카메라를 확인할 수 있었다. 횡단보도를 건넌 그는 한시 칠분, 아파트 진입차량 감시카메라에 나타났다. 그 뒤로 한동안 보이지 않았다. 감시카메라는 각동의 출입문마다 설치되어 있었고, 그는 아마 차도 건너편으로 걸은 모양이었다. 시간이 꽤 걸리는 작업이었는데도 관리사무소 담당자는 짜증내지 않고 시간대에 맞춰 각동의 출입구 감시카메라를 일일이 다 확인했다. 기억을 잃었다는 구구절절한 설명을 하긴 했지만 그가 다 미안할 지경이었다. 그는 흘깃 담당자의 카키색 유니폼 상의에 적힌 이름표를 확인했다. 감시카메라 덕분에 정말 집을 찾게 된다면 마음의 선물이라도 해야 할 것 같았다. 누군가 LED등을 켰다. 셋 다 화면에 집중하느라 어둠이 내리는 것도 느끼지 못했다. 몇 시간 동안 화면에 집중한 탓에 눈이 시렸다. 계속 깜빡이지 않으면 눈을 뜨고 있기가 힘들 정도였다. 인공눈물이 필요했다. 그러나 주머니에 휴대폰과 지갑 외에는 아무것도 들어 있지 않았다. 그는 눈 밑을 있는 힘껏 눌렀다. 찍, 쥐어짜기라도 한 듯 눈물이 솟았다.

"여기 있다! 211동이네!"

눈물로 앞이 번져 보이는 와중에도 그의 모습이 명확히 보였다. 화면 속의 그는 뒷걸음쳐 엘리베이터 안으로 들어갔다. 엘리베이터는 7층에서 멈췄다. 거기까지 확인한 그는 벌떡 자리에서 일어났다. 담당자가 수화기를 들며 그의 허리춤을 잡았다.

"기다려요. 발품 팔 게 뭐 있어요? 인터폰으로 알아보면 되지."

먼저 인터폰을 누른 701호는 응답이 없었다. 702호는 세번 신호음이 울린 뒤 젊은 남자가 인터폰을 받았다.

"관리실입니다. 같이 사는 동거인이 있는지 물어도 되겠습니까? 기억을 잃으신 분이 있는데 혹 그댁에 사는 분이 아닌가 싶어서요."

"누나랑 둘이 삽니다. 여기 아니에요."

젊은 남자는 냉정하게 인터폰을 끊었다. 701호의 부재한 주인이 바로 그였다. 그는 순면 팔십수 거위털 침구의 감촉을 떠올리며 걸음을 옮겼다. 이번에는 김순경이 그의 발길을 막았다.

"701호가 자가인지 전세인지 좀 알 수 있을까요? 그래야 이분 신원을 확인할 수 있어서요."

담당자가 컴퓨터에 새 파일을 띄웠다.

"자가네요. 근데 소유주가 이분은 아닌데요. 연세가 있으세요. 여자구요. 53년생 송경자씨가 소유주네요."

김순경이 의미심장한 눈빛으로 그를 바라보았다. 말 없이도 시선의 의미를 이해할 수 있었다. 핸드폰 개통자와 비슷한 연배에 성도 같으니 뭔가 연관성이 있을 거라 생각한 모양이었다. 그 또한 같은 생각이었다. 그러나 그는 더이상 아무것도 궁금하지 않았다. 자기 집이라는 701호에서 쉬고 싶을 따름이었다. 자신이 누구든 상관없었다.

"일단 오늘은 쉬면 안 될까요? 너무 긴 하루여서… 나머지는 내일. 찾아뵐게요."

김순경이 이해한다는 듯 고개를 끄덕였다. 그는 정중한 인사를 남기고 돌아섰다.

"701호! 기다려요."

집을 찾은 그에게는 최소한 701호라는 호칭이 생겼다.

그 호칭을 찾아준 사람이 그를 불렀다. 별수 없이 그는 멈춰 섰다. 주지도 받지도 않는 게 최선이지만 받은 이상 갚아야 했다. 오늘 오전까지의 그도 그러했을 터였다.

"비밀번호는 기억납니까?"

넘어도 넘어도 새로운 관문이 앞을 막아서는 꼴이었다.

"기다려요. 같이 갑시다."

감시카메라 담당자가 앞장서자 다른 직원 하나가 뒤따랐다. 자기 집으로 가는 길인데 그는 남의 뒤를 따를 수밖에 없었다. 길은 익숙했지만 211동 가는 길은 기억나지 않았다. 출입문으로 들어섰다. 감시카메라가 두 남자의 뒤를 따르는 그의 모습을 찍고 있을 터였다. 감시카메라 사각지대는 이십여 미터, 그는 자신이 감시카메라를 의식하고 있음을 깨달았다. 엘리베이터 안에서 그는 7층 버튼을 누른 뒤 맨 앞에 섰다. 그리고 고개를 숙였다. 감시카메라가 없었다면 집을 찾을 수 없었겠지만 집을 찾은 지금까지 감시카메라에 노출되고 싶지는 않았다.

직원들은 도어록의 비밀번호를 쉽게 해제했고, 덕분에 그는 쉽게 자신의 집이라는 곳에 마침내 입성할 수 있었다. 그들의 친절이 그는 진심으로 고마웠다. 동시에 내일부터가 염려스러웠다. 그들은 그의 삶에 개입했고, 최선의 친절을 베풀었다. 그래서 아는 사이가 되었다. 적당히 아는 사이에서 지켜야 할 예의들이 당장 내일부터 그의 자유를 구속할 터였다. 그는 예전의 자신이 진정성이라는 말에 알레르기가 있었을 거라 추측했다. 어떤 종류든 진정성은 사람을 구속한다. 가구나 커피는 사람을 구속하지 않는다. 고로 가구나 커피가 더 좋다. 이게 기억을 잃기 전부터 기억을 잃은 지금까지 연속되는 그의 동일성일 거라고 그는 확신했다.

그는 그들의 친절에 응하는 최선의 인사를 하고 자신의 집이라는 곳에 발을 디뎠다. 흔한 센서등이 가장 먼저 그를 맞을 거라는 예측은 기분 좋게 빗나갔다. 현관 천장을 보기도 전에 그는 로스 러브그로브가 디자인한 코스믹 리프 세레이즈의 LED등이라는 것을 알아차렸다.

애플의 맥과 소니의 워크맨 디자이너로 유명한 러브그로브는 주로 자연에서 영감을 받아 캡틴 오가닉이라는 별명으로 널리 알려졌다. 리프 세레이지 등은 빛이 잎사귀 모양을 타고 흘러나와 자연스러운 음영을 만든다. 디자인은 그의 취향에 비해 다소 과했지만 빛의 흐름과 음영은 캡틴 오가닉이라는 별명에 걸맞게 자연의 빛 그 자체인 듯 자연스러웠다.

거실등을 켜지 않아도 거실의 전경이 부드러운 어둠 속에 제 모습을 드러냈다. 침실과 맞닿은 거실 벽면에 놓인 것은 페브릭 소파 중 명품으로 유명한 이인용 그레이 토고 소파였다. 지금의 그가 알지 못하는 오늘 낮까지의 그의 취향은 역시 그와 똑같았다. 최소한의 것만을 남겨 둔 미니멀리즘. 그의 것이었다는 이 공간은 채워진 곳보다 빈 곳이 더 많았다. 빈 곳이 있어 비로소 사물들이 제 존재감을 드러낸다는 생각을 하며 그는 쓰러지듯 토고 소파에 몸을 던졌다. 소파가 조심스럽게 그의 몸을 받아들였다. 더 바랄 게 없이 편안했다. 이 순간 그가 가장 잊고 싶은 것은 자신이 기억을 잃었다는 사실이었다. 그 외에는 아무런 문제가 없었다. 사실은 그게 왜 문제인지가 더 큰 문제인 것 같기도 했다.

소파에 누운 채 그는 맞은편의 주방을 바라보았다. 필립 스탁이 디자인한 찰스 고스트의 크리스털 모델 스몰사이즈 스툴이 희미한 그림자인 듯 모습을 드러냈다. 세계 최초의 투명의자 라 마리를 디자인한 필립 스탁은 부자를 위해 이억 달러짜리 요트를 디자인하지만 가난한 사람도 살 수 있는 이 달러짜리 우유병도 디자인한다는 명언을 남겼다. 취향이란 그런 것이다. 취향은 돈이 결정하지 않는다. 사람의 품격이 취향을 결정한다. 아니, 전제와 결론이 바뀌는 편이 더 진실에 가깝다. 취향이 사람의 품격을 결정한다. 취향이 곧 사람의 본질인 것이다. 기억은 사라

져도 취향은 사라지지 않는다. 그는 그렇게 믿었다. 그게
그였다. 토고 소파가 잠을 불렀다. 그는 자신이 누구인지
도 모르는 채 편안한 잠 속으로 빠져들었다. 혼란스럽고
고단한 하루였다. 그는 여전히 자신이 누구인지 알지 못
했다. 자신이 누구인지 몰라도 상관없었다. 이 집의 공간
을 채운 것들이 곧 그였다.

우리는
어디까지 알까

역시 전화를 받지 말았어야 했다. 세상에는 세번이나 전화를 받지 않는 건 받기 싫다는 의미라는 걸 생각조차 못하는 사람도 있다. 사촌동생 기택이가 딱 그런 인간이다. 지난겨울 시골로 내려온 뒤 걸핏하면 전화를 해대기에 한동안 아예 전화를 받지 않았다. 친남매처럼 자랐다고는 하지만 스무살 이후 택이와 나는 각자 살기 바빴다. 명절날 얼굴 보고 입 발린 안부나 주고받는 게 전부였다. 삼십년 넘는 세월을 훌쩍 건너 뛰어 늘 얼굴 보고 살던 옛날처럼 친한 척 구는 게 어색해서 전화를 받지 않은 것인데 설에 만난 택이는 뭐 흔다고 노상 바쁘대?라고 아무렇지 않게 물었다. 진짜 바빠서 전화를 못 받은 것이라 저 혼자 짐작하고 찰떡같이 믿은 것이다. 그걸 알면서도 네번째 전화가 울렸을 때 얼마 전 무릎 수술을 받은 큰어머니에게 무슨 일이 생겼을지도 모른다는 생각이 들었다.

해서 전화를 받은 것인데 언제나 그렇듯 염려는 보기 좋게 빗나갔다.

뭐 흔다고 전화를 인자사 받는가!

뭐 하느라 전화를 안 받은 게 아니다, 일부러 안 받은 거다,라고는 차마 말하지 못했다. 그렇게 말해봤자 택이는 아따, 누나, 나 술 묵는다고 미워 글제? 너무 글지 마소, 술이 밉제 사램이 밉당가, 하고는 넉살 좋게 웃어넘길 게 뻔했다. 악의 혹은 비틀림 같은, 사람의 복잡한 심사라고는 눈곱만큼도 모르는, 좋게 말하면 천진난만, 나쁘게 말하면 바보천치 같은 택이를 보는 게 어려서부터 나는 늘 답답하다 못해 불편했다.

집에 있제, 시방?

응,이라고 대답하기 무섭게 전화가 뚝 끊겼다. 채점하던 기말고사 답안지를 밀쳐놓고 자리에서 일어났다. 택이는 말과 동시에 움직이는 놈이다. 곧 들이닥칠 터였다. 창문 너머 시멘트 바른 마당에 뙤약볕이 폭탄처럼 쏟아지고 있었다. 불벼락 속으로 뛰어들 엄두가 나지 않았다. 다행히 냉장고 안에 청양고추가 열댓개 남짓 남아 있었다. 고추전을 부치기에는 좀 모자라지만 매콤한 호박전을 부쳐낼 만큼은 됐다. 매워서 눈물이 쏙 빠지는 고추전은 우리 집안의 트레이드마크 같은 거였다. 집안에 새 사람이 들어오거나 아이가 자라 전을 먹을 나이쯤 되면 집안 어른들은 아무 경고도 없이 매운 고추전을 내놨다. 그걸 맛있게 먹으면,

워매, 정씨 씨알이 맞그마이. 씨는 못 속인당게.

터무니없는 이유로 함박웃음을 지었다. 고추전을 부치는 건 여간 까다롭지 않다. 고추를 반으로 잘라 일일이 씨를 뺀 뒤, 쪽파 다지듯 다져서 아무 양념 없이 밀가루에 조선간장으로만 간을 하는데, 온 식구가 먹을 만큼 준비하려면 온종일 고추를 다져야 했다. 정씨 씨알이 아닌 어머니는 명절 때마다 눈이 벌겋게 짓물렀다. 눈물 콧물은 덤이었다. 기택이는 젖을 떼기도 전에 상 위의 고추전에 덥석 손을 댔고, 이도 다 안 난 주제에 이 빠진 늙은이처럼 오물오물, 고추전을 잘도 먹었다.

기택이가 어른들 밥상에 일찌감치 맛을 들인 덕분에 나는 큰어머니 젖을 먹을 수 있었다. 어머니 젖이 시원치 않아 늘 굶주렸던 나는 젖탐이 있었다. 큰어머니가 툇마루에 앉아 함지박 같은 젖통을 드러낸 채 기택이에게 젖을 먹이는 장면이 내 인생 최초의 기억이다. 젖 외에 먹을 것도 없던 시절, 젖조차 제대로 못 먹어 비쩍 말랐던 내가 안타까워 큰어머니가 물었다.

묵고 잪냐?

입맛을 다시고 있던 나는 큰어머니가 다른 쪽 젖을 옷 밖으로 꺼내자마자 강아지처럼 찰싹 달라붙었다. 젖꼭지를 빨아당기자 젖이 순식간에 입 가득 뿜어져 나왔다. 목이 막혀 죽을 것 같아 얼른 젖을 삼켰다. 젖은 식도를 타고 콸콸 흘러들어갔다. 나는 배가 빵빵해진 뒤에야 피를 양껏 빨아먹은 거머리처럼 퉁, 젖으로부터 튕겨져 나왔다. 배 속 깊은 곳에서 쉰 듯한 젖내가 쉼 없이 흘러나왔다. 그날부터 나는 기택이와 젖동무가 되었다. 그러니까 택이와 나는, 매운 고추전 좋아하는 정씨 피가 섞인 데다 젖까지 나눠 먹은 남매인 셈이다.

어른들 밥상에 맛을 들인 기택이가 젖을 본체만체한 뒤로도 나는 일곱살 때까지 큰어머니 젖을 먹고 자랐다. 큰어머니는 툇마루에 앉은 채 내가 먹지 않은 다른 쪽 젖을 쭉 짜곤 했다. 그러면 젖이 남자들 오줌줄기처럼 뿜어져 나왔다. 포물선을 그으며 마당을 적시는 젖을 나는 경이롭게 바라보았다. 모든 게 부족하던 시절, 유일하게 풍요로운 기억이다. 기택이의 탄생이 아니었다면 불가능했을 풍요였다.

짝은어매!

기택이는 노크도 하지 않은 채 벌컥 문을 열었다.

와따, 꼬치전 부쳤대?

아마 매운내가 훅 뿜어졌을 것이다. 귀 어두운 어머니
가 용케 기택이 목소리를 알아듣고 안방 문을 열고 나왔
다. 어머니는 찬바람이라면 질색이었다. 오월부터 삼십도
를 넘은 올해도 거실에 틀어둔 에어컨 바람을 피해 안방
에만 틀어박혀 있었다.

아이고, 우리 택이 왔냐? 아가, 바쁠 텐디 워찌 왔냐? 짝
은어매 볼라고 왔냐?

웬일로 어머니는 기택이만 보면 말수가 늘었다. 함께
사는 나와는 하루 댓마디나 할까 말까, 젊을 적에는 꿀 먹
은 벙어리 소리 듣던 어머니였다.

짝은어매 술 한잔 얻어 묵을라고 왔제. 소주 한잔 주
씨요.

십년 전 기택이는 위암 수술을 받았다. 2기라고는 했지
만 젊은 나이인 데다 가족력이 있어 다른 사람들보다 더
관리가 중요했다. 큰아버지는 쉰 중반에 암 판정을 받았
다. 위암 말기였다. 병원에서는 방법이 없다며 손을 놓았
고, 큰아버지는 마지막 재산이었던 논 열두마지기를 저승
길 닦는 데 털어넣었다. 천종삼이고 자라 피고, 들인 돈이
무색하게 큰아버지는 석달을 못 넘기고 세상을 떴다. 일
찍 간 큰아버지가 제일 좋아하던 게 소주였다. 큰아버지
는 아홉살 때 우리 할아버지, 그러니까 당신 아버지와 동

네 장정 스무명이 국군 총에 맞아 죽는 걸, 코앞에서 지켜 봤다. 아홉살 아이는 오줌을 지리며 혼절했다.

큰아버지는 할아버지 죽음을 목격한 이후 자주 악몽에 시달리고 경기를 일으켰다. 어른이 되어서도 경기는 사라 지지 않았다. 경기를 가라앉히려고, 혹은 아무 데서나 경 기를 일으키는 게 부끄러워 마시기 시작한 술이 끝내 큰아 버지를 죽음으로 인도했다. 기택이가 툇마루를 뽈뽈 기 어다니던 시절, 내가 큰어머니 젖을 먹던 시절, 그 툇마루 끝에는 항상 큰아버지가 있었다. 큰아버지는 우리를 보지 않았다. 허공의 어디쯤을 멍하게 바라보면서 됫병 소주를 종일 천천히 들이켰다. 언젠가 궁금해서 물은 적이 있다.

큰아배, 머슬 보요?

여전히 허공을 응시한 채 큰아버지가 말했다.

보긴 머슬 봐. 사방이 시커먼 허방인디.

그때 큰집 마당에는 새빨간 고추가 가득 널려 있었고, 그 위로 뽀송뽀송한 가을볕이 그늘 한점 없이 골고루 내 려앉고 있었다. 눈이 부시게 환한데 대체 어디가 시커멓 다는 것인지, 나는 큰아버지를 빤히 쳐다보았다. 큰아버 지는 개의치 않고 언제나처럼 멍하게 허공만 바라보고 있 었다. 오래 쳐다봤더니 큰아버지 동공이 점점 커졌다. 시 커먼 허방은 거기 있었다. 시커먼 허방 같은 큰아버지 동공 속에서 할아버지가 막 총을 맞고 쓰러지는 중이었다. 눈도 깜박이지 않고 오래 쳐다본 탓에 생긴 환시였을 테지만, 조금만 햇빛 속에 앉아 있어도 이마에 끈끈하게 땀이 차오르는 초가을, 나는 뒷골이 서늘했다.

기택이의 기억 속, 큰아버지는 늘 술과 함께일 터였다. 세상에 나오면서부터 술과 친했던 기택이는 일찌감치 술을 배웠고, 배운 것 없어 막일하는 터라 수술을 받은 뒤에도 술을 끊지 못했다. 성질 좋은 제 처와도 늘 술 때문에 싸우는 모양이었다. 군대 다녀온 뒤부터 대구서 터를 잡고 살던 기택은 올 초, 마누라와 자식 모두 대구에 두고 혼자 낙향했다. 그놈의 술 때문이었다. 낙향하기 얼마 전, 기택이 처가 난생 처음 내게 전화를 했다.

고모, 고마 살려주이소. 피를 토했는데 병원도 안 가고, 밥도 안 묵고, 두달째 술만 처묵고 있어예. 저라다 먼 일 나지 싶습니더. 고모가 말 좀 해주이소. 그래도 고모 말은 듣는다 아입니꺼?

위암 수술을 한 뒤로 기택이는 병원에 단 한번도 가지 않았다. 일상으로 복귀해 막일을 하고 일이 끝나면 동료들과 밤늦도록 술을 마셨다. 정기검진을 받으라고, 술 좀 줄이라고, 옆 사람들이 아무리 설득해도 쇠귀에 경 읽기였다. 그러더니 급기야 탈이 난 것이었다. 나 또한 볼 때마다 병원에 가라고 말했다. 말 많은 놈이 그때마다 꿀 먹은 벙어리였다. 관리만 하면 평생 재발하지 않을 수도 있는 위암 2기였는데, 병원이라면 왜 질색팔색하는 것인지 도무지 이해가 되지 않았다. 전화해봤자 소용없을 줄 알면서도 기택이 처의 간절한 부탁 때문에 곧장 전화를 했다.

병원을 왜 안 가? 요즘은 위암 말기도 어지간하면 다 완치돼. 제발 병원 좀 가. 왜 혼자 병을 키우니!

누나는 늙어도 똑같네이. 그놈의 잔소리! 귀에 딱지 앉겠네. 글 안해도 구례로 갈랑게 보고 말허세. 구례 가서 살라네.

대꾸할 새도 없이 뚝 전화를 끊은 기택이는 일주일도 채 지나지 않아 큰집으로 돌아왔다. 평생 술 마시는 남편을 보고 산 큰어머니는 어지간한 일에는 눈 하나 꿈쩍 않는 여장부였다. 그런 큰어머니가 돌아온 기택이를 보고 대성통곡했다. 살이 어찌나 빠졌는지 꼭 허수아비 같았던 것이다.

암만해도 쟈가 갈란갑다. 쟈 앱씨 갈 직에 똑 저랬잖애. 니도 봤제? 쟈가 시방 똑 지 앱씨 갈 때맹키여.

그날 평생 울 것을 다 울었는지 큰어머니는 그 뒤로 툭하면 나에게 전화를 걸어 심상하게 소식을 전했다.

틀렜어. 틀렜구마. 밤낮 술을 마시는디 워치크롬 낫겄

어? 똑 지 앱씨랑게.

나는 마지막 수단으로 알코올중독 치료소를 권했다. 강제입원을 시켜서라도 술을 끊게 하고 몸 상태를 확인해야 할 것 같았다. 그러나 큰어머니마저 고개를 저었다.

며눌애기가 폴세 글자고 했는갑는디, 그날로 짐 싸갖고 나헌티 와분 것이여. 여그 아니먼 갈 디도 없는디 워쩌겄어. 지 맘대로 살다 가야제. 지 하고자픈 대로 납둬불란다.

나도 그 뒤로는 손을 놓았다. 살고자 해도 살기 어려운 세상, 저 스스로 손을 놓았는데 남이 뭘 더 어쩌겠는가. 목덜미를 잡아서라도 삶의 영역으로 다시 끌어오고 싶은 생각은 굴뚝 같았지만 목덜미가 잡히지 않는 데는 더이상 도리가 없었다.

오랜만에 집에 온 기택이는 자리에 앉기도 전에 술부터 찾았다. 아무리 손을 놓았다고 술 때문에 죽게 된 놈에게 술을 줄 수는 없었다.

술 먹는 사람도 없는데 우리집에 무슨 술이 있어? 이거나 먹어.

기택이 앞에 청양고추가 반 넘게 들어간 호박전을 내놓았다.

아따, 누나는. 워치케 꼬치전만 묵는대! 글지 말고 내놓소. 쏘주 쪼깨 묵는다고 나 안 죽네.

없다니까!

참으려 했는데 목소리에 짜증이 묻어났다. 늙어 귀 어
두운 어머니가 짜증을 읽고 가만히 내 팔꿈치를 잡았다.
정작 기택이만 아무렇지 않았다. 벌떡 일어난 기택이가
문을 열고 나가더니 검정 비닐봉지 두개를 들고 돌아왔
다. 제 집인 듯 맘대로 냉장고 문을 열고 봉지 하나를 집
어넣은 기택이가 다시 어머니 옆자리에 털썩 주저앉았다.
지난번과 달리 배가 벙벙했다. 사지의 살이 다 배로 몰린
것 같았다. 위암 말기 진단을 받을 무렵 큰아버지 몸이 꼭
저랬다. 복수가 차오르고 있는 것일 터였다. 요즘 세상에
저 지경이 되도록 방치하다니, 아무리 머리가 나쁘다고
해도 제 몸 망가지는지도 모를 리는 없을 터, 도무지 이해
가 되지 않았다.

나가 누나를 모리겄어? 이럴 중 알고 준비해왔제.

기택이는 잔도 없이 소주를 병째 들이마셨다. 살이 없
어 유독 도드라져 보이는 목울대가 울컥울컥 위아래로 움
직였다.

와따, 살겄네.

소주가 생명수라도 되는 양 거무튀튀한 얼굴에 화색이
돌았다. 기택이는 호박전을 길게 잘라 볼이 불룩해지도록
입 가득 욱여넣었다. 위 상태야 어떻든 먹는 모습은 어릴

때처럼 보기 좋았다. 예전에 어머니는 기택이 밥 먹는 것을 보면 도망간 식욕도 돌아온다고 했었다.

고거이 고로코롬 맛나냐?

하모, 시상서 젤 맛나제. 짝은어매도 한잔해볼랑가?

그르까? 우리 택이 덕에 짝은어매도 쏘주 한잔해보까?

어머니는 술이라고는 평생 입에 댄 적이 없는 사람이었다. 할 일 없는 겨울, 동네 여자들이 밤늦도록 화투를 치면서 막걸리잔을 기울일 때도 어머니는 실없이 동치밋국물이나 들이켜곤 했다. 어머니가 자청해서 술을 마시겠다고 한 것은 머리털 나고 처음이었다.

술잔 하나 도라. 우리 택이 술잔도 가져오니라.

말려도 모자랄 판에 함께 술판을 벌이겠다니 대체 무슨 속셈인지 알 수 없었다. 지난번에도 어머니는 그랬다. 두어달 전, 기택이가 집에 와 소주를 찾았다. 냉장고에 접대용 소주가 몇병 있었지만 나는 야멸차게 쫓아냈다. 기택이 얼굴만 봐도 짜증이 치밀었다. 어머니는 그냥 술 한병 주지 그랬냐고 나를 타박했다.

그거 한뺑 더 묵는다고 살 놈이 죽겄냐, 죽을 놈이 살겄냐?

너그러워 그런 건지 독해 그런 건지, 나는 어머니 마음이 헤아려지지 않았다.

나는 말없이 술잔 두개를 탁자에 내려놓았다.

워디, 우리 택이 술 함 받아보자.

기택이 어머니 술잔 가득 술을 따랐다.

택아, 짝은어매 술 함 받그라. 첨이제?

첨은 아닌디. 두번짼디. 짝은어매도 늙었는갑네. 기억
안 난대?

오래 묵은 기억이 툭 튀어올랐다. 대학교 삼학년, 추석
연휴 때였다. 추석 전날 밤, 자정이 넘은 시간에 누군가 마
당에서 떨리는 목소리로 나지막이 아버지를 불렀다.

짝은아배! 짝은 어매! 나요, 택이요!

식구들 모두 자다 깨 벌컥 문을 열었다. 덩치가 산만 한
기택이 마당에 선 채 부들부들 떨고 있었다. 맨발로 뛰쳐
나간 어머니가 기택이를 안방으로 잡아끌었다. 택이는 한
동안 아무 말도 않고 눈물만 뚝뚝 흘렸다. 아버지가 담배
를 연거푸 세개비쯤 태웠을 때 비로소 기택이가 입을 열
었다.

짝은아배. 나 잠 도와주씨요.

먼 일인동 말을 해야 도와주든 말든 할 것 아니냐?

나가 사램을 찔렀어라. 아매 죽든 안 했을 것인디…

나는 고등학교 시절, 기택이, 그리고 할머니와 한방에
서 삼년을 살았다. 기택이가 읍내 중학교에 입학하면서

할머니까지 내가 살던 자취방으로 들어온 것이다. 두학년이 한반인 고향 분교에서도 꼴찌를 도맡았던 기택이는 읍내 중학에 다니면서 더 기가 죽었다. 기택이는 태어날 때부터 머리 쓰는 데는 젬병이었다. 기택이는 툇마루 끝이 있다는 걸 철이 들어서도 인지하지 못했다. 냅다 달리다 하루에도 서너차례 툇마루에서 떨어져 댓돌에 머리를 박았다. 어머니는 그 때문에 머리가 더 나빠졌을 거라고 볼 때마다 혀를 찼다. 기택이는 중학교 입학하기 전, 겨울 내내 알파벳을 삼백번 넘게 쓰고도 끝내 다 외우지 못했다. 가르치던 나만 속에서 열불이 치솟았다. 하지만 농땡이를 피운 것도 아니고 시키는 대로 하는데도 외우지 못하니 나무랄 수도 없는 노릇이었다. Q까지 외운 것만 해도 기적이라고 자위하며 나는 손을 놓았다.

중2 겨울방학을 지나면서 기택이는 키가 이십 센티나 자랐다. 살집도 좋았다. 원래 먹성 좋고 힘 좋던 아이였다. 또래 중에 제일 크고 힘이 셌다. 그런 기택이에게 동네 깡패들이 눈독을 들였다. 깡패들이 힘세다고 우쭈쭈 해줬더니 기택이는 뒤도 돌아보지 않고 그 길로 달려들었다. 하기는 난생 처음 들어보는 칭찬이었을 것이다. 집안일도나 몰라라, 평생 술만 마신 주제에 큰아버지는 기택이를 늘 못마땅해했다. 밥 많이 먹는 것도 타박이었다. 큰아버

258

지에게 기택이는 밥만 축내는 식충이었다. 학교에서 아이를 때려도 도둑질을 해도 큰아버지는 이미 버린 자식이라며 걸음 한번 하지 않았다. 아버지가 내내 학교에 찾아다녔다. 결국 고등학교 졸업을 앞두고 어른들 조직에서 기택이에게 사람 치우는 일을 시킨 모양이었다. 칼빵을 내라고 해서 담을 넘었고, 겁없이 배에 칼을 찔렀는데 칼끝이 뱃살을 파고든 순간 할머니가 떠올랐다고 했다.

근디, 할매가 웃고 있드랑게요. 넘의 배에다 칼을 박았는디도 할매가 밥 줄 때맹키 내 새끼,함시로 웃고 있드랑게요.

키는 일 미터 구십 가까운 놈이 눈물콧물 범벅을 하고 꺼이꺼이 울면서 그렇게 말했다. 할머니는 기택이의 피난처였다. 기택이는 애기 때부터 한밤중에도 배가 고파 잠에서 깨곤 했다. 불을 켰다가는 큰아버지한테 식충이 새끼 소리나 들을 게 뻔해서 할머니는 컴컴한 어둠을 손으로 더듬어 밥상을 차렸다. 기택이는 깜깜한 어둠 속에서 할머니가 차려온 밥을 먹으며 자랐다. 나와 자취할 때도 그랬다. 기택이는 시도 때도 없이 밥을 찾았고, 할머니는 언제가 됐든 기택이가 밥 달란 소리만 하면 벌떡 일어나 밥을 차렸다. 귀 어두운 할머니가 밥 달라는 소리만은 기가 막히게 알아들었다.

할머니가 다 받아주니까 애가 뒤룩뒤룩 살만 찌잖아!

언젠가 내가 짜증을 냈더니 할머니가 그랬다.

야가 살이 워됐냐? 뼈가 볼금볼금 하그만은. 아가, 더 묵어라.

기택이가 언제 밥을 찾을지 몰라 할머니는 늘 밥을 많이 했고, 남은 밥은 당연히 나와 당신 차지였다. 멍청하든 말든, 남을 패든 말든, 기택이는 할머니에게 제일 귀한 종손이었다. 그 할머니가 악의 세계로 발을 디디려는 종손을 막아 세운 것이다.

짝은아배, 나 잠 도와주씨요. 오거리파가 나를 가만 안 놔둘 것인디, 워디 숨을 디 없었어라?

다시는 깡패들과 엮이지 않겠다는 다짐을 받고 아버지는 다음 날 기택이를 아버지 친구가 있는 강화도로 보냈다. 그날 밤, 어머니는 오래 전 담가둔 매실주를 꺼냈다. 술독에 빠져 사는 형에게 데인 아버지는 평소 술을 입에 대지 않았다. 우리 식구가 같이 술을 마신 건 그날이 처음이자 마지막이었다. 그날, 어머니는 기택이에게 매실주를 따라주며 말했다.

아가, 택아. 니는 천성이 착해빠져서 넘헌티 해꼬지하고는 니멩에 못 살 것이다. 에레서도 넘헌테 맞으면 맞았제 때리들 못했어야. 니보다 두살이나 에린 학성이헌티도

노상 뚜디레맞았잖애. 긍게 짝은어매 술 한잔 받고 이 매화맹키 순허게 살어라이. 매화는 이뻬제, 춘 때 페서 젤 먼첨 봄을 알리제, 열매는 몸에 좋제, 시상에 매화맹키만 살면 월매나 좋겄나이.

어머니가 따라준 매실주 덕인지, 결정적 순간에 환시로 나타난 할머니 덕인지, 기택이는 그날 이후 마음을 잡았다. 강화도에서 일년 남짓 꽃 하우스 일을 돕다가 군대에 갔고, 제대하자마자 가진 건 없어도 마음 착한 처를 만나 결혼을 했다. 막일이라도 나름 기술이 있어 돈도 궁하지는 않았다. 다만 하나, 술이 문제였다.

술잔을 입에 댄 어머니가 오만상을 찌푸리며 진저리를 쳤다.

아이고, 오살나게도 쓰다. 이거이 멋이 맛나다고 죽고 못 사까이.

술이 술술 들어가면 잊고자픈 것이 술술 날아가붕게라. 술은 고 맛이지라.

우리 택이는 멋이 그리 잊고자프까? 그만하면 잘 살았는디. 새끼들 잘 키웠제, 마누라 잘 건사했제, 그 이상 멋이 있다냐? 니 몸만 성하면 돼야.

겨우 소주 한모금을 넘긴 어머니는 술기운을 못 이기고 끄덕끄덕 졸기 시작했다. 기택이는 제가 가져온 소주

두병을 순식간에 비웠다. 빈 술잔을 가만히 바라보는 기택의 눈빛이 섬뜩했다. 시커먼 허방뿐이라던 큰아버지 눈빛 그대로였던 것이다.

술병에 시선을 둔 채로 기택이 물었다.

참말로 술 없제이?

기택이 말은 늙은 고막에 가 닿는 재주라도 있는 걸까. 자울자울 졸고 있던 어머니가 눈을 뜨고는 힘겹게 몸을 일으켰다.

우리 택이, 짝은어매가 선물 하나 줘야 쓰겄다.

안방에 들어갔다 나온 어머니 손에 소주 한병이 들려 있었다. 언젠가 찾아올 기택이를 위해 나 몰래 술병을 숨겨둔 모양이었다. 어쩌면 그게 어머니의 위로하는 방식인지도 몰랐다. 어머니는 위암 말기의 큰아버지가 술을 찾아 온 동네를 헤매고 다닐 때도 순순히 술상을 차려준 유일한 사람이었다.

내 맘 알아주는 건 짝은어매배끼 읎당게.

그새 호박전은 동이 나 있었다. 안주라도 먹으니 다행이라고 해야 할지. 무슨 안주를 내놓아야 하나 고민하는 사이, 기택이가 벌떡 몸을 일으켰다.

누나는 가만 있소. 짝은어매 젤로 좋아허는 매운탕을 얼릉 대령할랑게.

괴기가 워딨다고 무신 매운탕을 끓에야?

짝은어매 줄라고 나가 잡아왔제.

어머니가 매운탕 좋아한다는 것은 금시초문이었다. 내가 아는 어머니는 비린 것을 별로 좋아하지 않았다. 위가 좋지 않아 매운 것도 금물이었다. 그래서 어머니 모시고 산 뒤로 매운탕을 끓여본 적이 없었다.

매운탕 좋아해? 엄마 매운탕 먹는 거 한번도 못 봤는데?

글제이. 본래는 안 좋아했어야. 근디 그거이 원젤랑가, 나가 속뱅이 도져가꼬 암것도 못 묵고 있는디 택이 쟈가 매운탕을 끓에왔드라. 쌀뜸물도 못 넹겠는디 매운탕은 넘어가야? 그거 묵고 나가 살았당게. 택아, 그거이 원제끄나?

냉장고를 뒤지던 기택이 끼어들었다.

아따, 짝은어매는. 누나가 안기부헌티 쫓게 댕길 때 아니오. 누나는 못 봤제? 그때게 짝은어매, 대꼬챙이맨치 쪼그라들어가꼬 시상 떠날 중 알았당게.

이십대의 나는 고향에는 아무 관심도 없었다. 명절도 건너뛰기 일쑤였다. 어머니가 어떻게 늙어가는지 알지 못했고, 수배당한 딸 걱정에 어떤 시간을 보내고 있는지도 관심 밖이었다. 내가 없는 고향에서 어머니와 기택이는 서로 기대어 그런 시절을 보낸 모양이었다.

기택이는 남의 부엌이 제 부엌인 양 냉장고며 싱크대

며 맘대로 열어젖히며 매운탕을 끓이느라 바빴다. 평생 노동만 하며 살아 그런지 기택이의 동작은 단순하고 산뜻했다. 각이 잡혀 있다고 할까. 남의 집이라 익숙하지 않을 텐데도 동작에 군더더기 하나 없었다. 어려서부터 기택이는 머리보다 몸 쓰는 걸 좋아했다. 정확하게 말하자면 머리를 쓸 줄 몰랐다. 국민교육헌장도 초등학교 일학년 마치도록 외우지 못했다. 기택이는 방과 후에도 혼자 남아 한시간씩 국민교육헌장을 외웠다. 나는 독서하는 소녀상 아래서 책을 읽으며 기택이를 기다렸다. 때때로 딱, 딱, 선생이 삼십 센티 자로 머리를 내리치는 소리가 들렸다. 매운 고추전 좋아하는 우리 씨알이 저렇게 무식하다는 사실이, 저렇게 남에게 무시받는다는 사실이 수치스러워 나는 얼굴이 벌겋게 달아올랐다. 내 속도 모른 채 한시간이 지나면 기택이는 누나, 누런 코를 훌쩍이며 말갛게 웃는 얼굴로 나를 향해 달려왔다. 밤톨처럼 깎은 머리통에 어린애 주먹만 한 혹이 불쑥 솟아 있기 일쑤였다. 나에게 와락 안겨드는 기택이를 나는 매몰차게 밀어냈다. 코가 묻을까봐 싫었고, 저런 멍청이의 누나이고 싶지도 않았다. 나는 그런 아이였다. 그렇게 밀어내도 기택이는 화를 내지 않았다. 상처받지도 않았다. 무슨 일이 있었냐는 듯 금세 또 달려들었다.

우리는 민족중흥의 역사적 사명을 띠고…

집에까지 걸어가는 사십분 동안 나는 내내 국민교육헌장을 외웠다. 기택이가 조금이라도 빨리 외웠으면 싶어서였다. 그러나 기택이는 이내 다른 것에 정신이 팔렸다.

누나, 봤능가?

멋을?

참게가 뻐끔, 숨을 쉬었잖애!

내 눈 앞에는 국민교육헌장 문구만 아른거리는데 정작 외워야 할 기택이는 길 옆 개울만 바라보고 있었던 것이다. 기택이는 책가방을 길바닥에 집어던지고는 첨벙첨벙, 개울로 뛰어들었다.

글다가 손 물린다이!

대개는 내 말이 떨어지기 무섭게 기택이 비명소리가 들려왔다. 참게에 손가락을 물린 채로 기택이는 양 손을 머리 위로 마구 흔들었다. 그러다 참게가 손가락을 놓고 도망치기도 했다. 내가 아무리 다그쳐도 기택이는 물 만난 물고기처럼 물 밖으로 나오려 하지 않았다. 기택이는 책 대신 물고기며 참게, 고동 같은 것으로 책가방을 가득 채웠다. 기택이가 길바닥에 마구 던져놓은 책을 챙기는 건 내 몫이었다. 초등학교 일학년 때 벌써 나만큼 키가 컸던 기택이는 긴 다리로 경중경중 뛰어 우리집으로 달려갔다.

짝은어매! 짝은어매!

기택이는 책가방에 든 물고기를 대야에 쏟아부었다.

워매, 많이도 잡았다이? 우리 택이가 다 잡았냐?

누런 코를 훌쩍이며 기택이는 자랑스럽게 고개를 끄덕였다. 어머니는 고기를 반 이상 양재기에 담아 기택이에게 다시 주었다.

느그 집에 갖고가그라. 택이가 애써 잡았는디 느그 식구들도 멕에야제.

됐어라. 식충이가 묵을 거배끼 모린다고 욕이나 한바가지 묵을 것인디 멀라고요. 짝은어매 다 잡숫시요.

물에 젖은 기택이의 가방을 마른 걸레로 닦는 건 내 몫이었다. 멍청이가 젖은 가방 그대로 집에 가면 큰아버지가 다 눈치 챌 것은 생각지도 못했다. 빈손으로 보내기 민망한 어머니가 삶은 고구마나 감자, 감말랭이 같은 거라도 손에 쥐여주면 기택이는 신이 났다.

나가 배 딸끼라, 짝은어매?

우리 택이가 배도 딸 중 아냐?

하모요! 반내골서는 나가 쩰로 선순디요? 물괴기 잡는 것도 나가 일등이어라.

아이고, 우리 택이, 참말로 대단허다이.

언젠가 기택이는 어머니 칭찬에 입이 찢어졌다가 이내

시무룩해졌다.

아부지는 식충이 새깽이가 깨골창서 놀기만 혼다고 만날 뚜드레패는디… 짝은어매, 나 여그서 살면 안 되까라? 나는 짝은집서 살고자픈디… 짝은집이 젤로 좋은디…

둘의 대화를 듣고 있던 나는 그쯤에서 피식, 헛웃음을 터트렸다. 어머니는 내가 한 문제만 틀려도 회초리를 들었다. 어머니의 매질은 조금의 온기도 없이 매서웠다. 택이에게 너그러운 것은 순전히 택이가 남의 자식이라서였다.

택이 니가 우리집서 살잖애? 종아리가 남아나들 안 할 것이다.

내가 비아냥거려도 택이는 무슨 소리인지도 모른 채 밥 하는 어머니 뒤만 졸졸 따라다니며 뺀질뺀질 집에 갈 시간을 늦췄다. 우리집에서 밥을 먹고 가는 날도 숱했다. 더 미룰 수 없이 집에 가야 할 시간이 되면 택이는 눈에 띄게 풀이 죽었다. 어깨가 축 처진 채 대문을 나서는 기택이 뒷모습을 보고 어머니는 한숨을 내쉬었다.

아가 먼 죄여? 고로크롬 태어난 것을 워쩌라고…

기택이가 우리집에서 태어났다면 어머니도 큰아버지처럼 고로크롬 태어난 것을 어쩌지 못해 안달할 것이라고, 어쩌면 공부 욕심 많은 어머니는 큰아버지보다 더 때려잡을 것이라고 나는 확신했다. 그래서 나는 밥상에 오른 매운탕을 맛있게 먹으며 어머니의 한탄을 내심 비웃었다.

매운탕이 보글보글 끓기 시작했다. 잊고 있던, 그러나 익숙한 냄새였다. 기택이 덕분에 반내골 살던 시절, 사시사철 매운탕이 식탁에 올랐다. 기택이의 물고기가 부족한 단백질과 지방을 보충해준 덕분에 탈 없이 어린 시절을 보냈을지도 모른다.

기택이가 매운탕을 국그릇 세개에 나눠 탁자 위에 올렸다. 고추장과 고춧가루 듬뿍 넣어 방앗잎으로 마무리한 매운탕은 보기만 해도 군침이 돌았다. 우리집에도 방앗잎이 있는데 혹시나 싶어 챙겨 온 모양이었다. 머리도 나쁜 놈이 이럴 때는 제법 머리가 돌아갔다.

잡숴봐, 짝은어매. 누나도 한술 떠보소.

밥 때 아니면 입도 달싹 하지 않는 어머니가 웬일로 순가락을 들었다.

짝은어매가 매운 거 못 잡숭게 땡초는 뺐어라. 잡술 만헐 것이요.

어머니는 기택이의 매운탕을 한그릇 뚝딱 비웠다. 근래 이렇게 잘 먹기는 처음이었다. 어머니가 그럴 만하게 감칠맛이 났다. 기택이는 제가 끓인 매운탕을 안주 삼아 어머니가 숨겨놓았던 소주 한병을 천천히 비웠다. 소주가 바닥을 보이자 기택이는 숟가락을 놓았다. 매운탕이 반 넘게 남아 있었다. 세 병이나 비웠는데도 취기는 전혀 느껴지지 않았다. 멍하게 술잔을 바라보던 기택이가 갑자기 밖으로 뛰쳐나갔다. 또 소주를 가지러 가는 모양이었다. 어머니는 기택이가 사라진 현관문을 애처롭게 바라보았다.

택이, 틀린 성싶으다. 어쩌끄나, 불쌍해서.

다 지가 자초한 거야. 그러게 병원을 왜 안 가? 바보야? 저 지경이면 독하게 마음먹고 술도 딱 끊어야지. 술 하나를 맘대로 못해? 그게 사람이야?

아야, 야멸차게 글지 마라. 사는 거이 다 맘대로 된다디야? 니는 살아봉게 다 니 맘대로 되디야? 그랬으믄 니는 이혼을 왜 했냐? 촌구석으로는 왜 기어들어왔냐?

속상한 마음에 몇마디 했을 뿐인데 어머니가 훅 치고 들어왔다. 이혼했다는 소식을 전했을 때도, 모교에서 자리 잡는 데 끝내 실패하고 고향 인근 대학에 자리를 잡았다고 했을 때도, 잘했다, 한마디만 했던 어머니였다. 그래서 괜찮은 줄 알았는데 어머니의 속내는 그렇지 않았던 모양이다.

워쩔 수 없는 일도 있응게 택이 너무 다그치지 말어라. 애기가 맴이 너무 여려서 근다. 쟈는 먼 일만 생기면 나헌티 달레왔다. 펑펑 움시로 미주알고주알 다 털어놨어야.

뭔가 더 하고 싶은 말이 있는 듯했지만 어머니는 내 얼굴을 슬쩍 보고는 입을 닫았다. 늘 그랬다. 단호한 얼굴로 서울 유명 사립대학의 합격증을 내밀었을 때도 어머니는 내 얼굴을 슬쩍 보고는 아무 말도 하지 않았다. 나 또한 등록금 달라는 말을 하지 않았다. 입을 꾹 다물고 세상 끝난 얼굴로 내 방에 틀어박혀 주구장창 책만 들여다보았다. 납부 마감이 다가오고 속이 타들어갔지만 나는 꿈쩍도 하지 않았다. 마감 전날 밤, 어머니가 내 방문을 열었다. 그러고는 보자기에 싸인 돈뭉치를 툭 던졌다. 어머니나 나나 생전 처음 만져보는 큰돈이었다. 다음 날 새벽, 돈 보자기를 품에 안은 채 한시간을 걸어 읍내 나가는 첫차를 탔고, 다시 순천 가는 버스로 갈아탔다. 순천 시내 은행에서 납부를 하고 나서야 눈물이 핑 돌았다. 어머니는 그날 내가 흘린 눈물을 보지도 못했고 알지도 못했다. 우리는 지금껏 그런 방식으로 살아왔다. 제 몫의 고통은 알아서 해결하는 것이 우리의 방식이었다. 그런데 지금 어머니는 무슨 일만 생기면 달려와 미주알고주알 털어놓았다는 택이를 바로 그런 이유로 감싸고 있는 것이다.

택이 잠 찾아보그라. 암만 해도 이상허다.

몸을 일으키려던 어머니가 어지러운지 도로 주저앉으며 말했다. 하긴 차에 열번도 넘게 오갔을 시간이었다. 차는 마당에 그대로 서 있는데 아무리 찾아도 기택이가 보

이지 않았다. 어디선가 끅, 하는 소리가 들렸다. 기택이는
집 뒤안, 에어컨 실외기 곁에 털썩 주저앉아 있었다. 발치
에 토사물이 보였다. 고추장 푼 매운탕인지 뭔지 토사물
은 아예 붉은 핏빛이었다. 쉰줄에 접어든 기택이 정수리
가 훤하게 비어 있었다. 정수리부터 듬성해지는 것도 정
씨 집안내력이었다.

들어가자.

나는 손을 내밀었다. 어린 시절, 기택이는 제가 먼저 내
손을 잡았다. 코 묻었을 그 손 잡기가 싫어 나는 자꾸 걸
음을 빨리 했다. 처음으로 내가 내민 손을 잡고 일어서려
던 기택이가 힘에 부치는지 도로 주저앉았다.

쪼까 더 있다 갈라네. 먼첨 들어가소.

기택이는 쌀 한가마도 번쩍 드는 천하장사였다. 그랬던
녀석이 제 몸 하나 일으킬 힘도 없는 모양이었다. 기택이
곁에 엉덩이를 붙였다. 실외기의 열기가 훅, 온몸으로 달
려들었다.

누나는 똑똑헝게 나맹키는 안 살았겠제이?

위로를 해야 할지 화를 내야 할지 머릿속이 하앴다. 기
택이는 간혹 뜬금없는 말로 할 말 없게 만들곤 했다. 언제
였을까. 기택이 군대 다녀와 막일을 시작했을 무렵이었
다. 전국이 노동조합 건설 문제로 시끄러울 때이기도 했

다. 노조 얘기를 몇마디 꺼냈는데 정작 노동자인 택이는 아무 관심을 보이지 않았다. 관심은커녕 이해를 하지 못했다.

노가다가 멋이 워때서? 일힐 디도 많고 일당도 솔찮애. 오야랑 성님들이랑 막둥이라고 월매나 잘해주는디.

계급의식이라곤 눈곱만큼도 없는 게 답답해서 내가 뭐라고 한소리 한 모양이었다. 내 말이라면 자다가도 벌떡 일어나던 택이 웬일로 내 말을 싹둑 잘랐다.

알았네, 알았어. 나 밥벌이는 나가 알아서 헐랑게 짝은 어매헌티나 쫌 신경 쓰소. 통 잡숫들 못하등마.

내가 노동계급의 권리에 정신 팔린 사이 어머니는 담낭암을 앓고 있었다. 기택이 말이 아니었으면 어머니 살이 내린 것도 모르고 지나쳤을 것이다. 기택이 덕분에 병원에 갔고 어머니는 목숨을 건졌다. 똑똑한 나는 기택이처럼은 살지 않았을까? 기택이 어떻게 살았는지 알지 못하니 답할 수 없는 질문이었다. 머리 나쁜 기택이는 어떻게 살았을까? 배운 것 없어 막노동꾼이었던, 일찍 결혼해 장성한 아들을 둘이나 둔, 나이 마흔에 위암을 앓았던, 늘 소주를 마셨던 기택이는 어떤 인생을 살았을까? 생각해보니 내가 아는 것이라곤 그게 전부였다.

더운 날씨 탓인지 실외기가 쉼 없이 돌았다. 실외기 소음이 금방이라도 멈출 듯 숨 가빴다. 지방 대학에 자리 잡고 시골에 내려와 살았으니 십년도 더 된 낡은 에어컨이었다. 살 때 최신형이던 에어컨은 고작 십년 만에 전기세 폭탄이나 때리는 고물이 되었다. 마흔 중반에 간신히 지방 사립대 교수가 된 내 신세도 에어컨과 별 다르지 않았다. 달리기를 시작하자마자 원하지도 않은 결승점에 도달한 기분이랄까. 정년이 되기 전에 대학이 문을 닫을 가능성도 적지 않았다. 시골 여고 최초의 명문대 합격생의 말로였다.

기택이 뜨겁게 달아오른 실외기를 짚고 힘겹게 몸을 일으켰다. 그러고는 비척비척 차를 향해 걷기 시작했다. 비틀거리는 게 술 때문은 아닌 듯했다. 배가 불러 바지가 허리에 걸쳐져 있기는 했지만 그 아래로 엉덩이며 다리는 살 한점 붙어 있지 않아 나무막대기가 움직이는 것 같았다.

기택이 운전석 문을 열었다. 급히 다가가 차 키를 빼앗았다. 음주가 문제가 아니라 금방이라도 정신을 잃을 것 같아서였다. 택이가 웬일로 얌전하게 조수석에 앉았다. 가는 내내 택이는 멍하니 앞만 바라보고 있었다. 최대한 조심스럽게 운전을 하는데도 과속방지턱을 넘을 때마다 택이가 끙, 앓는 소리를 냈다. 어지간해서는 아픈 내색을 하지 않던 아이였다.

모퉁이만 돌면 반내골이었다. 읍내에서 같이 학교에 다니던 토요일, 택이는 이쯤 오면 저 혼자 냅다 달리기 시작했다. 숨이 턱에 닿게 내달린 택이는 제 집을 지나쳐 우리 집으로 먼저 갔다.

짝은어매!

목청껏 내 어머니를 부르면서. 그 목소리가 제 집까지 들릴 것은 생각지도 못한 채. 그 때문에 번번이 종아리 맞았던 것을 까맣게 잊고. 택이는 어쩌면 그때 같은 심정으로 오늘 어머니를 찾아온 것인지도 몰랐다.

택아.

참으로 오랜만에 어린 시절처럼 택이를 불렀다. 택이 나를 똑바로 쳐다보았다. 이미 간까지 상한 것인지 흰자위가 누리끼리했지만 눈빛만은 예전처럼 순진무구했다.

술을 왜 그렇게 마셔? 술이 그렇게 좋아?

반내골이 가까워지고 방지턱을 두 개 넘을 때까지 택이는 입을 열지 않았다. 큰집 앞에 차를 세웠다. 택이는 미동도 없이 등받이에 깊숙이 몸을 묻은 채 뙤약볕이 눈부시게 쏟아지고 있는 허공 어디께를 멍하니 바라보았다. 그 시선 가닿는 끝에 어린 우리가 소꿉놀이 하던 아름드리 팽나무가 서 있었다.

눈을 못 감겄어. 눈만 감으면 있잖애. 온 시상이 시커먼

디, 시커먼 것이 똑 목을 졸르는 것맹키여. 무서서 눈을 못 감었어. 술을 마시면 나도 모리게 잠을 장게, 무서서, 잘라고 마시는 것이여.

알코올중독으로 인한 섬망 증상일 가능성이 높았지만 굳이 입 밖으로 꺼내지는 않았다. 사방이 시커먼 허방이라던 큰아버지 말이 떠올랐다.

아부지가 암 진단받고이, 방안을 빙빙 돔시로 멋헌티 그러능가 자꼬 가라고, 쩔로 가라고 소리를 소리를 질러쌓대. 글고 나서 메칠 안 있다 가불드마. 요새 나가 그러네.

큰아버지가 가라고 소리친 대상은 죽음이었을까? 죽음이 무서워 술을 마시고 죽음을 재촉한 인생, 아이러니하지만 그게 큰아버지와 택이의 인생일지도 몰랐다. 야, 이 멍충아,라고 나는 평소처럼은 차마 말하지 못했다.

매미소리에 귀가 따가웠다. 적막한 여름 한낮이었다. 차에서 내린 택이가 허깨비처럼 허청허청 환한 빛 속으로 사라졌다.

누나.

택이가 뒤돌아서 나를 불렀다.

짝은어매헌티 쫌 전해주소. 짝은어매 땜시 이때꺼정 나가 살았네.

빛 속에 선 택이는 실루엣으로밖에 보이지 않았다. 방

금 전에 본, 반쪼가리 된 택이 얼굴이 잘 기억나지 않았다. 빛 속으로 허청허청 걸어가는 택이가 점점 작아져 아이가 되고 마침내는 한점의 빛이 되었다. 나는 택시를 불러놓고 팽나무 아래 앉았다. 어느 땐가 번개를 맞은 팽나무는 반으로 쪼개진 상태였다. 그러고도 반은 여직 살아 예전만은 못하지만 사람 몇은 충분히 쉴 만한 그늘을 드리우고 있었다. 죽은 가지 사이로 햇볕이 온 세상을 태울 듯 따갑게 내리쬐었다.

빛과 어둠의 원무 너머

정홍수

1

정지아 소설의 오랜 독자에게 이번 소설집의 몇몇 작품은 낯설게도 다가올 듯하다. 갑작스레 기억상실에 빠진 인물의 이야기를 다루고 있는 「존재의 증명」에서 작가는 제목의 무거움에 이끌려서라도 정체성 회복과 관련된 '자아 찾기'의 전통적이고 엄숙한 서사 전개를 기대한 독자의 예상을 산뜻하게 배반한다. 그 대신에 우리가 접하게 되는 것은 이름도 생소한 커피 원두와 커피잔의 세계이고, 경제적 여유를 가진 극소수의 마니아층에게만 접근이 허용될 듯한 세련된 가구며 인테리어의 세상이다. 그렇게 해서 '경험'이나 '기억' '관계' 등 고유한 실존적 요인으로 이루어진 것으로 믿어온 오래된 정체성의 이야기 자리에 '취향'이라는 새롭고 강력한 존재 증명의 요소가 부상한다. 그 '취향'이 인터넷 시대의 다양한 매체를 타고 나날이 전시되고 교환되고 확산되는 가운데 사람들이 만들어가는 자기 서사의 새로운 '페르소나'가 되고 있음은 우리가 익히 아는 대로다. 소설의 인물은 어렵사리 찾아든 자신의 집에서 여전히 자기 자신이 누구인지 알지 못한 채로, '취향'으로 채워진 자신만의 공간에서 모종의 안도감을 느낀다. "취향이 사람의 품격을 결정한다. 취향이곧 사람의 본질인 것이다. 기억은 사라져도 취향은 사라지지 않는다. 그는 그렇게 믿었다."(242~43면) 기억을 잃었다고 하더라도 취향을 입증하는 사물들이 굳건히 존재하는 한 그는 살아갈 수 있다고 믿는다. 몸 가벼운 '취향'의 인물들은 기억과 함께 실존의 무게와 씨름해온 정지아 소설의 중심적 표현에서는 꽤 멀리 있는 존재였다고 할 수있을 것이다. 「애틀랜타 힙스터」라는 또다른 낯선 제목의 소설에도 '취향'에 존재를 걸고 살아가는 인물들이 나온다. 남도의 소읍에 있는 한 까페를 배경으로 펼쳐지는 이 이야기에서 인도에 심취한 도예가이자 까페를 운영하는 '윤'이라는 중년 여성에게 자신이 파는 커피는 단순한 상품이 아니라 사람의 품격과 관련된 고급한 문화적 상관물이다. 이 분위기에 편승해 윤의 까페는 귀촌한 서울 사람들이나 원어민교사들의 문화적 숨구멍이 되어주고 있다. 캐나다 밴쿠버 인근 작은 시골마을 출신인 원어민교사 존은 이 까페의 상징적 존재로, '뮤지션'이기도 한 그의 '힙함'은 소개팅 어플 '틴더'로 여자들을 수시로 바꾸고, '페북'과 '스트로바 GPS 싸이클링 앱'으로 사람들과 공유되는 근사한 '헬리우스 티타늄 팀700' 싸이클링으로 전성기를 맞고 있다. 「존재의 증명」의 경우 의도적으로 정색하고 있는 소설의 어조에서 '취향'이 정체성의 우성 인자로 바뀌어가는 세상에 대한 당혹과 비판의 시선을 역설적으로 감지하게 해주고, 「애틀랜타 힙스터」에서는 미국 시골마을에서 온 또다른 원어민교사 스텔라를 초점화자로 등장시켜 '힙함'의 환상을 좀더 직접적으로 반성하는 시선을 마련해두고는 있지만(K읍에 사는 까칠한 한국인 소설가 '미경'의 냉소도 있다), 두 작품 모두 존재와 기억, 역사의 자리를 소설의 성소로 완강하게 지켜온 정지아의 문학세계 전반에서 조금은 이채롭다 싶게 세태와 풍속의 세상에 '가볍게' 접근하는 모습을 보여준다. 경쟁 논리를 내면화한, 자기확신에 가득 찬 인간유형의 부상과 새로운 '신분제 사회'로의 진입을 흥미로운 방식으로 보여주고 있는 「엄마를 찾는 처연한 아기 고양이 울음소리」와 「계급의 완성」도 크게는 이 범주에 넣을 수 있을 듯한데, 변화하는 세상의 흐름과 세태의 예민한 관찰자라는 소설의 기본 소임을 생각하면 하등 이상할 게 없는 일이고, 이들 작품 모두 개별 테마에 어울리는 스타일의 창의적 제시에서 정지아 소설의 장인적 면모를 확인하기에도 부족함이 없다. 오히려 유동하는 세상에 적극 감응하는 가운데 변화하는 한국소설의 새로운 화법을 고민하는 지점에서 정지아 소설의 앞으로의 진폭에 대한 기대를 품게 한다. 여기에 더해 「자본주의의 적」이나 「문학박사 정지아의 집」에서 자전적 요소를 사실과 허구의 이중의 겹에 넣고 변주하는 스타일의 적극적 실험에서도 정지아 소설의 새로운 의욕을 보게 된다. 그렇긴 하나, 이른바 정지아 소설의 본령이라 할 영역에서 조용히 진행되고 있는 소설적 구도의 미세한 변화와 묵묵한 성숙의 양상을 더욱 깊어지고 단단해진 언어의 세공 속에서 만나는 일이야말로 이번 소설집을 읽는 큰 즐거움이 아닐까 한다.

2

아흔아홉해의 생이 세상과 마주하고 있다. 산골의 작은

집, 한낮의 시린 빛은 블라인드로 가려도 어떻게든 새어든다. 강 건너 차 소리가 잦아들고 사위가 적막에 감싸이길 기다린다. 해가 지고 어둠이 빛의 자리를 대신하기 시작하면, 그이의 눈에 생기가 돈다. 어둠이 편하다. 어느새 산골의 방은 적막 속의 '검은 방'이 된다. 이제 '검은 방'에는 오직 그이와 어둠뿐이다. 그이는 그렇게 "빛과 어둠의 순환 속에서 (…) 아흔아홉해를 살았다."(「검은 방」 79면)

그런데 정지아 소설의 오랜 독자라면 좀더 느껍고 실감 있게 받아들일 이 '빛과 어둠의 순환'은 길고 험난했던 생애의 지평만을 은유하는 것은 아닌 듯하다. 그 순환의 이야기는 무엇보다 현재적이다. "눈을 뜬들 감은들 보이는 것은 어둠뿐, 그녀는 차라리 눈을 감는다. 눈을 감자 비로소 빛 속에서 보이지 않던 것들이 보인다. 그것은 때로 기억의 한조각이기도 하고, 꿈의 한조각이기도 하다."(같은 면) 그러니까 '검은 방'은 쉽게 떠올리게 되는 것처럼 유폐의 공간이 아니다. 그보다는 칠흑 같은 어둠 사이로 스며드는 빛의 시간을 회한과 소멸의 지평 앞에서 생성하고 되새기는 견고한 고독의 방에 가깝다. 그때 빛은 어떻게 스며드는가. 정지아의 소설은 그 빛의 현존을 정확하게 묘사한다. "빛이라기에는 너무 희미해 빛과 어둠의 경계와 같은, 묽은 어둠"(82면)이라고. 너무 희미하고, 희박해서* 오히려 어둠 쪽에 있다고 해도 좋을(그래서 '묽은 어둠'이리라) 그 빛은, 조르주 디디위베르만 (Georges Didi-Huberman)을 좇아 반딧불이의 미광, 작고 약한 빛(lucciola)이라고 부르고 싶은 것이기도 하다.** 소멸과 구원의 묵시록적 지평을 거절하고 '그럼에도 불구하고' 잔존하는 저항과 희망의 몸짓, 말과 사유의 움직임을 옹호하는 가운데 포착된 반딧불이의 이미지. 이때 잔존(Nachleben)은 연대기적이고 선형적인 시간을 횡단하는 개념으로, 다른 시간을 출몰시키고 생성한다. 그 시대착오의 시간성은 잔존의 역설적 생명력을 말해준다. 빛은 어둠에 자리를 내어줄 뿐, 결코 소멸하지 않는다(혹은 반딧불이의 미광이 서치라이트의 강한 빛과 산업사회의 검은 대기에 소멸된 것처럼 보일 때도, 그것은 '우리'의 시야 너머 저편에서 살아 춤춘다). 아흔아홉의 '노모'(이제 이렇게 부르자)는 '검은 방'에 스며든 '희미한 빛' 속에서 말 그대로 다른 시간으로 건너가고, 다른 시간을 산다. 시간은 뒤섞인다("검은 방에서는 시간이 제 맘대로 흘러 죽은

---

* 저자는 「자본주의의 적」에서 우리 시대의 '바틀비'라 할 만한 방현남의 웃음을 묘사하며 "희박한"이라는 표현을 쓴다. "너무 묽어져서 곧 맑은 물 같은 것으로나 변할 것 같은 그런 웃음"(12면)이라고.
** 조르주 디디-위베르만 『반딧불의 잔존』, 김홍기 옮김, 길 2012.

자들이 살아 있고 함께 있을 수 없는 자들이 함께 있다", 104면). 그렇게 갓 서른의 나이로 빨치산 산사람의 수의를 짓고 있는 시간이 살아난다. 그 무렵 사상의 결기만으로 어린 처자의 사랑과 욕망을 경멸한 자신의 차가운 눈빛이 깊은 회한 속에 생생하게 되살아난다. 그러나 '검은 방'에서 일어나는 빛과 어둠의 원무는 순간의 섬광으로 타오를 뿐, 아흔아홉의 늙은 육신을 돌이킬 수 있는 것은 아니다. 빛은 언제나 현재, 지금의 시간으로부터 다시 와야 한다. 그리고 이때 우리는 작가가 '검은 방'의 주인에게 일어나는 시간의 넘나듦을 소설의 일반적인 '회상'에 기대지 않으려 한다는 점을 뚜렷이 확인하게 된다. 그것은 다시 한번, 소멸되지 않는 빛과 어둠의 리얼리즘일 뿐이다.

리모컨 전원버튼을 누른 듯 서른의 그녀가 순식간에 사라지고, 그녀는 아흔아홉의 노파가 된다. 그녀는 블라인드 사이로 스며드는, 빛이라기에는 너무 희미해 빛과 어둠의 경계와 같은, 묽은 어둠을 향해 굼뜨게 몸을 움직인다. 블라인드를 들추자 깊은 어둠 저편, 불 밝힌 방 하나가 등대처럼 둥실 어둠 속에 떠 있다. (82~83면)

스며든 '희미한 빛' '묽은 어둠'을 따라 돌연 모습을 드러내는 이 '밝은 방'은 무엇인가. '딸아이의 집', 작가의 자전적 요소를 과장되게 드러내놓은 이번 소설집의 한 작품을 따라 말한다면 늙은 아버지가 세상을 뜬 뒤 노모 혼자 있는 지리산 자락으로 낙향한 '문학박사 정지아의 집'(「문학박사 정지아의 집」)이다. 노모를 아랫집에 모시고 있는. 그 노모의 '검은 방'에서 희미한 반딧불이의 시간이 살아나는 것은, 그러니까 익숙한 어둠 속에서 눈을 감는 행위를 통해서일 수도 있지만 건너편 딸아이 집의 '밝은 방', 거기서 피어나고 스며드는 희미하고 묽은 '빛'이 좀더 결정적이라고 해야 할 테다. 갓 서른살 수의 짓는 시간을 되살아나게 한 '검은 방' 어둠 속의 눈감음은, '밝은 방'의 빛이 이미 혹은 사후적(事後的)으로 찾아든 때문이었던 것이다. 그것이 이 빛의 변증법이 현재적인 이유이기도 하다.

인용문 뒤에 이어지는 두 문장은 이렇다. "그녀의 날 선 감각을 갱엿처럼 녹인 딸아이의 집이다. 아흔아홉해의 긴 생은 딸 덕분이기도 했다." 이 사정을 조금 더 부연해볼 수도 있다. "사상을 잃은 뒤로 딸이 그녀의 사상이 되었고, 딸이라는 사상 앞에서는 잠시도 초연할 수 없다."(89면) 기실 『빨치산의 딸』(초판 실천문학 1990, 복간 필맥 2005) 이래 정지아의 소설은 이 '사상'과 '딸'의 맞섬과 뒤엉킴의 이야기를 떠나본 적이 없다. 어떤 이야기의 변주와 원심적 확장도 결국 이 원점을 바탕으로 하고 있다는 점에서 그것은 가히 운명적이라 할 만한 것이었다. 「검은 방」에서 그 원점은 이윽고 한쪽의 물리적 소멸이 진행되고 예감되는 가운데 빛의 이야기로 찾아온다. 그것이 살아 있는 현재이기 때문이다. 소멸을 이기는 잔존, 죽음 이후의 역설적인 생명이 다시 일어나고 숨 쉬는 원무(圓舞)의 시간이기 때문이다. "딸이 밝힌 불빛이 오십 미터를 건너 그녀의 눈을 자극한다. 그녀가 지금 보는 단 하나의 현재다"(88면)라는 진술이 더없는 사실이자 한없는 상상의 힘으로만 가능한 소설의 중요한 결절점이 되는 것은 그래서다.

'검은 방'은 수동적으로 소멸을 기다리는 공간이 아니다. 검은 방으로 스며드는 희미한 빛을 타고 아흔아홉해를 살아가게 하고 살아낸 힘들이 모여든다. 공허하고 동질적인 시간의 격자가 풀어지고 경험과 의미로 충만한 개별의 시간들이 자유롭게 살아난다. 블라인드 너머로 긴 머리를 양 갈래로 묶은 열일곱 딸애가 보이고, 딸의 손전등이 비춘 밤하늘에는 하얀 눈송이가 날린다. "캉캉", 흰 진돗개가 뒤를 따르는 열일곱 소녀의 눈밭 춤은 다시 수십년 전 지리산 천왕봉 아래 폭설 속에 갇힌 패잔병 무리의 까맣고 하얀 밤으로 이어진다. 누군가의 선창으로 출정가를 함께 불렀던 그 폭설의 밤은 이제 "지리산에서의 가장 아름다운 밤"(87면)이 된다. 다시 열일곱의 딸이 제 방으로 향하고 나면, 남편과 함께 밤껍질을 벗기는 밤이 찾아온다. 딸의 대학 등록금을 마련하기 위한 밤의 노동이다. 눈송이는 갈수록 굵어지고 있다.

남편이 나지막이 노래를 부른다. 천왕봉 아래 폭설 퍼붓던 그 밤처럼. 죽어도 좋았던 청춘의 시기를 거쳐, 이제 늙은 그들은 어찌됐든 살아야 한다. 자신들이 세상으로 불러낸 단 한 생명을 위해. (87~88면)

그러나 사정은 "우리 맹꺼정 다 엎어줬응게 원 없이 살다 오시게"(97면)라는 산사람들의 마지막 담대한 우정의 말로도 어쩌지 못할 만큼 일층 착잡할 수도 있었을 것이다. 가령 죽은 어머니 대신 키워낸 일곱살 터울 여동생의 치매 걸린 노년이 보여준 참담한 모욕의 시간은 의지나 선택의 영역 밖에 있는 것이다. 그러긴 해도 여동생 스스로도 잊고 살았을 욕망의 무의식적 분출이 또한 생명의 이야기라는 것을 받아들이는 '검은 방'의 품은 이곳이 소멸의 어둠보다는 삶의 빛 쪽으로 향해 있다는 사실을 다시 한번 말해주는 듯도 하다. "죽어가는 몸뚱아리에서 꾸역꾸역 기어 나와 제 존재를 증명하려는 욕망이라는 것이 생명을 이 세상으로 보냈을 터, 따져보면 욕망이 곧 생명이었다."(95면) 이것들은 "지긋지긋"(같은 면)한 대로, 젊은 날의 이념이나 살아야 할 또다른 이유가 되어준 딸의 존재만큼이나 '검은 방'이 품어야 할 시간이 아니겠는가. 그러나 '검은 방'이 들려주는 좀더 중요한 진실의 측면은 '검은 방'이 '밝은 방'에 기대어 존재하듯이(그 역도 마찬가지다. 그리고 우리는 '검은 방'에 빛의 시간을 찾아들게 하고 말과 이야기의 길을 트는 것이 '밝은 방'에 있는 딸의 시선과 상상임을 알고 있다), 살아가는 이야기는 근본적으로 '기댐'의 형식 안에 있다는 사실일지도 모른다.

코앞의 지리산에서는 시도 때도 없이 바람이 일어 칡꽃이며 밤꽃이며 온갖 내음을 실어 나르고, 거기 기대 살고 죽은 모든 것들의 눈물이며 웃음 같은 것들을 그녀의 눈앞에 펼쳐 놓는다. (99~100면)

소설의 마지막, 죽은 남편을 따라나서고자 하는 스스로의 재촉이 블라인드 너머 딸의 방으로 이어진 질긴 힘 앞에서 슬며시 주저앉을 때 그 생의 욕망("그 마음, 치매 걸린 동생의 요분질과 다를 바 없다. 그런데도 그 마음, 거두어지지 않는다",

105면)이 수긍되어야 하는 것도 살아 있는 존재들끼리의 기댐 안에서이며, 그 기댐은 '검은 방'의 빛의 원무를 통해 '죽은 자들'과도 기꺼이 함께하는 것일 테다. "그녀는 검은 방, 구십구년의 기억 속에 다시 갇힌다. 산 것인지 죽은 것인지, 기억들, 뒤엉켜 뛰논다."(같은 면) 이제 깊은 고독, 자발적인 갇힘 안에서 죽은 것과 산 것의 뒤엉킴은 아름다운 빛의 춤이 된다.

그런데 '검은 방'을 감싸고 있는 빛은 크게 보아 타오르는 기억의 섬광이며, 얼마만큼은 시적인 것이라고도 할 수 있다. 노모의 '검은 방'과 건너편 딸의 방은 선명한 대립 구도를 이루며 시적 광휘를 자아낸다. 거기서 '기댐'의 이야기는 빛과 어둠의 원무라는 사실과 은유의 힘 안에서 빛을 발한다. 이에 비해 「우리는 어디까지 알까」는 좀더 산문적이고 일상적인 톤으로 내려와 있지만, 사람을 살게 하는 작은 기억과 시간의 연대에 대해서라면 아주 강렬하고 잊기 힘든 이야기를 풀어낸다. 소설집 전체로 본다면 이 두 작품은 마주 서 있는 듯하고, 같이 나란히 읽고 싶은 욕망을 불러일으킨다. 「우리는 어디까지 알까」의 중심 인물도 「검은 방」의 그 노모와 딸로 보아도 무방할 듯하다. 소설은 딸인 '나'의 시점으로 간암 말기, 죽음을 앞두고 고향 집에 내려와 있는 사촌동생 '기택'의 여름 한나절 방문기를 전한다. 기택의 아버지, 그러니까 '나'의 큰아버지는 아홉살 때 "당신 아버지와 동네 장정 스무명이 국군 총에 맞아 죽는 걸, 코앞에서 지켜봤다."(250~51면) 이 악몽은 평생 큰아버지를 괴롭혔고, 술로 도망친 그이는 끝내 오십대 중반에 일찍 세상을 떠났다. 그리고 사방 시커먼 '허방'과 싸워야 했던 큰아버지의 운명이 알코올중독에 빠진 기택의 것으로 대물림되고 있었다는 걸 뒤늦게 짐작하게 되는 장면이 소설의 후반부 클라이맥스를 이룬다.

> 눈을 못 감겄어. 눈만 감으면 있잖애. 온 시상이 시커먼디, 시커먼 것이 똑 목을 졸르는 것맹키여. 무서서 눈을 못 감겄어. 술을 마시면 나도 모리게 잠을 장게, 무서서, 잘라고 마시는 것이여. (274~75면)

알코올중독으로 인한 섬망 증상이기 쉽겠지만, 큰아버지가 말한 '사방 시커먼 허방'과 기택의 '시커먼 것'은 얼마나 같고 다를까. 누구도 알 수 없는 일이겠지만, 정지아의 소설이 '큰아버지의 허방'보다 자기도 모르게 '기택의 삶'에 거리를 두고 있었다면 그건 혹 거기 공적인 비극의 광휘가 부재한 것처럼 보여서는 아니었을까. 막노동판 노동자이면서도 "계급의식이라곤 눈곱만큼도 없는"(272면)

'식충이' 기택의 모습이 한심해서는 아니었을까. 그러나 '나'가 안기부에 쫓겨 다닐 때 정작 병든 '짝은어매'('나'의 어머니)를 챙기고 매운탕을 끓여서 기운을 북돋운 것은 기택이었다. "쌀뜸물도 못 넹겠는디 매운탕은 넘어가야? 그거 묵고 나가 살았당게. 택아, 그거이 원제끄나?"(263면) 이날의 방문에서도 기택은 '방앗잎'까지 매운탕 거리를 챙겨왔고, 평소라면 술을 입에도 대지 않는(비린 것, 매운 것도 즐기지 않는) 어머니가 기택이 권하는 소주 한잔에 그가 끓인 매운탕 한그릇을 깨끗하게 비운 터였다. 기택을 위해 몰래 숨겨둔 소주 한병을 내놓기까지 했다. 그러니까 '운동'을 하고, '빨치산의 딸'이라는 운명을 소설로 쓰며 그 대단한 한국현대사와 마주하고 있는 동안, '나'가 놓치고 있었고 모르고 있었던 것은 '매운탕' 한그릇과 '방앗잎'의 이야기였던 셈이다. 복수가 차오른 몸으로 허청이며 여름 한낮의 환한 빛 속으로 사라지던 기택이 몸을 돌려 "누나" 하고 부른다. "짝은어매헌티 쫌 전해주소. 짝은어매 땜시 이때꺼정 나가 살았네."(275면)

'빨치산의 딸'이 '젊은 날의 운동'과 '문학' 등등으로 이어지는 운명의 사적 형식이자 역사의 진행방향에 부합하는 공적이고 보편적인 진실에의 참여라고 믿어온 데 정지아 소설의 한축이 있다면, 그것은 기실 기택과 '짝은어

매' 사이에서 일어나고 있었던 것과 같은, 얼핏 아무렇지
도 않은 '기댐'의 시간들을 통해서 가능했으리라는 뒤늦
은 깨달음의 순간이 여기에는 있다(기택을 통해 환기되
는 어린 시절의 기억에서 '나'는 기택이 외면한 '큰어매'
젖의 최대 수혜자였으며, 기택이 개울에서 잡아온 물고기
들로 끓인 매운탕은 먹을 것 없던 시절의 중요한 단백질
공급원이었다). '사방 시커먼 허방'은 반드시 비극적이고
숭고한 의장을 필요로 하는 것은 아니리라. 혹은 대개는
아이러니한 방식이긴 해도 소설이 도달하는 앎은 얼마나
제한적인가.

> 택이, 틀린 성싶으다. 어쩌끄나, 불쌍해서.
> 다 지가 자초한 거야. 그러게 병원을 왜 안 가? 바보야? 저
> 지경이면 독하게 마음먹고 술도 딱 끊어야지. 술 하나를 맘대
> 로 못해? 그게 사람이야?
> 아야, 야멸차게 굴지 마라. 사는 거이 다 맘대로 된다디야?
> 니는 살아봉게 다 니 맘대로 되디야? 그랬으면 니는 이혼을
> 왜 했냐? 촌구석으로 왜 기어들어왔냐? (269면)

노모의 반문에 답하지 못하는 것은 소설 속 인물 '문학
박사 정지아'이지만, 사실은 '정지아의 소설'이다. 정작은

정지아의 소설 전체가 '무지'와 '허방'으로 둘러싸여 있었던 것인지도 모른다. 생각해보면, "또 썼더라" "뭘 그렇게 써대" "정 쓰고 싶으면 혼자 써. 쓰고 버려"(「자본주의의 적」 32~33면)라는 '무욕의 인간' 방현남*의 무심한 말이야말로 시태의 정곡을 찌르고 있지 않았는가.

그런데 서두의 반딧불이의 비유를 한번 더 가져온다면, '앎' 역시 '허방'으로 차단되고 종결되는 것이 아니라 하나의 '허방' 너머에서 다시 개시되고 진전된다고 보아야 한다. 죽음으로 걸어가고 있는 기택의 삶이 허방의 어둠에 둘러싸여 있고, 정지아 소설의 무지가 그 사태에 한없이 무력할 때 세상의 무심함은 하나의 빛을 만들어 보여줄 수도 있다. '허방' 너머에서 아무렇지도 않게 시작되고 있는 빛의 풍경. 그러니까 다음 장면은 기적도 은유도 아니다. 반딧불이가 살아가는 한갓 세상의 풍경일 뿐이다.

---

* '나'는 국민교육헌장을 외우지 못하는 기택을 하굣길에서도 닦달하지만 기택은 이내 길 옆 개울의 참게나 고동에 정신이 팔려버린다. 이 무구한 해찰을 비롯해서 소설에 그려져 있는 기택의 모습은 이상하게도 '하고 싶은 것도 없고' '되고 싶은 것도 없는' 무욕의 인간 방현남을 떠올리게 하는 대목이 있다. '방현남'의 그림자는 혼자 있는 삶에 본능적으로 끌리는 「소멸」(『봄빛』, 창비 2008)의 여성 인물이나 「그리스 광장」(『행복』, 창비 2004)의 '야쿠르트 아줌마' 삽화 등에서 확인할 수 있는데, 정지아 소설을 은밀히 추동해온 숨은 지향의 하나인 듯하다.

그 속에 정지아 소설이 있고, 정지아 소설은 여기서 다시 일어서고 있을 것이다.

빛 속에 선 택이는 실루엣으로밖에 보이지 않았다. 방금 전에 본, 반쪼가리 된 택이의 얼굴이 잘 기억나지 않았다. 빛 속으로 허청허청 걸어가는 택이가 점점 작아져 아이가 되고 한점의 빛이 되었다. (275~76면)

여기에 정지아 소설을 이루는 또 하나의 오래된 풍경 '팽나무'(당장 떠오르는 것으로는 『봄빛』에 실린 「못」의 '마을 입구 팽나무 정자'가 있다)가 어느 땐가 번개를 맞아 반으로 쪼개진 상태에서도 아직 사람 몇은 충분히 쉴 만한 그늘을 드리우고 있는 것이 어찌 우연이랴. 그 그늘 아래 앉아 집으로 돌아가는 택시를 기다리는 '나'의 모습은 세상의 허방, 그 자신의 무지와 싸워온 정지아 소설의 현재라 해도 무방하리라.

3

정지아 소설 전반에서 '기댐'의 이야기, 잘 드러나지

않은 대로 누군가가 누군가의 살아가는 이유, 버티는 힘이 되는 일이(그러나 여기에는 이상한 '비대칭'이 있으며, 공평한 주고받기로 이루어지는 것은 아니다) 삶의 뒤늦은 진실로 포착되는 상황이 그다지 특별하다고 말할 수 없을지도 모른다. "근디 지금 생각해봉께 아부지가 나를 이만치나 살게 만들었어야"(「봄빛」, 『봄빛』 46면)와 같은 직접적인 진술이 아니더라도, 지금까지 가족사의 원형을 변주한 여러 정지아 소설에서 겉으로 드러나는 갈등과는 달리 인물들은 서로를 밀치면서 기대어 붙잡고 있었으며 이 유대는 또한 그이들이 겪어온 역사적·존재적 고통의 환기와 맞물리는 방식으로 소설의 밀도를 높여왔다고 할 수 있다. 그런데 그 반복되고 변주되는 이야기들이 언제나 다시 발견되고 다시 기억되어야 한다고 한다면(망각은 인간의 일이기도 하지만, 소설의 운명이기도 할 것이다), 「우리는 어디까지 알까」가 좀더 특별하게 읽히는 지점은 무엇보다 소설의 화자와 함께 우리가 마주하고 있는 것이 '죽음'이라는 사실에서 온다. 기택은 지금 죽어가고 있으며, '나'의 오만은 이 죽음 앞에서 무너진다. 그러나 기택의 여름 한나절 방문이 죽음의 '권위'에 둘러싸여 있다는 것을 정확히 알아차리는 것은 '나'의 어머니, '짝은어매'다. '짝은어매'는 복수가 차오른 기택의 몸을 보고도 술을 내준다. '나'는 여기에서도 실패한다("그거 한뼝 더 묵는다고 살 놈이 죽겠냐, 죽을 놈이 살겠냐?/녀그러워 그런 건지 독해 그런 건지, 나는 어머니의 마음이 헤아려지지 않았다", 256면).* 이 권위는 말로 표현할 수 없는 삶의 의미를 중심으로 형성되는 것이며, 그것의 파악은 '어머니-짝은어매'가 보여주는 것과 같은 온몸의 지혜와 직관으로 이루어지는 것일 테다. 그런데 「검은 방」과 함께 「우리는 어디까지 알까」에서도 (좀더 직접적으로는) 죽음 앞에 다가서 있는 그 '노모'의 시간에 의해서 지난 삶의 빛이 되살아나는 사태가 일시적이고 우연적인 것이 아니라면 정지아 소설이 근본적으로 기대고 있는 '생(生)'이라는 형식은 다시 한번 문제적인 국면으로 진입하고 있다고 볼 수도 있다. 우리는 이번 소설집에서 이 두편의 소설과 함께 「자본주의의 적」과 「문학박사 정지아의 집」에서 사실과 허구의 경계에 무심한 듯한(물론 의도적인 과장과 변용을 포함해서) 자전적 이야기의 개방적 형식과 만나게 되거니와, 이 어름이 또다른 정지아 소설의 시작을 알리는 출발점이 되리라는 기대를 품게 된다. 정지아 소설은 언제든 살아온 만큼, 그리고

---

* 물론 우리는 '나'의 실패가 소설 전체로는 아이러니가 되면서 뒤늦은 앎을 추동하게 되는 것을 소설의 결말에서 지켜보게 된다.

살아내는 만큼이 아니었던가. 그 새로운 이야기들에서 생생한 남도의 입말로 환하게 밝아오던 '검은 방'의 지혜와 조언은 어떻게 이어질 것인가. "조언이란 결국 어떤 의문에 대한 대답이라기보다는 오히려 지금 막 펼쳐지려는 어떤 이야기의 연속과 관계되는 하나의 제안"*이라고 할 때, 조언을 받아들이는 것은 결국 이야기를 이어가고 계속 펼쳐내는 일이 될 테다. 저기 한점 빛으로 허청허청 걸어가는 기택이 있고, "알아서 살 건데…"(26면)라고 조용히 거절하는 현남이 있다. 오랜만의 큼직한 신문기사에 마음이 더워져오는 '문학박사 정지아'도 있다. 그러니까 여기가 또다른 시작이다.

鄭弘樹 | 문학평론가

---

* 발터 벤야민 『발터 벤야민의 문예이론』, 반성완 옮김, 민음사 1992, 169면.

…옳은 건 없다. 모르겠다.

정지아

자본주의의 적

초판 1쇄 발행 • 2021년 4월 30일
초판 7쇄 발행 • 2024년 7월 11일

지은이 / 정지아
펴낸이 / 염종선
책임편집 / 이진혁
조판 / 박지현
펴낸곳 / (주)창비
등록 / 1986년 8월 5일 제85호
주소 / 10881 경기도 파주시 회동길 184
전화 / 031-955-3333
팩시밀리 / 영업 031-955-3399 · 편집 031-955-3400
홈페이지 / www.changbi.com
전자우편 / lit@changbi.com

ⓒ 정지아 2021
ISBN 978-89-364-3843-2 03810